La Marche des nuages

Jean Talon, intendant en Nouvelle-France, roman, Montréal, Éditions de l'Isatis, 2014.

Rires d'Halloween, nouvelle, Gatineau, Vents d'Ouest, 2013.

Le mystère de la mare aux crapauds, roman, Gatineau, Vents d'Ouest, 2013.

La nuit des cent pas, roman, Montréal, Hurtubise, 2009.

La fille du bourreau, roman, Montréal, Hurtubise, 2008.

Chut! Ne dis rien!, album, Montréal, ERPI, 2007.

Nuit blanche à la cabane à sucre, roman, Laval, HRW, 2007.

Lettre à Salomé, roman, Montréal, Boréal, 2007.

Le cadeau du vent, roman, Montréal, Éditions du Phœnix, 2006.

Le secret du château de la Bourdaisière, roman, Montréal, Pierre Tisseyre, 2005.

Le petit carnet rouge, roman, Montréal, Hurtubise, 2005.

Trente minutes de courage, roman, Montréal, Hurtubise, 2004.

Pour un panier de pêches, roman, Montréal, Pierre Tisseyre, 2004.

Vaco, le Moche, roman, Montréal, Pierre Tisseyre, 2003.

Les temps fourbes, roman, Montréal, Pierre Tisseyre, 2003.

Au château de Sam Lord, roman, Montréal, Hurtubise, 2003.

Le choc des rêves, roman, Montréal, Pierre Tisseyre, 2002.

Sur les traces des Caméléons, roman, Gatineau, Vents d'Ouest, 2002.

Les mirages de l'aube, roman, Montréal, Pierre Tisseyre, 2001.

La dernière nuit de l'Empress of Ireland, roman, Montréal, Pierre Tisseyre, 2001.

Le secret de Marie-Victoire, roman, Montréal, Hurtubise, 2001.

Le huard au bec brisé, roman, Montréal, Pierre Tisseyre, 2000.

Le vol des chimères, roman, Montréal, Pierre Tisseyre, 2000.

La peur au cœur, roman, Montréal, Boréal, 2000.

L'orpheline de la maison Chevalier, roman, Montréal, Hurtubise, 1999.

Le moussaillon de la Grande Hermine, roman, Montréal, Hurtubise, 1998.

Les caprices du vent, roman, Montréal, Pierre Tisseyre, 1998.

Le secret du bois des Érables, roman, Laval, HRW, 1998.

Josée Ouimet

La Marche des nuages

tome 1

L'insoumis

Roman historique

Hurtubise

Catalogage avant publication de Bibliothèque et Archives nationales du Québec et Bibliothèque et Archives Canada

Ouimet, Josée, 1954-

    La marche des nuages

    L'ouvrage complet comprendra 2 volumes.

    Sommaire : t. 1. L'insoumis.

    ISBN 978-2-89723-643-4 (vol. 1)

    1. Huot, Damase – Romans, nouvelles, etc. I. Ouimet, Josée, 1954- . Insoumis II. Titre.

PS8579.U444M37 2015   C843'.54   C2015-941134-3

PS9579.U444M37 2015

Les Éditions Hurtubise bénéficient du soutien financier du gouvernement du Québec par l'entremise du programme de crédit d'impôt pour l'édition de livres et de la Société de développement des entreprises culturelles du Québec (SODEC). L'éditeur remercie également le Conseil des arts du Canada de l'aide accordée à son programme de publication.

Financé par le gouvernement du Canada
Funded by the Government of Canada | Canadä

Josée Ouimet remercie le Conseil des arts et des lettres du Québec de son appui financier pour la création du roman initialement intitulé : *Le drap blanc*.

Conception graphique : René St-Amand
Illustration de la couverture : Luc Normandin
Maquette intérieure et mise en pages : Andréa Joseph [pagexpress@videotron.ca]

Copyright © 2015, Éditions Hurtubise inc.

ISBN : 978-2-89723-643-4 (version imprimée)
ISBN : 978-2-89723-644-1 (version numérique PDF)
ISBN : 978-2-89723-645-8 (version numérique ePub)

Dépôt légal : 4e trimestre 2015

Bibliothèque et Archives nationales du Québec
Bibliothèque et Archives Canada

Diffusion-distribution au Canada :   Diffusion-distribution en Europe :
Distribution HMH   Librairie du Québec/DNM
1815, avenue De Lorimier   30, rue Gay-Lussac
Montréal (Qc) H2K 3W6   75005 Paris FRANCE
www.distributionhmh.com   www.librairieduquebec.fr

Imprimé au Canada
www.editionshurtubise.com

*Les peuples n'ont jamais que le degré de liberté
que leur audace conquiert sur la peur.*

Stendhal

Prologue

Tous les grands conflits qui ont eu cours depuis l'apparition de l'Homme commencèrent par un élément déclencheur. La Première Guerre mondiale ne fait pas exception et c'est l'assassinat de Franz Ferdinand, archiduc d'Autriche, le 28 juin 1914, qui mettra le feu aux poudres. Ce crime, attribué à un groupe d'extrémistes serbes, mettait surtout en lumière le fait que l'Europe était sur le point d'exploser. Puis, divers conflits entre États, qui éclatèrent dès le début du mois d'août, entraînèrent le déclenchement de la Première Guerre mondiale. En réalité, la course à l'armement des grandes puissances, les conflits croissants pour le monopole du commerce et l'occupation de territoires, mais surtout les mécontentements et les ressentiments liés à des luttes nationales furent autant de facteurs qui provoquèrent le début des hostilités.

C'est ainsi que des alliances militaires et des traités entre puissances européennes ont divisé l'Europe en deux camps : les Puissances centrales (Allemagne, Autriche-Hongrie et Empire ottoman [Turquie]) et la Triple-Entente ou les Alliés (France, Russie, Grande-Bretagne).

C'est à la demande de la Grande-Bretagne que le Canada, partie de l'Empire britannique, entra en guerre le 4 août 1914, ce qui affecta à jamais les libertés individuelles et collectives de ce pays. La *Loi sur les mesures de guerre*, adoptée le 22 août de la même année, donnait au gouvernement des pouvoirs spéciaux dont celui d'exercer la censure, d'interner des Canadiens d'origine étrangère, et même de saisir tous leurs biens.

En 1917, la conscription, décrétée en vertu de la *Loi sur le service militaire obligatoire*, divisa politiquement les provinces du Canada, les groupes ethniques et linguistiques ainsi que les communautés et les familles. Des hommes et des femmes s'insurgèrent contre cette loi et mirent tout en œuvre pour protéger leurs garçons de cette atteinte à leur liberté fondamentale.

L'histoire de Damase Huot est celle de tant de jeunes gens qui se sont battus pour défendre leur droit au libre choix. C'est aussi l'histoire de femmes qui ont joué un rôle primordial dans ce conflit mondial qui perdura pendant plus de quatre années et fit environ dix-neuf millions de morts, tant militaires que civils.

Depuis, le monde n'a plus jamais été le même…

Chapitre 1

Le barrage

À l'horizon, le soleil déclinait déjà, marbrant d'orange et de rose le ciel flamboyant de ce 10 septembre 1918. L'attelage, composé d'une charrette tirée par un seul cheval, bifurqua à gauche rue Peel avant d'emprunter, un peu plus loin, la rue Wellington.

Bordée par le canal Lachine au nord et le fleuve Saint-Laurent au sud, cette partie ouest de la ville de Montréal était parsemée de soixante-treize fabriques de toutes sortes, des manufactures de textiles aux industries du bois ou de la farine, et jusqu'aux brasseries Dow et Williams, qui avaient fusionné pour devenir l'Imperial. Le quartier de Griffintown prenait sans cesse de l'expansion grâce, surtout, à l'industrie métallurgique. Celle-ci déversait dans le ciel des tonnes de matières polluantes et de fumée toxique qui remplissaient les poumons des habitants et travailleurs, en majorité d'origine irlandaise, qui vivaient dans des conditions misérables.

— Si c'est pas pitié, déclara le conducteur en levant le front vers un îlot de logements, tassés les uns sur les autres, et dont l'état de délabrement avancé ne faisait aucun doute.

— Si y avait pas toutes ces usines autour, aussi, soupira Léontine, ces immeubles seraient plus salubres. Maudit charbon qui noircit tout !

— À la campagne, au moins, l'air est plus pur…

— Les gens y mangent à leur faim aussi, tandis qu'ici…, conclut sa sœur sur un ton qui en disait long sur la misère des pauvres gens entassés dans ce quartier.

À quelques pieds à peine, dans l'obscurité qui s'installait comme un voile insidieux au-dessus du fleuve, la lumière tremblotante d'un fanal annonça le prochain arrêt obligatoire des voyageurs.

— Un barrage ! ronchonna la grosse dame assise sur le coffre de bois qui lui servait de siège, interrompant ainsi le cours des pensées moroses de son compagnon de voyage.

— Fallait s'y attendre, répondit son frère jumeau, tenant entre ses mains fortes et rugueuses, aussi larges que des pelles à rigoles, les rênes du cheval. À cette heure-ci, par chance, y a moins de monde.

— Eh, maudit ! maugréa la femme entre ses dents serrées. Moins de monde, donc plus de temps pour nous interroger !

— Cesse donc de t'en faire. Tout va bien aller.

Le cheval trottinait allègrement, sans un regard vers les immeubles en enfilade le long de la rue Bridge qui, elle, menait en droite ligne au pont Victoria, ainsi nommé en l'honneur de la reine d'Angleterre.

— J'aurais aimé mieux prendre le bateau à vapeur ! s'agita la femme.

— Ç'aurait été trop long. Et puis ça coûte cher.

— Sur l'eau, y a pas tous ces soldats, se plaignit-elle en indiquant d'un mouvement du menton la ligne d'officiers en uniforme qui apparaissait devant l'équipage.

— Garde ton calme, Léontine ! Surtout, t'offusque pas !

— Pourquoi me dis-tu ça ?

— Je te connais ! Un rien te fait lever le ton comme si à chaque fois tu te sentais accusée de quelque chose.

— Allons donc, je suis pas si…

— Tu comprends très bien ce que je veux dire, la coupa l'homme, dont le ton, cette fois, n'admettait aucune réplique.

Il désigna une guérite gardée par trois militaires. L'un d'eux, un jeune homme d'environ trente ans, les cheveux coupés ras sous son képi, le regard dur et les lèvres pincées, leva le bras gauche pour leur signifier d'arrêter, puis s'approcha lentement de la voiture d'un pas chaloupé.

Depuis le mois de janvier, la police du dominion, cette police militaire mise sur pied afin de débusquer les espions et les déserteurs, s'activait à maintenir un calme relatif dans cette province où la *Loi sur les mesures de guerre* avait été imposée. Elle agissait ainsi depuis les émeutes, il y avait dix mois de cela, qui avaient secoué les villes de Québec et de Montréal, provoquant de terribles drames. Ces barrages installés à des endroits stratégiques avaient permis non pas d'arrêter tous les fuyards, mais de ralentir le flot de citadins insoumis en route vers les campagnes avoisinantes. La surveillance s'était accrue depuis que le gouvernement avait définitivement mis fin aux demandes d'exemption.

— Vos cartes d'identité ! ordonna le militaire.

— On est des Canadiens français ! annonça aussitôt Cléomène, rappelant ainsi qu'ils n'étaient pas tenus, à l'instar des étrangers, de posséder de telles cartes.

Les doigts de sa main gauche tapotant nerveusement le canon du fusil qui pendait à son épaule cerclée par une courroie de cuir, le militaire continua son interrogatoire :

— Vos noms, alors ?

— Cléomène Beauregard et elle, c'est ma sœur, Léontine Beauregard.

— Vous arrivez d'où ?

— De Sainte-Cunégonde.

— Vous vivez là ?

— Pas moi… elle, précisa le conducteur en pointant sa sœur d'un mouvement de tête.

Le militaire fit un pas vers sa droite et fixa longuement les deux caisses de bois placées derrière Léontine qui se raidit un peu.

— Qu'est-ce qu'il y a dans ces coffres ? questionna encore le militaire en se dirigeant vers l'arrière.

— Mes affaires, rétorqua Léontine d'une voix cassante.

— Vous déménagez ?

— Notre sœur Clara est malade, expliqua Cléomène en se tordant le cou pour suivre le mouvement de son interlocuteur sans lâcher les rênes de la jument qui s'ébrouait d'impatience. Doux… doux, ma belle…

— Je vais l'aider à se remettre sur pied, termina Léontine.

— Où habite votre sœur ?

— À Sainte-Hélène-de-Bagot, répondit Cléomène que cet interrogatoire agaçait de plus en plus.

Le silence n'était plus ponctué que par le bruit des sabots de la jument qui commençait à piaffer.

— Descendez ! ordonna soudain l'officier, l'air méfiant.

— Pardon ? s'inquiéta Cléomène.

— Descendez, on va fouiller les malles !

Le visage de Léontine devint blême avant de tourner au rouge vif. Elle crispa ses deux mains sur les poignées de bois de son sac.

— Descendez ! Et plus vite que ça ! s'énerva le soldat en brandissant son fusil devant le frère et la sœur.

— QU'EST-CE QUE C'EST QUE CES MANIÈRES ?

La voix forte de Léontine se répercuta en écho dans le silence, faisant se raidir le militaire qui écarquilla les yeux à la fois de surprise et de crainte mal dissimulée.

— On vous apprend pas la politesse dans votre armée ? continua Léontine qui n'avait pas bougé d'un poil. Vous saurez, jeune homme, qu'on s'adresse pas à des gens de notre âge de cette manière. On est pas des criminels ! Non, monsieur ! Je viens de terminer mon service pour la patrie, moi aussi, en fabriquant des balles pour ce fusil que vous pointez sur nous. À mon avis, ça mérite du respect ! Je bougerai pas tant que vous aurez pas montré un peu de savoir-vivre !

Cette diatribe laissa le soldat pantois. Il songea alors à ce qui pourrait arriver si cette dame demeurait sur ses positions ; aux longues heures supplémentaires s'il les arrêtait pour inconduite. Lui qui ne demandait qu'à terminer sa journée de travail pensa à sa femme qui l'attendrait à la maison, inquiète. Non, il ne voulait pas que cette simple vérification de routine dégénère. Et puis, à première vue, ce convoi lui paraissait tout ce qu'il y avait de régulier. Des paysans qui retournaient dans leur campagne, l'une allant aider une femme malade et l'autre rentrant tout simplement chez lui.

Il poussa un profond soupir, puis adopta un ton plus poli :

— Pourriez-vous descendre de votre voiture, s'il vous plaît, madame ?

— C'est beaucoup mieux ! apprécia Léontine.

À cinquante-six ans, Léontine n'était plus une jeunesse. Malgré plusieurs efforts pour avoir un enfant, elle et son mari, Lucien Poitras, avaient dû se rendre à l'évidence, le bon Dieu en avait décidé autrement. Veuve depuis bientôt trois ans, elle était demeurée sur l'île de Montréal, à l'emploi de l'usine Stelco où, comme plusieurs autres femmes, elle passait de longues heures à fabriquer des munitions pour l'armée canadienne. Se consacrant à la même activité, l'usine Angus, située dans le quartier Hochelaga, et la compagnie Vickers Sons & Maxim, installée quant à elle dans la ville de Maisonneuve, à l'extrême sud de la rue Viau, hissaient Montréal au cinquième rang des villes industrielles du Canada.

Les industries navales, de l'acier ou du textile embauchaient des femmes, seules rescapées de la conscription. Pour la première fois de l'Histoire, elles délaissaient leur foyer pour aller gagner un salaire de misère, qui ne leur permettait même pas de remplir le garde-manger.

Léontine, participant à cet effort de guerre, s'était présentée à son poste jusqu'à la semaine dernière. Désormais, il y avait plus urgent...

Sa jeune sœur, Clara, souffrait d'une maladie qui l'empêchait de faire sa part à la ferme. Cléomène, de son côté, ne réussissait pas à concilier les corvées agricoles et les travaux ménagers dont s'était toujours chargée Clara. Sans compter que la loi sur la conscription, qui obligeait les hommes âgés de vingt à quarante-cinq ans à joindre l'armée canadienne, privait l'oncle de Damase de son seul neveu, juste avant que les récoltes abondent.

Pendant que Cléomène, debout près de la bête, caressait doucement le cheval impatient, Léontine faisait le pied de grue à côté de la charrette.

Le militaire ouvrit et referma les deux malles à l'arrière. Il y avait découvert des vêtements, des livres aux reliures de cuir marron, des cadres aux vitres bombées protégeant des photos d'ancêtres défunts, des bottillons et un paquet de lettres retenues par un ruban bleu ciel.

— Vous déménagez? demanda-t-il pour la seconde fois.

— Je viens de vous le dire, reprit Léontine sur un ton qui en disait long sur son agacement. J'ai conservé mon logement de la rue Delisle, mais je sais pas combien de temps durera la convalescence de ma sœur, alors j'aime mieux prévoir.

Lorsque le soldat s'avança vers la malle qui faisait office de banc à l'avant de la voiture, Léontine s'approcha.

— Qu'y a-t-il dans celui-ci?

— Mes effets personnels, répondit-elle sèchement en se campant devant le petit marchepied de fer.

— Madame, veuillez me laisser la place! lui intima l'homme en uniforme de son bras tendu. Je ne fais que mon travail.

Léontine fit deux pas de côté, juste assez pour que le jeune homme prenne pied sur la première marche.

Il souleva le couvercle et tâta les vêtements avant d'en extirper un jupon de coton beige, qu'il reposa aussitôt. Puis il retira du coffre un corset baleiné auquel était restée accrochée une paire de caleçons de flanelle beige de bonne dimension.

— Oh! fit-il, mal à l'aise d'exhiber pareille trouvaille devant les regards goguenards et les gloussements de ses camarades.

Ces témoins attentifs, postés non loin, n'avaient rien perdu du spectacle qui s'offrait à eux et prenaient un malin plaisir à voir la déconvenue de leur confrère.

— Je vous l'avais dit que c'étaient des effets personnels! le gronda Léontine.

L'air godiche, le jeune soldat reposa la lingerie, referma la malle d'un geste brusque et remit pied à terre comme si une mouche l'avait piqué. Léontine remonta dans la voiture les lèvres bien serrées sur les remontrances qu'elle aurait aimé servir à ce jeune blanc-bec qui avait exhibé ses sous-vêtements devant une horde de miliciens.

— Heu… Je… Pardon, madame…, bafouilla celui-ci avant de faire signe à l'officier en charge de la guérite d'actionner le mécanisme de la barrière.

Cléomène monta à son tour dans la voiture et fit claquer les lanières de cuir sur le dos de la jument qui n'attendait que ce signal pour se remettre en marche.

L'équipage s'engagea sur le pont tubulaire, dont la construction avait commencé en 1854 pour se terminer cinq ans plus tard. Ce bras d'acier reliant l'île de Montréal à la terre ferme avait donné du travail à plus de trois mille ouvriers. Il avait surtout ouvert une voie d'accès importante qui facilitait le transport des marchandises par le train de la Canadian Government Railways*. Le plus long pont du monde, disait-on.

Le grincement des roues de fer sur le treillis d'acier accompagnait les prières de Léontine dont les battements de cœur ralentissaient depuis qu'ils avaient traversé le barrage. Les gouttes de sueur qui perlaient au front de Cléomène en disaient long sur l'angoisse qu'il venait de vivre, lui aussi.

À l'autre extrémité, sur la rive sud du fleuve Saint-Laurent, une simple guérite, surveillée par un seul militaire, fit à peine ralentir l'équipage qui s'éloigna sans plus d'encombres.

Léontine poussa un profond soupir.

— Ils ont rien vu, souffla-t-elle. Dieu merci !

— Non, rien de rien ! renchérit Cléomène, soulagé lui aussi.

Il décocha un clin d'œil complice à sa sœur.

— Excellente idée, tes caleçons sur le dessus !

Léontine rit de bon cœur au souvenir de l'air gêné du jeune soldat. Elle poussa son jumeau du coude.

— Maintenant, dépêchons-nous d'arriver à Sainte-Hélène avant que la nuit tombe sur nous.

---

* Société gouvernementale de gestion des compagnies de chemin de fer. C'était le début, timide, de ce qui deviendrait plus tard le Canadien National.

Cléomène fit claquer de nouveau les rênes sur la croupe du cheval. Comprenant l'ordre de son maître, celui-ci se mit au grand trot.

Chapitre 2

La destination

Depuis près d'une heure maintenant, l'équipage traversait les paroisses endormies qui émaillaient la Rive-Sud de Montréal.

Avec l'industrialisation, le portrait des campagnes avait beaucoup changé après 1859. Une douzaine de municipalités regroupant des habitations saisonnières ou permanentes pour les ouvriers d'usine s'étaient greffées aux anciens villages agricoles. Elles portaient souvent des noms de saints, comme Saint-Lambert, Saint-Hubert, Saint-Hyacinthe, ou des patronymes variés comme ces petites villes en pleine expansion où les ouvriers prenaient racine : Delson, Laprairie et McMasterville, cette dernière ayant été nommée en l'honneur du propriétaire de la compagnie Canadian Explosives Limited (CEL). Plus loin, des municipalités comme Saint-Hilaire, Saint-Denis, Saint-Marc, Saint-Antoine, situées le long de la rivière Richelieu, se vantaient d'intéresser davantage les Anglais qui y bâtissaient leurs villas d'été, toutes plus cossues les unes que les autres.

La guerre profitait à certains et moins à d'autres…

Une bruine légère faisait ressortir les effluves de foin et de fleurs chauffées par le soleil encore très présent, malgré les jours qui raccourcissaient. Au détour d'un chemin, l'équipage bifurqua sur la gauche, empruntant un chemin de terre battue qui sinuait entre des peupliers centenaires dont les feuilles bruissaient légèrement sous la brise.

— T'as vu, là-bas ? s'inquiéta Léontine en pointant son index dodu en direction d'une faible lueur au beau milieu du champ tout proche.

Cléomène leva le front et scruta l'obscurité.

— C'est sur la terre d'Adélard Soucy.

— On dirait que quelqu'un rôde.

— À cette heure, ça peut être qu'Adélard lui-même. Il a dû perdre quelque chose. Ou bien il revient du village. Ivre, comme d'habitude…

— Tu le connais bien, cet Adélard ?

— Non, pas beaucoup. C'est un voisin tranquille. Je sais qu'il a perdu sa femme, y a environ trois semaines.

— Le pauvre homme…

— D'après ce qui se raconte au village, ce serait plutôt "pauvre femme" qu'y faudrait dire.

— Comment ça ?

Le ton suspicieux de son frère l'intriguait.

— Paraîtrait qu'il a pas voulu faire venir le curé pour les derniers sacrements avant que sa femme trépasse.

— Elle serait peut-être morte avant l'arrivée du curé, avança Léontine. Tu sais, quand mon mari était mourant, j'ai pas voulu le laisser une seconde tout seul. Il me tenait la main tellement fort…

Ces souvenirs firent jaillir quelques larmes qu'elle essuya du revers de la main.

— Faut pas jeter le blâme sans connaître toute la vérité sur ce pauvre bougre, termina-t-elle.

— Attends d'en savoir un peu plus sur ce "pauvre bougre", comme tu l'appelles, et tu lui donneras peut-être pas le bon Dieu sans confession.

À quelques pieds devant l'attelage, un lièvre au pelage brun clair traversa la route, effrayant du même coup le cheval qui releva la tête et hennit.

— Tout doux ! Tout doux ! le calma Cléomène, mettant ainsi fin à la discussion.

Sur la droite s'élevait une maisonnette blanche entourée d'une immense galerie.

— Nous y sommes ! laissa-t-il tomber.

— Dieu soit loué ! dit Léontine en se signant deux fois.

Cléomène dirigea le cheval vers l'habitation de bois que des lilas, des pruniers et des thuyas entouraient. Ils longèrent le bâtiment principal avant d'emprunter une allée gazonnée qui s'allongeait jusque derrière la maison et menait vers les bâtiments de ferme : étable, grange, poulailler et hangar.

— Doux… Doux…, répéta Cléomène en tirant sur le licol de la jument.

Malgré son embonpoint, Léontine descendit prestement de la charrette.

— Vite! Aide-moi, le pressa-t-elle en tendant les bras vers la malle contenant ses effets personnels.

Délaissant le cheval, Cléomène obtempéra. En deux enjambées, il s'approcha du coffre qui leur avait servi de siège tout au long du voyage, en empoigna l'extrémité et le souleva avec difficulté. Puis, il le fit glisser vers Léontine qui le soutint par-dessous.

— Ça va? lui demanda son frère.

— Oui, oui! Mais dépêche-toi, c'est lourd sans bon sens! se plaignit-elle, le souffle coupé par l'effort.

Laissant le meuble appuyé contre la poitrine généreuse de sa jumelle, Cléomène descendit de la voiture et vint lui prêter main-forte. Avec peine, ils soutinrent la malle dans les airs avant de la déposer par terre. Léontine, le visage rougi par l'effort, reprenait son souffle tandis que Cléomène démontrait des signes d'impatience. Un vent frais s'éleva, balayant la chaleur de ce jour qui déclinait avec les dernières lueurs du soleil couchant. Levant le nez vers l'ouest, où des nuages commençaient à s'amonceler, Cléomène flaira la pluie.

— Allons-y! la pressa-t-il.

Les complices levèrent une nouvelle fois le coffre et se dirigèrent vers la galerie entourant la maison silencieuse. À pas pesants, ils gravirent les trois marches qui les séparaient de la porte. Au même moment, celle-ci s'ouvrit toute grande.

Une petite femme aux cheveux striés de gris et au visage blême se dressa sur le seuil.

— Vous voilà enfin! fit-elle en pressant une main sur sa poitrine. Entrez! Vite!

Elle tint la porte ouverte afin de laisser le plus de place possible aux nouveaux arrivants ainsi qu'à leur chargement, puis elle jeta un regard inquiet aux alentours.

Tout près, les tiges des graminées pointaient leurs épis vers le ciel où des nuages noirs planaient, comme des oiseaux de mauvais augure. Sur la gauche, derrière la grange, pareil à une colline au sommet pointu, se dressait un tas de fumier. À droite, la faucheuse à foin qui, attelée à un cheval, abattait le travail de plusieurs hommes lors de la récolte, semblait monter la garde.

Satisfaite, la femme entra à son tour et referma la porte. Elle se tourna ensuite vers ceux qui avaient déposé la caisse au beau milieu de la cuisine, la pièce la plus grande de la maison, comme c'était pratiquement toujours le cas dans ces habitations de campagne.

— Il est là! s'exclama la maîtresse des lieux en étouffant un sanglot.

— Oui, ma petite sœur. Il est là…, la rassura Cléomène, ému.

D'un mouvement leste, l'homme souleva le couvercle. Dégageant la lingerie personnelle de Léontine, il découvrit un double fond qu'il souleva d'une main experte.

— Tu peux sortir ! indiqua-t-il au jeune homme recroquevillé dans le coffre.

Sur les contours, on pouvait apercevoir de minuscules trous qui lui avaient permis de respirer tout au long de ce parcours.

Aveuglé par la lumière, il cligna des yeux, puis leva les bras, cherchant un appui sur les rebords de la malle. Il réussit à s'agenouiller, mais lorsqu'il tenta de bouger ses jambes, une douleur intense le figea.

— Aïe !

— Prends ton temps, mon gars, lui conseilla Léontine. Ça fait un bout que t'es dans cette position inconfortable. Tu vas avoir des courbatures, c'est certain !

Cléomène tendit la main à son neveu qui accepta son aide et parvint enfin à s'extirper de sa cachette. Il se dressa de toute la hauteur de ses cinq pieds huit pouces.

— Damase ! Enfin, tu es là ! s'écria Clara avant de fondre en larmes.

Son fils unique se précipita aussitôt vers elle et, sans gêne aucune, il la prit dans ses bras. Bien qu'il fût parti depuis une semaine seulement, sa mère lui parut amaigrie et fragile. Ce grand gaillard se sentit encore un enfant lorsqu'il posa ses lèvres sur la chevelure parsemée de fils argentés. Il en huma le parfum, un mélange de lavande et de romarin, cette eau de rinçage qu'elle confectionnait avec les herbes de son jardin.

Le souvenir du 16 juillet dernier, alors qu'il avait dû quitter la maison pour se présenter une première fois au bureau des Forces armées canadiennes, lui revint en mémoire. Ce jour maudit où le chagrin les avait terrassés à un point tel que sa mère en était tombée malade. Depuis ce temps, sa santé s'était fragilisée et une maladie sournoise s'était immiscée dans ce petit corps de femme. Aussi, en accord avec sa tante et son oncle, Damase avait décidé de quitter l'armée une fois son examen médical passé. Son nom figurait ainsi depuis peu sur la liste déjà très longue des déserteurs de type 3.

Il jeta un regard haineux dans le fond du coffre où reposait, bien plié, l'uniforme qu'on lui avait donné après son acceptation. Sur celui-ci étaient posés la casquette décorée de l'insigne représentant un castor aux poils dorés portant sur son dos la couronne britannique, un tourteau de même couleur et un écusson aux armes de la province de Québec entouré des mots « RÉGIMENT CANADIEN-FRANÇAIS ». Damase cilla en voyant inscrite sur le rondin doré où était couché l'animal la devise du Québec : *Je me souviens*.

—C'est certain que je m'en souviendrai de cette maudite conscription ! siffla-t-il.

Damase poussa un profond soupir avant de lancer comme une prière :

—J'espère surtout qu'*eux* m'oublieront…

Chapitre 3

Edwina

Dans le champ du voisin, à la lueur d'une lampe à l'huile qui manquerait sous peu de combustible, Edwina marchait courbée, scrutant tant bien que mal les sillons boueux à la recherche d'un *shoe-claque* qu'elle avait volontairement perdu dans les labours au cours de la matinée.

Le cœur gonflé d'une colère sans précédent, la jeune fille hâtait le pas quand le grincement des roues d'une carriole sur le chemin de terre et de gravier la fit se coucher à plat ventre sur le sol humide. Elle n'avait pas eu le temps de souffler la flamme qui trahissait sa présence à cette heure inhabituelle.

L'arrivée de cet attelage chez les voisins Huot la surprit d'abord, et la préoccupa ensuite. «Est-ce le docteur qu'on est allé quérir?», se demanda-t-elle.

Bien qu'elle n'ait pas souvent eu la possibilité de fréquenter le voisinage, elle connaissait madame Clara et monsieur Cléomène. Deux bons «petits vieux» qui, un jour de pluie, lui avaient offert leur aide lorsque, trempée et fourbue, elle était allée trouver refuge dans cette maison qui sentait bon le pain et la lessive.

À ce souvenir, Edwina serra les dents.

Unique fille de la famille Soucy, elle avait treize ans quand sa mère, alitée en permanence pour cause de maladie pulmonaire, avait cessé de s'occuper de la maison. Edwina avait donc dû se charger de toutes les corvées ménagères.

Au début, elle travaillait sans relâche, croyant que cela aiderait sa mère à recouvrer la santé plus rapidement. Force lui fut de constater que tout ce labeur ne servait à rien d'autre qu'à permettre à son père de se délester de ses obligations familiales.

Edwina ne disait mot sur ses absences de plus en plus prolongées, au village ou dans l'étable. L'homme, souvent ivre et titubant, se laissait choir sur sa chaise berçante à son retour. Elle ne comprenait pas pourquoi son père était devenu taciturne et méfiant.

Il n'avait certes jamais été le genre d'homme qui aimait parler ou discuter, mais il vaquait au labeur quotidien avec une certaine sérénité. Edwina savait que la mort de son frère, six ans plus tôt, avait gravé dans son cœur une peine amère. Sa mère le lui avait dit. Mais depuis que sa femme était tombée malade, Adélard Soucy avait changé envers tout le monde, envers sa fille surtout. Il ne lui adressait la parole que pour lui faire des reproches, prenant plaisir à la réprimander pour un rien. De plus en plus bougon et méchant, il lui interdisait toute faiblesse.

Edwina avait longtemps cru que c'était l'angoisse de voir sa femme aussi souffrante qui poussait son père à agir ainsi. Mais plus sa mère dépérissait, plus son père s'acharnait sur elle. À un point tel qu'un jour, Edwina s'était rebellée et lui avait tendu son tablier. La réplique avait été cinglante. Elle avait reçu une gifle avant d'être enfermée une demi-journée dans la cave.

— Tu sauras, ma fille, qu'icitte on tient pas tête à son père! avait-il rugi en poussant le verrou de la porte.

Les longues heures à ruminer sa peine et sa colère avaient accentué le sentiment de rébellion de la jeune fille. Recroquevillée dans un coin, elle priait Dieu et le Diable de lui venir en aide pour mettre fin le plus vite possible à son tourment.

Quand son père était venu la délivrer de cette prison dont l'humidité avait réussi à la transpercer jusqu'aux os, le soleil déclinait à l'horizon. Après ce jour, Edwina avait rongé son frein, tout en prenant soin de sa mère qui allait de mal en pis.

Edwina aurait bien aimé se confier à sa mère et trouver un peu de réconfort auprès d'elle, mais c'eût été trop demander à la malade qui sombrait souvent dans un long sommeil presque comateux dont elle émergeait encore plus amoindrie.

— Il faudrait que le docteur vienne la voir! avait-elle supplié son père, un soir où la maison s'emplissait des râles de la malade. Et le curé, surtout! Des fois que maman trépasserait...

— Le docteur, ça coûte trop cher, avait-il lâché en bourrant sa pipe. Et puis, je veux pas réveiller le curé pour si peu. Elle ira mieux demain.

Hélas, il n'y avait pas eu de lendemain…

Marguerite Soucy avait rendu l'âme durant la nuit, seule et sans le soutien de son mari qui avait préféré aller dormir dans la grange. Avant de sortir, il n'avait prévenu ni le docteur, ni le curé, ni même sa propre fille qui dormait à l'étage.

La femme de quarante-deux ans était morte comme elle avait vécu : ignorée de tous, misérable et soumise.

Au milieu du champ, Edwina serra les mâchoires à s'en faire mal tandis que la culpabilité qui l'habitait depuis ce jour lui labourait le ventre et le cœur. Elle aurait tant aimé passer cette nuit-là aux côtés de sa mère, lui faire sentir sa présence et lui rappeler qu'elle n'était pas seule. Mais son père avait ordonné de ne pas la veiller. Peut-être craignait-il qu'elle fût contagieuse ?

Obéissante, Edwina s'était enfermée dans sa chambre située juste au-dessus de celle de ses parents, mais les gémissements de la malade montaient jusqu'à elle. N'en pouvant plus, Edwina s'était mise à réciter des *Ave Maria* à voix haute pour ne plus entendre sa mère souffrante. Edwina maudissait ce père infâme qui laissait mourir celle qui lui avait tout donné. Elle maudissait aussi la maladie, la misère et la pauvreté qui étaient son lot depuis qu'elle avait compris que sa vie n'était pas comme celle des autres enfants qui fréquentaient l'école du rang.

Cette vérité lui était d'abord apparue lors de sa première communion. Vêtue de ses plus beaux vêtements et parée d'un voile de mousseline prêté par une bonne dame du village, elle s'était mise en rang avec les autres communiantes. Elle avait alors comparé ses bas rapiécés par endroits, sa jupe trop courte, sa chemise d'un blanc jauni aux bords élimés aux beaux vêtements neufs de sa voisine. Même ses cheveux coupés court laissaient entrevoir derrière le voile la peau de son cou que les travaux des champs sous un soleil de plomb avaient bruni.

Elle était différente… Pauvre, aussi.

Ce jour-là, elle avait surtout remarqué les regards fuyants des autres enfants et ceux, remplis de pitié, des parents. Elle avait ressenti de la honte. Dans ses mains moites, le cierge tremblant éclairait son visage fermé. Edwina s'était juré qu'elle quitterait un jour la maison paternelle pour aller vivre là où personne ne la reconnaîtrait.

La maladie de sa mère avait retardé son plan. À la veille de ses quatorze ans, il était trop tôt encore pour quitter le nid familial. En plus, il lui incombait de prendre soin de la maison et d'aider son père aux champs.

Edwina avait donc mis son projet en veilleuse. De toute façon, où aurait-elle pu aller sans argent, sans personne pour l'accueillir quelque part? Elle n'avait ni oncle ni tante dans les environs. Elle ne connaissait qu'Alice, la sœur cadette de sa mère, mais celle-ci vivait à Montréal. Edwina ne l'avait vue qu'une seule fois, il y avait six ans de cela, lorsqu'elle était venue assister aux obsèques de son petit frère Armand, emporté par la tuberculose alors qu'il avait deux ans à peine. «Je pourrais aller la trouver en ville…», avait-elle imaginé.

Aujourd'hui, sa mère était morte et son monde avait basculé dans un enfer. Celui qui l'avait fait sauter sur ses genoux à son plus jeune âge était devenu son tortionnaire, ne lui laissant pas de répit, ne lui donnant aucun encouragement et, surtout, ne lui prodiguant aucune marque d'affection. Elle se sentait abandonnée et cloîtrée dans cette maison qu'elle tentait d'entretenir tant bien que mal. Edwina aurait bien demandé de l'aide à madame Clara, mais son père s'y était formellement opposé.

—Y sera pas dit que tout le monde va connaître nos histoires! Les Huot se sentent déjà assez supérieurs aux autres comme ça, ils ont pas besoin de savoir qu'on mange de la misère! J'aime mieux qu'ils sachent pas ce qui se passe icitte!

La paranoïa de son père s'accentuait de jour en jour, proportionnellement à la quantité d'alcool qu'il ingurgitait. Edwina avait même essayé de cacher sa bouteille. Quand il s'en était aperçu, il était entré dans une colère si grande qu'elle avait dû se réfugier sous son lit pour ne pas subir les coups de ceinture qu'il lui destinait.

Edwina croyait son père sous l'emprise de la folie. Il ne pouvait s'agir d'autre chose. Elle attribuait cette démence au chagrin qui le terrassait. Même s'il lui présentait un regard de pierre, il redeviendrait peut-être un jour celui qu'il avait été.

Mais la nuit dernière, alors qu'elle dormait paisiblement, il était entré dans sa chambre… Tout d'abord, elle avait cru qu'il voulait enfin se confier. La jeune fille frémit d'horreur et posa la main sur son cœur en évoquant ces souvenirs qui revenaient la hanter.

—Je lui pardonnerai jamais, cracha-t-elle, comme si le mal pouvait s'échapper avec le filet de salive qui coulait d'entre ses lèvres.

Les images furtives qu'elle tentait en vain de chasser s'imposèrent de nouveau à son esprit. Elle posa une main sur sa bouche afin que son cri ne puisse alerter les personnes qui descendaient de la voiture non loin, et portaient un coffre dans la maison.

Edwina ferma les yeux. Elle entendait encore le chuintement des pas sur le parquet, les gonds de la porte de sa chambre qui grinçaient, le souffle sur son cou. Puis il y avait eu ce baiser lascif… Elle se rappelait l'odeur d'alcool que dégageait la peau de celui dont les mains parcouraient son corps par-dessus le drap de coton beige. Elle se souvenait aussi de sa peur quand elle avait aperçu le regard de loup affamé de son père au moment où il touchait ses seins.

—Papa…, avait-elle murmuré, pleine d'angoisse et d'appréhension. Qu'est-ce que vous faites ?

L'homme n'avait pas répondu.

—Papa !… PAPA ! NON !

Quand il avait déchiré le tissu de sa jaquette et que son corps avait été mis à nu, un son était sorti de la gorge d'Edwina. Quelque chose comme un sanglot. Ou un gémissement...

Elle s'était d'abord débattue, frappant des pieds et des mains pour se libérer de son agresseur, ce qui avait eu pour résultat de l'encourager, son désir décuplant devant la résistance de sa proie.

Edwina avait crié, hurlé, imploré sa pitié, demandé grâce...

Peine perdue.

Vaincue, elle avait laissé la bête s'emparer de son corps de jouvencelle, fixant son esprit sur les craquements du sommier du lit. Elle s'efforçait ainsi de ne pas sombrer dans la folie qui la menaçait. Elle aurait voulu s'évanouir, puis mourir...

Quand l'homme s'était enfin retiré, quittant sa couche, les poumons d'Edwina s'étaient emplis d'un cri sauvage. Aucun son, aucun sanglot... Seul le silence avait jailli de ce chaos, comme une preuve irréfutable qu'elle venait de vivre la fin du monde.

Adélard Soucy avait alors considéré sa fille avec dédain. Cette dernière avait soutenu son regard, restant de marbre. Après avoir remonté son pantalon, il avait quitté les lieux sans dire un mot.

Couchée sur son lit, dont les draps souillés semblaient avoir été balayés par un vent fou, Edwina s'était juré qu'elle déguerpirait de cette maison maudite le plus vite possible.

Le lendemain matin, Edwina s'était donc précipitée aux champs et y avait sciemment abandonné un *shoe-claque*, sachant que son père l'obligerait à aller le chercher même à la nuit tombée.

— Pis que je te voie pas revenir icitte sans ton *shoe-claque*! avait-il tempêté quand elle était apparue sur le pas de la porte. J'ai pas une cenne noire à débourser pour toi, moi!

Au souvenir du mépris dont son père l'avait abreuvée, elle empoigna la lampe et comprit qu'elle avait définitivement quitté la maison.

Chapitre 4

Le code

— À te voir engloutir cette tarte aux pommes, c'est à croire que ton estomac est percé ! s'amusa Cléomène en regardant Damase s'empiffrer, comme s'il avait été astreint à un jeûne de plusieurs jours.

Le tic tac de l'horloge grand-père qui se dressait dans un coin du salon, cadeau de noces de Clara, égrenait les secondes. Dans la cuisine, des gens soucieux de déjouer un destin malin s'étaient réunis. Sur le poêle à bois, que l'on chauffait sans arrêt même pendant l'été, la bouilloire laissait échapper un filet de vapeur blanche. À la droite du poêle, près d'un évier encastré dans un comptoir de bois pâle, se dressait une pompe à eau manuelle. Les campagnards, contrairement aux citadins, tiraient leur eau d'un puits domestique. Ici, les lampes à l'huile et les chandelles illuminaient encore les maisons des paysans alors que dans les villes, l'électricité avait fait son apparition en 1913, grâce à la compagnie Southern Canada Power.

Tous attendaient la fin de la guerre pour s'autoriser le luxe de posséder une voiture à essence, de la lumière, de l'eau courante ou, plaisir ultime, une baignoire.

—J'étais tellement énervé à l'idée de passer le test médical que j'ai rien avalé pendant au moins deux semaines. Vous vous rappelez? C'est un truc que certains essaient: perdre le plus de poids possible pour éviter ainsi la conscription, expliquait Damase entre deux bouchées.

C'est à peine s'il avait arrêté de manger depuis son arrivée.

—Avais-tu peur que le docteur te trouve une maladie? l'interrogea sa tante qui grignotait un biscuit à l'avoine.

—Je savais pas ce qui me pendait au bout du nez. Malade, j'aurais pas été à la guerre, mais peut-être que j'aurais plus été bon à rien. En santé, on m'aurait enrôlé de force, puis envoyé au front quelques semaines après. Et cette évasion, caché au fond du coffre… C'est assez pour être énervé, non?

— Personne pourra signaler ta présence au barrage du pont Victoria. Y penseront que t'es encore dans les environs de Montréal ou dans le nord. Y viendront pas inspecter par ici tout de suite, le rassura son oncle, visiblement content de la réussite de son plan.

—Allons donc! C'est sûr qu'ils passeront à la ferme en premier! le contredit Clara, assise dans la berceuse près du poêle à bois dans lequel Cléomène venait de jeter deux rondins.

—Arrête de te tracasser comme ça! lui ordonna
Léontine qui n'aimait pas la voir ainsi agitée, car cela
nuisait à sa respiration déjà difficile. S'ils le croient
intelligent, ils vont présumer qu'il a pris le train pour
les États-Unis.

—Tu penses? demanda la cadette avant d'être la
proie d'une quinte de toux.

—Pour sûr! C'est d'ailleurs ce que font la majorité
des insoumis ces temps-ci. À l'usine, on raconte que
les déserteurs sautent la nuit dans des wagons ouverts.
C'est pour ça qu'il y a tant de policiers autour des
gares.

—Tu me rassures.

—T'en fais pas, ajouta Cléomène. Dès ce soir, y
sera en sécurité dans le bois.

—Oui, mais jusqu'à quand?

—On va y aller une journée à la fois, maman, rappela Damase, que la conversation rendait de plus en
plus anxieux.

Clara serra le châle de laine autour de ses épaules.

—J'espère que personne vous a vus arriver par le
village!

—On a fait bien attention, confirma son frère.

—Mis à part ton voisin Adélard qui fouinait dans
son champ, on a pas croisé âme qui vive, enchaîna
Léontine.

Clara écarquilla les yeux.

—Qu'est-ce qu'il pouvait bien faire là à cette heure,
lui?

— Y devait avoir perdu quelque chose, avança Cléomène sur un ton neutre.

— Celui-là..., répliqua la benjamine en pinçant les lèvres.

Clara poussa de ses deux pieds sur le sol, afin d'imprimer un nouvel élan à la berceuse qui craqua avant de marquer le rythme.

— C'est le premier dont je me méfierais, si tu veux le savoir.

— Pourquoi dis-tu ça ? demanda son frère, surpris.

— T'as vu sa fille, toi, dernièrement ?

— Sa fille ?

— Son unique fille, oui !

— Non.

— Ben, justement ! On l'a plus vue à la messe du dimanche ni au village depuis au moins deux mois !

— Elle a pris soin de sa mère jusqu'à son dernier souffle, rappela Cléomène.

— Elle a peut-être quitté le coin pour aller travailler en ville, comme beaucoup de jeunes filles de son âge, tenta Léontine. Avec tous ces hommes partis à la guerre, les manufactures fermeraient leurs portes si les femmes y travaillaient pas en grand nombre.

— Oui, cette maudite guerre qui en finit pas, soupira Clara en adressant un regard rempli d'amour à son fils qui terminait son second morceau de tarte.

— En tout cas, ton Damase, lui, y sera en sécurité dans le bois. J'ai tout prévu.

Sur ces mots, Cléomène fit un clin d'œil complice à celle dont il partageait le quotidien depuis que la mort avait fauché le père de Damase.

Cette chère Clara…

Enfant, cette petite fille aux cheveux couleur de blé le remplissait de joie. Elle avait un tel goût de vivre ! Toujours souriante et enjouée. Il l'avait vue maintes fois penchée au-dessus des chaudrons, chantonnant *À la claire fontaine* ou encore *Marianne s'en va-t'au moulin*. Plus tard, il avait admiré son courage lorsqu'elle avait perdu ses deux premiers nouveau-nés. Puis il l'avait soutenue dans le veuvage qui l'avait affligée alors qu'elle était encore dans la fleur de l'âge. Il avait alors décidé de venir vivre avec elle sur la petite ferme de dix arpents dont elle avait hérité de son mari.

La fermette de Clara rapportait juste assez pour qu'ils échappent à la pauvreté, à condition que Cléomène trime dur. Il aurait bien aimé agrandir ce domaine en mettant la main sur les dix arpents de la terre du voisin Soucy, et ainsi grossir l'héritage de Damase à une vingtaine d'arpents de bonne terre. Mais le vieux sacripant demandait beaucoup trop cher.

Quand il avait appris que son neveu ne recevrait pas la « dispense », cette exemption habituellement donnée aux garçons des cultivateurs, l'homme s'était juré qu'il ferait tout ce qui était en son pouvoir pour mener à bien les travaux de la ferme. Seulement, il ne suffisait pas à la tâche. Il s'en était confié à Léontine qui n'avait pas hésité une seconde et avait donné sa démission à la manufacture où elle gagnait chichement sa vie.

— À trois, on va s'en sortir ! l'avait-elle rassuré. Et puis, cette guerre-là va bien finir un jour ou l'autre, et les gars vont revenir dans leur famille et remplacer les vieux aux champs !

Pour ajouter à son malheur, il savait Clara rongée par un mal qui l'affaiblissait de jour en jour. Un mal que même le médecin ne savait guérir. Un mal qui lui faisait peur et qui laissait présager le pire… Clara lui avait demandé de ne pas en parler à son fils pour ne pas l'inquiéter outre mesure.

— Il a bien assez de soucis comme ça avec l'armée, répétait-elle.

Cléomène avait cependant prévenu Léontine. Cette dernière avait alors quitté son emploi avant la date prévue pour venir prendre soin de la benjamine de la famille.

— C'est-y pas un beau garçon, notre Damase ? Hein, Clara ? affirma Léontine en posant une main affectueuse sur le poignet de son neveu.

— On peut même dire que c'est un homme, maintenant, approuva-t-elle.

— Un homme ? Pas encore, ricana Cléomène en tirant sur sa pipe et en aspirant une bouffée de fumée qui s'échappa aussitôt d'entre ses lèvres en longues volutes blanches. C'est pas un peu de barbe au menton ou un uniforme qui fait qu'on est un homme. Ça prend bien plus que ça !

—Ah oui ? Et quoi donc, mon oncle ?

Damase le dévisageait, frondeur.

—Tu le sauras en temps et lieu, va ! le taquina Cléomène en lui décochant à nouveau un clin d'œil complice.

Damase sourit à celui qui avait remplacé son père défunt alors qu'il n'était encore qu'un gamin. Il affectionnait cet oncle qui avait choisi le célibat après avoir souffert d'amour. Sa dulcinée l'avait quitté pour embrasser la vie religieuse. Le jeune homme se rappela soudain les moments passés ensemble pendant les dures journées de travail sur la ferme ou dans les champs qui s'étendaient derrière la maison. Il se souvenait aussi de la poigne solide qui l'avait un jour tiré des eaux de la rivière quand une glace traîtresse avait cédé sous ses pas.

« C'est lui, mon père. Et il est ici chez lui », avait affirmé le garçon à sa mère lorsque cette dernière lui avait demandé s'il ne voyait pas d'inconvénients à ce que Cléomène vienne vivre avec eux.

Une bonne odeur de tabac s'élevait dans la cuisine où les quatre complices s'étaient rassemblés.

—Dire qu'y a des centaines de petits gars comme lui qui se font tuer à la guerre ! commença Cléomène avant de lancer un graillon dans le crachoir près de la chaise dont il faisait grincer les berceaux lentement.

—Des milliers, tu veux dire ! corrigea Léontine.

Elle crispa ses doigts sur le poignet de Damase.

— Au moins, toi, ils t'auront pas ! Tu serviras pas de chair à canon ou de nourriture aux rats. Non, mon gars ! On te garde avec nous. Et on va tout faire pour que tu sois en sécurité, loin de cette armée et de sa folie.

— En parlant de ça, enchaîna Cléomène, comme si le temps qui filait venait de s'interposer dans le bonheur des retrouvailles, y faudrait penser à y aller.

— Pas déjà ! protesta Clara. Il vient à peine d'arriver...

— Faut qu'y soit dans le bois avant que l'aube se pointe, tu le sais bien. Et puis, je veux être dans mon lit avant minuit. Je suis plus une jeunesse, moi ! Et les animaux, eux, font pas la grasse matinée. Ils ont faim aux petites heures.

La benjamine baissa les yeux un instant. Une larme perla au bord de ses longs cils. Une peine profonde l'étreignait, comme un étau qui lui serrait la poitrine et l'empêchait de respirer.

— Vous en faites pas, maman, je vais revenir toutes les deux ou trois nuits. Il faudra bien que je me nourrisse un peu ! Sinon, comment je survivrai dans le bois ? En mangeant des racines ?

Damase avait dit ces mots pour détendre l'atmosphère. Puis un malaise l'envahit à la pensée des difficultés qu'il allait éprouver en vivant comme un ermite dans le bois. Il songea aux longues journées durant lesquelles la solitude et le silence seraient son lot. Et

que dire des nuits, alors que le moindre bruit l'empê-
cherait de fermer l'œil ?

— T'es prêt ? fit Cléomène en se levant de sa chaise.

— Oui.

Léontine fut aussitôt sur ses pieds et s'avança vers
le comptoir de bois à côté duquel étaient disposés la
glacière, la huche à pain et, un peu plus loin, le poêle
à bois. Elle prit sur le comptoir un baluchon fabriqué
d'un linge à vaisselle de lin grège. Clara y avait déposé
des provisions : une grosse miche de pain de ménage,
des œufs dans le vinaigre, une salière pleine en forme
de poule, des galettes d'avoine, du beurre bien enveloppé dans un morceau de coton recouvert de papier
ciré, des carottes, du chou, des concombres, des
tomates, tous récoltés dans le potager derrière la
maison, et, bien entendu, un pot de confiture de framboises qu'elle avait cuisinée un mois auparavant.

— Tiens ! dit-elle en posant le tout sur la table
devant son neveu. Avec ça, t'es bon pour tenir au
moins trois jours dans le bois. J'ai pas mis de morceau
de viande, vu que tu pourras pas faire du feu ou cuire
quoi que ce soit.

— La fumée pourrait me faire repérer.

— Oui, faudrait pas que quelqu'un se pose des
questions en voyant de la boucane sortir du tuyau,
expliqua Cléomène. Ça paraîtrait louche à ce temps-ci
de l'année. Si on était au printemps, pendant les sucres,
ça serait plus normal.

— C'est certain ! Mais il reste plus de viande séchée ou cannée ?

— Ni du jambon qu'on a fait fumer l'hiver dernier, se désola son oncle.

— On l'a donné à la famille Bouthillette, compléta sa mère. Les pauvres, ils avaient plus rien pour nourrir leurs cinq enfants.

L'évocation des malheurs des familles avoisinantes toucha Damase qui baissa les yeux. Tous souffraient du rationnement imposé aux Canadiens, et plusieurs ne possédaient plus que des haillons. Ils tiraient le diable par la queue, ceux-là dont les enfants, bien avant que cette guerre ne commence, ne fréquentaient déjà plus l'école du rang, faute de vêtements ou de souliers. Les méchantes langues ou les vilains farceurs les nommaient les « va-nu-pieds », puisqu'ils ne portaient pas de souliers du mois d'avril au mois de novembre. Rejetés par les mieux nantis, ils se repliaient sur eux-mêmes, restant bien souvent illettrés.

— Quand tu reviendras, un bon ragoût t'attendra, le rassura Léontine, sortant Damase de ses rêveries.

Ce dernier se leva, saisit le baluchon contenant les provisions et eut un regard attendri pour sa mère.

Une chemise de coton rayé par-dessus laquelle il avait enfilé une salopette de denim bleu foncé, des paires de bas et des sous-vêtements propres, voilà tout ce qu'il emportait avec lui pour ce séjour. Cet habillement le faisait paraître plus grand encore, plus filiforme.

Avec sa chevelure d'un brun soutenu, ses yeux pers et sa peau pâle, Damase ne paraissait pas ses vingt ans bien sonnés. Ses lèvres charnues, affichant presque toujours une moue enfantine, son nez aquilin et ses longs cils recourbés lui donnaient l'air d'un jeune homme désinvolte, quoique peu enclin à la fourberie.

— Si, par hasard, tu dois rester confiné dans la cabane, au moins t'auras des vêtements de rechange, dit sa mère d'une toute petite voix en lui remettant une chemise et un pantalon propres et bien repassés.

Damase s'en empara, les mit sous son bras gauche puis plongea sa main droite au fond de sa poche. Ses doigts touchèrent le petit canif qui ne le quittait jamais, l'outil idéal pour sculpter des figurines de bois.

« Ça passera le temps », songea-t-il.

— Comment sauras-tu si t'es pas en danger en venant ici la nuit ? lui demanda soudain Clara. Je voudrais pas que…

— Y aura pas de danger, voyons, maman…

— Laisse-moi parler ! Quelqu'un pourrait t'apercevoir. Et si des policiers ou des soldats venaient jusqu'au village ? J'ai entendu dire que des escouades sillonnaient les forêts de la province et traquaient les déserteurs.

— Je te le répète, je pense pas que la police militaire va venir jusque dans notre campagne, tenta de la rassurer Cléomène.

— On sait jamais. Et puis, il y a toujours les délateurs…

— Ma pauvre Clara, pas à Sainte-Hélène ! Tout le monde se connaît et y en a pas un dans toute la paroisse qui soit pour la conscription.

Comme la plupart des habitants de ce coin de pays, des Canadiens français de souche, celui-ci en avait plus qu'assez de se sentir colonisé et le disait ouvertement.

Clara hocha la tête, guère convaincue.

Damase attrapa sa casquette de serge gris pâle pendue à un crochet de fer près de l'entrée et l'ajusta sur ses cheveux aux boucles courtes. Il prit ensuite un bâton appuyé sur le mur et en passa une extrémité dans le nœud d'attache du baluchon.

— Un vrai vagabond ! se moqua-t-il en prenant une pose devant sa famille.

Cléomène émit un petit rire, imité par Léontine. Clara ne riait pas.

— Un vagabond ou un déserteur… Aucun des deux est enviable, rétorqua sa mère en essuyant les larmes qui coulaient sur ses joues.

— Être vagabond, c'est plus rassurant, en tout cas. Et puis, ce sera pas la première fois que je vais dormir sur la paillasse de la cabane à sucre du 2e Rang.

— Je sais, je sais… Mais avant, tu t'y cachais pas.

— Pour le reste, ça fait pas de différence. Allez, cessez de vous en faire, maman, je serai plus en sécurité seul dans le bois que dans cette armée de misère.

Clara leva les yeux vers son seul enfant, que la guerre voulait lui ravir.

— Que le bon Dieu t'entende, mon garçon…

Lorsque son fils avait été appelé dans l'armée canadienne, elle avait eu très peur de ne jamais le revoir. Les plans échafaudés pendant les longues soirées qui avaient précédé son enrôlement obligatoire s'étaient démantelés les uns après les autres. Il n'y avait pas d'issue. Damase devait se conformer à la loi sur la conscription adoptée à la Chambre des communes le 24 juillet 1917 par le gouvernement conservateur de Robert Borden.

Beaucoup de Canadiens anglais avaient répondu à l'appel de la patrie, mais, chez les Canadiens français, il en avait été tout autrement. Même les curés, à la demande expresse du gouvernement, participaient à la propagande en faveur de la conscription et incitaient en chaire leurs paroissiens à s'enrôler pour la patrie. Ils se butaient plus souvent qu'autrement à des auditeurs récalcitrants. Des échauffourées avaient éclaté dans plusieurs villes de la province à majorité francophone. Dans la ville de Québec, surtout. Lors de la manifestation du 1er avril 1918, des soldats avaient même tiré à la mitrailleuse sur les manifestants, tuant cinq personnes et en blessant soixante-dix.

Les libertés civiles suspendues par la loi martiale et les demandes d'exemption refusées laissaient un profond ressentiment dans le cœur des gens de la province de Québec et les poussaient à la désobéissance.

Et le conflit perdurait...

Depuis bientôt quatre ans, les pays alliés de l'Angleterre avaient déclaré la guerre à l'Allemagne, engloutissant leur argent en matériel militaire, armement, avions, bateaux, et les pertes humaines, elles, ne se comptaient plus.

Six mille soldats furent victimes de la première utilisation du chlore gazeux sur un champ de bataille. Cela se produisit à Ypres en Belgique, le 22 avril 1915. Plusieurs souffrirent atrocement de cette démoniaque invention qui non seulement frappait les hommes, mais contaminait aussi les sols, les cours d'eau, les aliments. Les vêtements et la peau en étaient même imprégnés. Ce chlore laissait des cicatrices indélébiles tant sur le corps que dans l'esprit. Ceux qui se tiraient de cet enfer gazeux mouraient ensuite à petit feu de maladies pulmonaires ou hépatiques…

— Penses-tu avoir assez de nourriture ? demanda Léontine, coupant court aux pensées moroses de sa sœur.

— Ça va être parfait !

— Par chance, nous avons le potager pour nous fournir en bons légumes. Je me demande comment y font en ville ? se questionna Cléomène en ouvrant la porte, incitant ainsi son neveu à se dépêcher davantage.

— On s'en passe, parce que c'est cher sans bon sens ! affirma Léontine, faisant référence aux multiples privations qui meublaient son quotidien de citadine.

Elle s'approcha de Clara et mit un bras autour de ses épaules avant d'enchaîner :

— Ici, je vais en manger de tes bons légumes, ma petite sœur. Je vais t'aider aussi à sarcler ton potager.

— Bon, y faut y aller maintenant !

Cléomène accompagna son ordre d'une poussée dans le dos de son neveu.

— Attends ! lança sa mère dans un dernier sursaut. Viens dans la chambre, je dois te dire quelque chose.

Damase suivit sa mère qui referma la porte derrière eux.

— Je viens d'avoir une idée. Lorsque tu verras un drap blanc étendu sur la corde à linge, ce sera le signe que tu dois venir à la maison au plus vite.

— Pourquoi ? Et que diront les voisins s'ils voient un drap tendu sur la corde en pleine nuit ?

— Ils comprendront pas. Mais toi, tu sauras. Ce sera une sorte d'entente entre toi et moi.

— Un code…

— Oui. Tu pourras l'apercevoir de la Butte aux renards, à gauche du ruisseau.

— Et que diront oncle Cléo et tante Léontine ?

— Je leur expliquerai mon plan après ton départ.

Puis ils sortirent de la chambre. Damase embrassa tendrement sa mère et sa tante sur le front avant de quitter la maison, Cléomène sur les talons.

Léontine referma aussitôt la porte moustiquaire, qui laissait pénétrer un vent rafraîchissant en dépit du temps doux.

— C'est un bon petit gars, ton Damase, dit Léontine, visiblement émue.

— Oui…

Clara porta le mouchoir à ses yeux rougis.

— T'en fais pas ! Il va être correct, là-bas. Et puis, tant qu'il y aura pas des hommes de la police du dominion qui traîneront dans le coin, Damase pourra venir toutes les nuits.

Le souffle court et les joues en feu, Clara hocha la tête. Elle était peu rassurée par les paroles de sa sœur.

Ce n'était pas tellement le sort de son fils qui la préoccupait. Elle le savait débrouillard et aussi très prudent. Elle s'inquiétait davantage de sa propre santé. Clara ne savait pas combien de temps elle serait encore capable de tenir debout et de vaquer à ses occupations. Ses forces l'abandonnaient. Elle se sentait fatiguée. Très fatiguée…

Elle manqua soudain défaillir et dut prendre appui sur le bord de la table de bois foncé.

— Viens te coucher, tu es toute blême, lui conseilla Léontine en s'empressant de passer un bras autour de sa taille.

Elle l'aida à se rendre à la chambre que sa sœur avait occupée pendant près de vingt-trois ans avec son mari, une petite pièce aux murs recouverts d'une tapisserie à motif floral défraîchie. La poussière venant des terres salissait les carreaux de la fenêtre. Léontine la mena jusqu'au lit, à la tête à fuseaux, qu'une courte-pointe multicolore égayait un peu. Clara se laissa choir lourdement.

— Je vais t'aider à mettre ta jaquette.

— Non ! Je le ferai tantôt, protesta Clara.

— Comme tu voudras.

Léontine plaça une couverture sur elle avant de poser une main sur le front de sa sœur.

— T'es fiévreuse !

— J'ai juste chaud…, murmura Clara. Je vais dormir un peu. Ça ira mieux après.

— Je te laisse te reposer, alors. Si t'as besoin, t'as qu'à m'appeler. Je vais dormir dans la chambre verte, près de l'escalier. Avant je vais prendre un peu l'air sur la galerie en attendant le retour de Cléomène.

— Merci, Léontine. Merci pour tout ce que tu fais pour mon Damase.

— Il est un peu comme mon fils. Si j'ai quitté mon logis de Montréal, c'est pour venir veiller sur lui, mais aussi sur toi. Alors, dors tranquille. Ta grande sœur est là ! Bonne nuit !

— Bonne nuit…

Léontine déposa un baiser affectueux sur la chevelure de Clara qui avait fermé les yeux. Puis, elle marcha jusqu'à l'entrée et poussa la porte moustiquaire, qu'elle retint *in extremis* pour éviter que celle-ci ne se referme dans un claquement sec. À sa gauche, sur la galerie de bois, deux chaises berçantes attendaient, immobiles. Léontine s'installa sur l'une d'elles, plongea sa main droite dans la poche de sa jupe de laine noire et en sortit un petit étui de cuir travaillé. Elle en extirpa un chapelet de pétales de roses comprimés en petites billes, cadeau d'une amie religieuse, une sœur de la Présentation de Marie qui vivait au couvent de Saint-Hyacinthe, à quelques milles de Sainte-Hélène.

En enroulant le chapelet autour de ses doigts, elle esquissa un sourire.

Elle se souvint de l'«appel de Dieu» qui l'avait menée jusqu'au noviciat, et qui n'avait été qu'un feu de paille. Jamais elle n'aurait été capable de se soumettre à une autorité et une règle de vie aussi strictes, aussi sévères. Après quelques semaines passées entre les murs du couvent, Léontine étouffait. Elle, si éprise de liberté, de grands espaces, de vie, suffoquait dans ce monde fermé et silencieux qui la soustrayait à tout ce qui lui semblait bon et beau : les promenades au bord de la rivière en compagnie de ses amies, les parties de cartes et les fous rires qu'elles suscitaient, les sorties en calèche, le printemps quand tout refleurissait et sentait bon le muguet et le lilas.

— Et l'amour…, chuchota-t-elle dans la nuit.

Un pluvier kildir, cet oiseau nichant dans les labours et les pâturages, lança un trille dans le ciel nocturne. Son cri mit fin au rêve éveillé de la femme, qui se mit à égrener son chapelet.

Léontine se berçait au rythme des *Ave Maria* et des *Pater Noster*, en espérant que ses prières seraient entendues, et que Clara et Damase se sortiraient vite de leurs situations précaires.

Léontine ferma les yeux et appuya sa tête sur le dossier. Ses lèvres bougèrent encore un moment, formant des paroles maintes fois répétées, puis, lentement, le rythme imposé à la berceuse ralentit et elle sombra dans un sommeil bien mérité.

Recroquevillée sous les branches d'une épinette la protégeant tant bien que mal de la bruine qui tombait sur les champs, Edwina ouvrit les yeux dans l'obscurité qui l'entourait de plus en plus. Le dos appuyé contre le tronc rugueux, la jeune fille serrait les bras autour de ses genoux repliés. À ses côtés, comme un animal mort au combat, gisait la lampe à l'huile éteinte.

Un craquement tout près la fit sursauter. Craintive et nerveuse, elle se redressa, prête à déguerpir à la moindre apparition. Sa respiration haletante formait un halo de vapeur dans l'air saturé d'humidité.

Rassurée de se savoir seule, elle reprit sa position inconfortable, priant le ciel pour qu'il lui vienne en aide. En levant les yeux vers la maison des Huot, elle vit deux silhouettes en sortir et quitter les lieux d'un pas pressé.

Edwina reconnut monsieur Cléomène, ainsi que son neveu Damase qui le dépassait d'une tête. Elle avait croisé ce garçon, une fois, à la messe de minuit, il y avait plusieurs années de cela. Elle n'avait pas prêté attention à l'adolescent qu'il était. Bien que les deux terres soient contiguës, les rares fois où Edwina allait aux champs ne lui permettaient de l'apercevoir que de loin. Et puis, Adélard Soucy n'aimait pas frayer avec ses voisins. Edwina n'avait donc pas eu la chance de le connaître davantage.

Elle fut surprise de les voir emprunter un sentier bordé d'herbes hautes pour s'enfoncer dans un petit boisé longeant le chemin de terre.

Ils disparurent entre les quelques bouleaux qui entouraient la terre des Huot. Edwina se souvint que ce sentier menait au 2e Rang.

Elle y était allée jadis avec ses parents, pour une partie de sucre. Se rappelant des rares jours heureux de son enfance, toute la misère qui était désormais son lot lui monta à la gorge. Elle se sentit si fragile et si démunie qu'elle eut presque le goût de mourir.

À l'horizon, un éclair zébra le ciel. L'orage menaçait et Edwina comprit qu'elle ne pourrait pas demeurer longtemps dans les champs où elle ne trouverait aucun refuge. Délaissant sa cachette, elle se dirigea à son tour vers le chemin emprunté par Cléomène et son compagnon quelques minutes auparavant.

Un rayon de lune se faufila entre les nuages, trouant momentanément l'obscurité et dévoilant les contours des arbres. Ceux-ci formaient une enfilade près de la route que les paysans, à cette heure tardive, avaient désertée.

Edwina se déplaçait courbée, marchant entre les bosquets de graminées et de fougères qui étiraient encore leurs tiges vers le ciel où roulaient des nuages chargés de pluie. Elle longea la maison de ses voisins et vit une femme qui se berçait sur la galerie. Elle ne reconnut pas cette personne rondelette. Alertée par un bruit, celle-ci tourna la tête dans sa direction. La jeune fille eut juste le temps de se coucher face contre terre pour se soustraire à sa vue. Un rayon de lune s'accrocha un instant au coton de sa robe qui se nimba d'une clarté presque surnaturelle.

Edwina crut voir sa dernière chance s'envoler quand elle aperçut la dame se lever de la berceuse et s'approcher de l'extrémité de la galerie, à un jet de pierre de là. L'inconnue leva plutôt le nez vers les gros nuages noirs qui masquaient la lune et, sans plus tarder, elle disparut dans la maison.

Edwina se releva aussitôt et courut vers le boisé, s'employant à suivre à distance la faible lueur d'une lampe qui louvoyait, loin devant elle, entre les érables et les ormes centenaires.

— Je dois pas me faire repérer…, se répétait-elle en faisant attention de ne pas poser les pieds sur des branches mortes.

C'est donc à pas de loup qu'elle avançait, espérant découvrir un endroit où elle pourrait se cacher jusqu'à ce qu'elle puisse quitter Sainte-Hélène et oublier tout ce qu'elle y avait vécu jusqu'à ce jour. Malgré la peur qui la tenaillait, Edwina savait, à l'aube de ses dix-sept ans, qu'elle n'avait plus le choix. Elle devait coûte que coûte réussir à s'enfuir.

C'était désormais une question de vie ou de mort…

Chapitre 5

La tanière

—On y est! dit Cléomène en arrivant devant un bâtiment en bois de grange d'environ onze pieds de large sur quatorze pieds de long, dont la façade ne comportait qu'une seule porte.

Damase s'y dirigea quand un ordre de son oncle arrêta son élan.

—Attends!

Cléomène marcha vers le côté droit, disparut un long moment, puis revint par le côté gauche.

—Je voulais m'assurer que personne était venu par ici, expliqua-t-il. T'es pas le seul déserteur de la province.

—Pourquoi quelqu'un serait venu sur notre terre à bois? demanda Damase, perplexe.

—On sait jamais! Y aura toujours des maraudeurs dans les bois.

Sur ces mots, Cléomène sortit une longue clé de la poche de son pantalon.

—Comment peux-tu en être aussi certain?

—Y a pas que les conscrits que les policiers recherchent ces temps-ci.

L'homme inséra la clé dans la serrure.

—Non? Qui donc, alors?

—T'as pas entendu parler de la contrebande d'alcool?

—Un peu, je croyais pas qu'ici…

—Ici, plus qu'ailleurs, mon gars, l'interrompit son oncle en faisant sauter le loquet.

Il ouvrit la porte d'un coup d'épaule.

—Me dis pas que tu…

—Pas moi! Mais y en a plusieurs qui ont plus le choix! S'ils veulent pas tout perdre, y leur faut gagner de l'argent. Peu importe les moyens.

—T'en as déjà bu, toi, de la baboche?

—Non. J'ai trop peur. J'en connais que ça a rendu aveugle.

—Qui ça?

—Le père Ovila Gagnon.

—Le maquignon?

—Oui.

—Pourtant, il aurait pu s'en payer, de la bonne boisson, avec tout l'argent que son commerce lui rapportait…

—Tu te trompes! Depuis que l'armée a réquisitionné les chevaux, le pauvre a perdu pas mal d'argent.

—Maudite guerre…, ronchonna Damase.

—Tiens, la perds surtout pas, recommanda Cléomène en remettant la clé à son neveu.

Ce dernier la tint bien serrée dans son poing fermé.

À l'intérieur, l'obscurité était complète. Une forte odeur d'humidité leur sauta aux narines tandis qu'un nuage de poussière s'élevait dans l'air.

— Pouah! Ça fait longtemps que quelqu'un est pas venu ici! pesta Damase en posant une main devant son nez.

— On vient pas l'été, tu le sais bien. On a tellement à faire dans les champs que le bois, on le délaisse. Et puis, y a les moustiques et les brûlots.

L'homme échappa un petit rire.

— Je le sais trop bien, fit Damase en relevant l'allusion aux insectes qui lui feraient assurément la vie dure pendant une partie de son séjour dans ces bois. Dire que je pourrai même pas faire de feu. Ça va être un véritable calvaire! Je vais me faire piquer sans bon sens!

— T'as juste à pas te laver, lui conseilla Cléomène en riant de plus belle. Ce sera quand même moins pire qu'à la guerre. Au moins, ici, t'auras ni bombes, ni tirs de fusils, ni rats, ni poux à combattre. Pas de gaz dangereux ni de fièvre non plus.

Cléomène alluma une bougie qui reposait dans une boîte de conserve perforée. Sa faible lueur dansa dans la pièce.

Un poêle à bois, communément appelé une «truie», se dressait près d'une petite table installée sous une fenêtre rectangulaire. Les carreaux jaunis par la saleté étaient cachés en partie par des rideaux d'un bleu délavé. Dans un coin, un lit garni d'une paillasse de feuilles de maïs et recouvert d'une couverture de laine invitait à la flânerie. Un oreiller, avec sa taie de coton d'un blanc immaculé, tranchait avec le mur de bois que le temps avait rendu grisâtre. Près de la porte, accroché à un clou, un Christ en croix au visage ensanglanté. Juste en dessous, pendu à un second clou, un chapelet ayant appartenu au père de Damase faisait office de protecteur des lieux.

— Ici, au moins, t'as un toit sur la tête qui te protégera de la pluie, du froid et du vent, de même qu'un plancher de bois qui t'empêchera de patauger dans la boue, continua Cléomène en frappant du talon sur les planches grises. T'auras peut-être à cohabiter avec les petits animaux qui sont venus y faire leur tanière. Par contre, si tu veux mon avis, mieux vaut avoir une mouffette qu'un Allemand comme voisin !

— Ça… j'en suis pas si sûr !

Le rire fit oublier aux deux complices les ombres que ce temps de guerre faisait planer sur la terre entière.

Damase leva les yeux vers le toit en pente. Au milieu se dressait un surplomb formé par les panneaux situés au-dessus de l'évaporateur en acier qui trônait au centre de l'espace et dans lequel, chaque printemps, la sève des érables devenait sirop. Juchée sur deux pattes de métal à une extrémité et reposant sur un foyer en brique à l'autre extrémité, la longue panne de métal de dix-huit pouces de large sur quarante-huit pouces de long ressemblait à un animal endormi.

« C'est juste assez pour les deux cent cinquante entailles qu'on a », avait dit oncle Cléo quand il l'avait achetée, six ans plus tôt.

Sa cheminée, haute et droite, s'élevait vers la soupente et se fondait dans l'obscurité environnante.

— On pourrait pas ouvrir un des panneaux ? Ça aiderait à aérer.

— Bien sûr, vas-y donc ! Mais garde-toi bien d'ouvrir durant la journée, ça pourrait éveiller des soupçons si jamais quelqu'un passait par ici.

Damase s'exécuta.

Une bouffée d'air frais accompagnée des bruits discrets d'une faune nocturne qui profitait de cette nuit de fin d'été pénétra aussitôt dans la cabane.

L'attention du jeune homme fut soudain attirée par une nouvelle armoire coincée dans l'encoignure des murs du fond et fermée par un cadenas.

— C'est nouveau, ça ? demanda-t-il en marchant vers le meuble et en posant la main sur la poignée.

— Heu, oui... C'est que..., bafouilla son oncle, visiblement mal à l'aise. J'aimerais mieux que tu l'ouvres pas.

— Pourquoi ? Qu'est-ce qu'y a là-dedans ? insista Damase en jetant à Cléomène un regard suspicieux.

— Des effets, disons, personnels... Je t'expliquerai plus tard.

— Je comprends.

— Avant de partir, je veux te montrer la surprise que je t'ai préparée. Regarde !

Le vieil homme marcha vers la petite table et en déplaça les deux chaises un peu bancales.

— Tiens la lampe.

Il tendit celle-ci à Damase qui se tenait un peu en retrait. Le neveu s'exécuta et la tint au bout de son bras tendu.

Cléomène s'agenouilla sous la table et appliqua fortement ses mains sur le plancher. Il exerça une pression sur le bout de deux planches qui semblaient plus neuves que les autres. Un léger craquement se fit entendre tandis que l'autre extrémité bougeait légèrement.

— Qu'est-ce que c'est? souffla Damase, intrigué, en approchant la lanterne.

— Tu vas voir ce que tu vas voir!

Sans peine, Cléomène souleva le panneau formé des deux planches de pin noueux qu'il déposa sur le côté. Puis, il prit la lampe des mains de Damase et l'approcha de l'excavation béante.

— Ça alors! s'exclama Damase qui n'en croyait pas ses yeux.

Dans l'éclairage vacillant de la petite lampe, Damase aperçut une fosse d'environ six pieds sur trois pieds, dont le fond recouvert de planches de bois offrait suffisamment de place pour qu'un homme de sa taille puisse s'y étendre.

— C'est-y pas du beau travail, ça?

Heureux de son effet, Cléomène se releva, enleva la poussière qui collait à ses vêtements et sourit.

— C'est toi qui as fait ça?

— Je me suis dit que si jamais quelqu'un venait, tu pourrais leur échapper en te cachant là-dedans. En tout cas, moi, c'est ce que je ferais à ta place. Parce que courir dans le bois avec des policiers et des chiens aux trousses, c'est pas gagné d'avance.

— T'as tout à fait raison.

Les deux acolytes fixaient la niche béante à leurs pieds, l'un priant pour que cette cachette serve en temps voulu, l'autre espérant ne jamais avoir à s'y réfugier.

— Bon, je dois partir, maintenant.

Il posa une main sur l'épaule du jeune homme.

— Ça va aller ?

— T'inquiète pas pour moi, Cléo…

L'emploi de ce diminutif toucha le vieil homme. Depuis qu'il habitait avec Clara, Cléomène avait découvert ce qu'était une vie de famille avec, bien sûr, ce que cela comportait de compromis, de travail, mais aussi de doux moments de tendresse et d'affection sincère. Très tôt, Damase l'avait surnommé Cléo, au grand dam de sa mère qui trouvait que ce surnom lui manquait de respect. Son frère l'avait rassurée en lui faisant remarquer que c'était dans les coutumes des jeunes gens de donner des surnoms à ceux qu'ils affectionnaient, et qu'il ne s'en formalisait pas du tout. Au contraire, c'était, pour ainsi dire, une preuve que Damase l'aimait bien.

Lui aussi aimait Damase. Comme s'il avait été son propre fils. Cléomène se souvenait de la douleur qui l'avait assailli quand il avait appris que la conscription lui ravirait son neveu. Il avait élaboré mille stratagèmes pour le garder à la ferme en toute sécurité. Il avait même fait le voyage jusqu'à Ottawa, bien décidé à faire pression en personne auprès du premier ministre Borden pour qu'il lui accorde l'exemption promise aux fils de cultivateurs ; promesse qu'après son élection, Borden s'était empressé de rompre.

Bien entendu, il en était revenu bredouille, après avoir clamé sa déconvenue au militaire en faction devant le parlement. Celui-ci s'était contenté de lui lancer un regard noir sans bouger de sa position de garde-à-vous. Après ce voyage, il s'était juré que Damase n'irait pas au combat et qu'il ferait tout pour l'arracher aux griffes de cette maudite armée.

Cléomène fit demi-tour.

— Alors, bonne nuit, mon gars.

— Cléo... je...

Ce dernier se retourna vers Damase qui s'élança vers lui. Les deux hommes s'étreignirent à s'en briser les côtes. Damase ferma les yeux un instant.

Il se rappela le soir de ses quinze ans quand, en compagnie de Zoël et Florimond Beaudoin, il avait vidé trois bouteilles de vin de pissenlit volées à même les réserves de Clara. Comme ils étaient ivres, ce soir-là ! Cléomène les avait découverts dans la grange, étendus dans le foin. Son oncle avait raccompagné les garçons chez leurs parents avant de revenir le chercher, lui, alors qu'il cuvait son vin et ronflait comme une locomotive. Une fois debout, un haut-le-cœur l'avait pris et il avait vomi pour la première fois de sa vie. Cléomène l'avait ensuite aidé à regagner sa chambre en catimini, pour ne pas réveiller Clara. Depuis cette nuit-là, Damase avait la certitude qu'il serait toujours là pour le protéger.

— Merci pour tout, dit enfin le garçon en reculant d'un pas.

— Bon, je dois y aller, sinon Léontine va s'inquiéter. Cléomène se racla la gorge et fixa le sol.

— On se voit dans trois jours.

— Oui, dans trois jours…, répéta Damase.

Le vieil homme quitta la cabane sans ajouter un mot et ne se retourna pas quand il reprit le petit sentier.

De la porte encore ouverte, Damase le vit s'éloigner, silhouette imprécise dans cet univers obscur qui serait son lieu de résidence pour un temps indéterminé.

Dans le ciel, de gros nuages filaient au-dessus des champs et des bois, signes de la pluie à venir.

À peine Cléomène avait-il quitté les abords de la cabane qu'Edwina s'en approchait. Jusque-là, elle était demeurée cachée à bonne distance pour éviter que les deux hommes ne la débusquent.

Dans la fraîcheur de la nuit, l'humidité la faisait frissonner, elle qui ne portait pour tout vêtement qu'une légère robe de coton que les années avaient usée. Edwina regretta ne pas avoir eu l'occasion de prendre sa veste de laine avant de partir. Cela n'aurait fait qu'aviver la suspicion de son père, qui l'aurait alors sûrement empêchée de sortir. Quand aurait-elle eu de nouveau la chance de se sauver ?

Une pluie drue se mit soudain à tomber, obligeant la fugueuse à courir vers un abri au plus vite. C'est trempée jusqu'aux os qu'Edwina arriva près de la cabane où Damase terminait ses préparatifs pour la nuit.

Avec la plus grande prudence, et bénissant la pluie qui redoublait d'ardeur et tambourinait maintenant sur le toit de tôle, Edwina se rendit jusqu'à l'appentis attenant à la structure principale sans craindre d'être entendue. À l'intérieur, formant une ligne parfaite, des cordes de bois étaient entassées, prêtes pour la prochaine saison des sucres.

Elle aperçut une ligne plus claire entre les rangées de bûches et s'y faufila. Edwina marcha à tâtons, avançant de côté dans cette étroite ouverture entre les cordes de bois et le mur. Sa petite taille lui permit de se glisser plus avant et d'atteindre une porte près de laquelle elle découvrit un espace couvert de copeaux. « Ça doit être ici qu'ils fendent leur bois à la hache », comprit-elle.

Edwina s'accroupit, posa les mains sur le sol pour éparpiller le bran de scie. Pendant un moment, elle craignit que son voisin vienne y chercher du bois.

Mais elle se détendit, comprenant qu'à cette heure et par cette température, il ne penserait probablement pas à faire du feu.

«Et si, comme je le crois, cet homme se cache lui aussi, il a pas intérêt à ce que la fumée alerte les gens des fermes voisines», s'encouragea-t-elle encore. Rassurée, Edwina s'étendit par terre, cherchant tant bien que mal une position confortable.

Sur le toit de tôle au-dessus d'elle, le vent faisait s'entrechoquer les branches qui claquaient comme autant de caquètements de basse-cour. Dans la pièce d'à côté, elle entendait des pas, des raclements de gorge suivis d'un bruit de chaise que l'on déplace sur un plancher de bois.

Incapable de trouver le sommeil, la fugueuse, dont les yeux s'habituaient de plus en plus à l'obscurité, se releva et marcha vers la porte. Elle passa une main tremblante sur le bois rugueux, sans réussir à trouver le loquet. La jeune fille appuya son autre main sur la porte et poussa doucement, celle-ci ne broncha pas. Elle chercha un interstice. Il y en avait un en bas de la porte où elle glissa deux doigts. Puis Edwina tira vers elle et la porte s'ouvrit vers l'appentis. Elle se promit de placer une entrave dès qu'elle le pourrait. «Une branche ferait l'affaire…», estima-t-elle encore.

Edwina retourna se coucher, se roulant en boule pour conserver un peu de chaleur. Elle leva les yeux vers le plafond. Sur les poutres courait une souris des bois. Elle bénit cette présence plutôt que de la craindre, soulagée d'être à l'abri des intempéries et de la folie de son père.

La pluie redoubla de violence et, bercée par cette mélodie, elle s'endormit enfin.

Chapitre 6

La vie dans le bois

Après le départ de Cléomène, Damase rangea les provisions dans un récipient de métal afin que les odeurs n'attirent pas mulots, écureuils, mouffettes ou ratons laveurs, pour qui cette nourriture serait un vrai régal. Il se dévêtit, puis se ravisa et décida de dormir tout habillé. Tout bien pensé, il vaudrait mieux qu'il se sauve dans le bois avec son pantalon plutôt qu'en caleçon, si jamais il devait prendre la fuite. Il n'enleva que sa casquette et ses bottines de cuir pour les ranger soigneusement à gauche du lit. Puis il s'étendit par-dessus la couverture. Une fois la tête sur l'oreiller, il croisa les mains sous sa nuque et fixa le plafond.

— Cette cabane est désormais ma prison, murmura-t-il dans le silence.

Damase songea un instant à son ami Conrad qui avait préféré, comme beaucoup d'autres jeunes hommes, s'amputer de l'index droit plutôt que d'être conscrit. Cette amputation volontaire les empêchait assurément de tirer du fusil.

Sa pensée vola alors vers son copain Zoël qui avait eu moins de chance… Il se souvint du cri d'agonie que ce dernier avait poussé quand, après une manœuvre malhabile, la hache qu'il destinait à son index avait dévié de sa trajectoire pour se ficher dans sa jambe droite. Le malheureux avait tenté de soigner sa blessure qui s'était rapidement infectée. Lorsque le médecin avait enfin été appelé au chevet du garçon, il n'avait eu d'autre choix que de lui amputer la jambe jusqu'au genou.

Il avait entendu d'autres histoires d'horreur à propos de gars qui, comme lui, avaient décidé de se réfugier dans la forêt et qui avaient été pris par la police militaire sillonnant toute la province de Québec, à la poursuite des «lâches à la patrie». Le traitement que l'armée réservait aux déserteurs et aux insoumis était très sévère, allant de l'emprisonnement jusqu'au peloton d'exécution en passant par les travaux forcés ou les sévices corporels administrés par un tortionnaire désigné. Sans parler des risques encourus par les proches et la famille des fuyards. De plus, ceux-ci essuyaient les critiques de leurs concitoyens dont les fils étaient partis à la guerre.

—Je dois pas m'apitoyer! se sermonna-t-il à voix haute. Pas de remords, surtout! Ce qui est fait est fait. Je peux plus faire marche arrière.

Résigné, Damase souffla la chandelle et ferma les yeux. Il se tourna d'un côté, puis de l'autre, avant de revenir sur le dos et de les rouvrir dans la pénombre.

Comme il n'arrivait pas à s'endormir, il tenta de passer le temps en fixant dans sa mémoire le moindre recoin de la pièce. À droite d'abord, la masse sombre et trapue du poêle à bois se détachait sur le mur plus pâle. La boîte à bûches, pleine et au couvercle relevé, voisinait un comptoir sur lequel on avait posé une cuve en granit blanc.

Il constata qu'il n'y avait pas de réserve d'eau dans la cabane. «Je remplirai une cruche la prochaine fois que j'irai à la maison», décida-t-il tout en évaluant la difficulté de transporter assez d'eau pour ses besoins. Il se souvint alors du petit ruisseau qui coulait non loin, juste en contrebas de la Butte aux renards. «J'irai plutôt au ruisseau! Ce sera plus pratique.»

Damase referma les yeux et inspira profondément plusieurs fois, bien décidé à basculer au plus vite dans un sommeil réparateur. Dans sa tête, des pensées se bousculaient, s'entremêlaient, et, chaque fois qu'il changeait de position, les craquements du lit l'importunaient au plus haut point.

Un moustique vint siffler près de son oreille.

— Maudites bestioles! s'écria-t-il en se levant pour aller vérifier s'il avait bien fermé l'ouverture du toit qui laissait passer les maringouins et aussi la pluie.

Damase se dit qu'il préférait coucher dans un endroit chaud et humide plutôt que d'être réveillé, au petit matin, par un mulot ou quelque bestiole qui en aurait profité pour venir investir la cabane pendant qu'il dormait.

Il se tourna soudain vers la porte communiquant avec l'appentis.

— Cléomène a-t-il vérifié là-dedans aussi ? se questionna-t-il.

L'idée qu'un autre fuyard soit venu trouver refuge sous cette structure non verrouillée l'effraya. Il recula d'abord d'un pas, puis, se ravisant, il s'approcha de la cloison de bois, y posa l'oreille et écouta.

Rien.

— Si je jette pas un coup d'œil, je pourrai pas dormir de la nuit.

N'écoutant que son courage, il posa une main tremblante sur la petite poignée de métal placée sur le panneau de bois qui s'ajustait parfaitement dans le cadre et ouvrit la porte d'un seul coup. Les gonds grincèrent à peine tellement le mouvement avait été brusque et rapide. Damase scruta l'endroit plongé dans le noir, tendant l'oreille afin de percevoir un mouvement, un souffle.

Tapie derrière la corde de bois, le cœur tambourinant jusqu'à ses tempes, Edwina bénit le paravent de bûches qui la cachait du regard de celui qui se tenait sur le seuil, la main sur la poignée de la porte ouverte.

Visiblement satisfait de son examen, il cracha au sol avant de refermer la porte avec douceur.

La fugueuse, croyant qu'elle serait surprise, retenait encore son souffle dans sa poitrine gonflée à bloc. La peur, qui avait décuplé le rythme de son cœur, inondait maintenant tout son corps d'une chaleur bienfaisante.

Damase était retourné se coucher. Il avait tiré sur lui la couverture de laine. Il passa une main dans sa chevelure avant de fermer les yeux.

De son côté, Edwina attendit que cessent les bruits dans la cabane. Puis, elle inspira profondément afin de maîtriser les tremblements qui l'affectaient encore. Après de longues minutes, les sons nocturnes reprirent leur concert et la jeune fille s'endormit enfin.

Cette première nuit fut prétexte à sursauter au moindre bruit, craquement ou hululement. L'aube trouva Damase fatigué, nerveux, et il ne tarda pas à se chausser et à déserter le lit.

Au loin, dans le village, les cloches de l'église paroissiale se firent entendre.

— L'angélus de six heures, murmura Damase, heureux que le vent porte ces carillons jusqu'à lui.

Il bénit ces anges de bronze qui, depuis des siècles, scandaient le temps. Surtout, ils sonnaient l'angélus tous les jours à six heures, midi et dix-huit heures. Nombre de paysans arrêtaient alors leur travail, qu'ils soient aux champs ou à l'étable, et prenaient le temps de réciter un *Ave Maria*.

Les cloches, c'était aussi la célébration des expériences significatives de la vie des individus; des rites de passage les plus personnels jusqu'aux événements familiaux comme les naissances, les mariages, les décès des proches et des parents. Depuis peu, dans certains villages, elles prévenaient aussi les jeunes gens de l'arrivée des agents de la conscription. Cléomène pourrait peut-être jouer de son influence auprès du clerc de l'église pour que lui aussi en fasse autant... «Je crois pas qu'il accéderait à cette demande, réfléchit ensuite Damase. C'est un conservateur, le curé...»

Une lumière blafarde perçait les carreaux de la petite fenêtre sur laquelle des gouttes de pluie s'accrochaient encore. Damase s'approcha et écarta discrètement le rideau. Une bruine tombait sans relâche, lustrant les feuilles des arbres sans qu'aucun vent ne vienne les faire trembler.

— Ça finira donc jamais, ce crachin! souffla-t-il en rabattant le tissu d'un geste brusque.

Damase marcha vers la porte et sortit de la cabane qu'il contourna pour aller soulager sa vessie. Il revint à l'intérieur sans tarder. Il chercha le récipient de ferblanc, fit sauter le couvercle et trouva le baluchon. Il s'empara d'un morceau de pain de ménage et du pot de confiture, puis tendit la main vers un tiroir de fortune situé juste en dessous du comptoir et en retira un couteau. Quand il eut déposé son festin sur la table, il prit place sur le bout d'une chaise, ouvrit le pot, y plongea la lame brillante et tartina généreusement le morceau de pain.

— Mmm... Au moins, ici, j'ai de quoi me régaler!

Ses pensées volèrent vers les tranchées en France ou en Belgique où des milliers de soldats n'avaient pas la chance de savourer pareil déjeuner. Il se souvint des récits de ceux qui étaient revenus de «l'autre bord», comme ils appelaient l'Europe. La description des victoires et des défaites était le lot des survivants encore capables de raconter ce qu'ils avaient vécu.

Cette guerre était bien plus qu'une guerre. C'était une plaie qui s'incrustait dans la chair des survivants et les martyrisait même une fois qu'ils étaient rentrés au pays. Dans leurs yeux, on pouvait lire les noms des hommes morts près d'eux; ceux auxquels ils n'avaient pu offrir une sépulture décente. Sur leurs mains tremblantes, qu'ils tendaient vers leurs enfants ou leurs parents, on voyait les marques laissées par les fusils et les baïonnettes, ces fidèles compagnons qu'ils avaient serrés entre leurs poings crispés pendant des mois. À les regarder, on pouvait entendre les cris qu'ils n'avaient jamais proférés et qui revenaient les hanter, la nuit, quand les souvenirs atroces refaisaient surface. Ces cris qu'ils étouffaient encore par orgueil...

Damase savait qu'il ne serait pas tourmenté par de tels souvenirs. Jamais il ne pourrait se vanter d'avoir échappé à la guerre par désertion. Il serait considéré comme un poltron par certains, et parfois même comme un traître. Il ne pourrait se confier qu'à quelques amis sûrs, à sa future épouse peut-être, et à ses enfants...

Il avait bien songé à se marier afin d'éviter l'enrôlement obligatoire. Dans la province, beaucoup de garçons avaient préféré prendre épouse plutôt que de perdre leur liberté, pensant à tort être exemptés d'office. Seulement, la loi n'exemptait que les pères de famille. Damase, lui, estimait qu'une vie sans amour serait plus ardue à supporter que quelques mois dans le bois.

Et puis, il y avait les États-Unis…

Il n'avait pas jugé bon d'en glisser un mot à son oncle, mais, ce matin encore plus qu'hier, alors que l'automne approchait et qu'il ignorait combien de temps il devrait se terrer ici, Damase savait qu'il partirait vivre chez les voisins du Sud.

—C'est qu'une question de temps! dit-il pour se conforter dans sa décision.

Il termina son repas frugal, referma le bocal qu'il replaça dans le récipient de métal et épousseta les quelques miettes qui s'éparpillèrent sur le plancher près de la trappe. Il s'agenouilla pour les faire disparaître entre les interstices. Curieux, il voulut vérifier le mécanisme de la cachette. Dès le premier essai, il put l'ouvrir sans difficulté.

—Je dois m'habituer à entrer là-dedans le plus rapidement possible et replacer les chaises sans que rien paraisse.

Sans attendre, il se faufila dans le trou, adopta une position confortable et tendit la main vers les chaises, qu'il replaça sans peine près de la table. Il leva ensuite les bras et empoigna le panneau de bois qu'il posa au-dessus de lui. Le tout s'emboîtait parfaitement.

Dans ce petit réduit, couché sur le dos, Damase tenta de bouger ses pieds, ses bras, ses mains et un peu ses jambes. L'espace était long, mais plutôt étroit et il se sentit vite inconfortable.

— Oncle Cléo a oublié que j'étais plus carré d'épaules que lui, se moqua Damase en exerçant une poussée sur le panneau afin de sortir de sa cachette.

Rien ne bougea.

Déconcerté d'abord, inquiet ensuite, il poussa plus fort sur les planches de bois qui craquèrent, mais ne bronchèrent pas d'un pouce.

— C'est pas vrai! s'énerva-t-il. Je suis pas pris dans ce trou à rat!

Pris de panique, Damase leva les genoux et les bras. Il poussa si fort que, dans un couinement, le panneau s'éleva haut dans les airs avant de retomber sur le jeune homme qui protégea son visage de ses avant-bras. Le coin du panneau de bois atterrit sur sa poitrine, ce qui lui coupa le souffle. Sans demander son reste, Damase émergea de sa tanière comme si une mouche l'avait piqué.

—J'irai pas dans cette fosse une seconde fois, se jura-t-il. Ça, jamais plus!

Il ne prit pas la peine de replacer le panneau ni les chaises tombées à la renverse quand il s'était extirpé de dessous la table. Il marcha résolument vers la porte, l'ouvrit toute grande et prit la fuite, tel un animal sauvage qui aurait échappé de justesse à un piège.

Dehors, la pluie avait cessé. Les lourds nuages gris faisaient maintenant place à un ciel azuré, dans lequel voletaient des arabesques blanches qui se détachaient en volutes.

Damase prit une profonde inspiration, emplissant d'air ses poumons oppressés. Il posa un regard d'épervier sur les alentours avant de retourner dans la cabane. Il en ressortit aussitôt, une cruche en granit pendue à la main gauche. Il referma la porte, la verrouilla, enfouit la clé au fond de la poche de son *overall* et marcha en direction de la Butte aux renards où il espérait voir couler le ruisseau de son enfance. Il avait si hâte de se rafraîchir, et surtout d'y puiser de l'eau. Lorsqu'il arriva enfin, le ruisseau coulait en cascades, gorgé des pluies de la nuit.

Le jeune homme remplit d'abord sa cruche puis, après avoir scruté les environs et s'être assuré qu'il était bien seul, il eut l'envie irrésistible de se baigner. Sans réfléchir davantage, il se délesta de ses vêtements en un temps record et entra dans l'eau fraîche. Il se laissa flotter quelques instants, heureux de se sentir libre.

À vingt ans, Damase était un garçon bien bâti. Les muscles de ses cuisses et de ses bras, formés aux durs travaux des champs, formaient des saillies sous sa peau. Le garçon se savait assez beau, surtout après s'être comparé aux autres gars qui attendaient, nus, comme lui, de rencontrer les médecins de l'armée. Il n'était pas très velu comme certains, mais les quelques poils qui ornaient sa poitrine et ses aisselles le contentaient.

Les filles du village le surnommaient le Timide. Damase ne s'offusquait pas de ce sobriquet, persuadé qu'il était préférable de se tenir loin des plaisirs de la chair plutôt que de se déshonorer par un comportement répréhensible. Il rêvait secrètement de l'amour avec un grand A; celui que l'on déclare à une seule femme. Celle-ci porterait un jour son nom et lui donnerait des enfants.

Damase n'avait jamais été réellement amoureux encore. Tout au plus avait-il ressenti un béguin pour sa cousine Aurélia. Ils s'étaient tenu la main, un soir d'été, assis sur les marches du perron de la maison familiale. Damase avait voulu l'embrasser, mais l'arrivée impromptue de Cléomène avait mis fin à ce premier fantasme. Par la suite, Aurélia était retournée vivre à Montréal et ils ne s'étaient plus revus.

Damase sortit enfin de l'eau et se coucha sur l'herbe afin de s'y laisser sécher, puis il ferma les yeux. Il prenait plaisir à écouter le chant des grillons que la chaleur de cet automne gardait dans le repli des herbes hautes. Il aimait cette quiétude et ressentait un sentiment de victoire, plus grand encore que celui qui l'habitait lorsque le convoi avait passé les guérites.

— Oui, je suis libre…

Dans cette nature sauvage, il avait la certitude que le monde lui appartenait, comme à l'époque où l'odeur de la terre mouillée, le parfum des fleurs de trèfle dans les champs et la senteur du foin battu s'étaient infiltrés dans sa mémoire d'enfant.

Un craquement tout près lui fit rouvrir les yeux et se dresser sur son séant. Laissant là les souvenirs sereins, le déserteur attrapa ses vêtements qu'il roula en boule avant de les plaquer sur son sexe. D'un geste brusque, il attrapa la cruche d'où s'échappa le trop-plein d'eau, et déguerpit en quatrième vitesse.

Cachée derrière un bosquet de cèdres, Edwina contemplait depuis peu le corps nu de Damase couché sur les berges du ruisseau. Par pudeur, elle avait d'abord détourné les yeux, puis elle avait porté des coups d'œil discrets au visage à la beauté encore juvénile, malgré le menton parsemé de poils. Elle l'avait trouvé beau. Elle, qui croyait avoir à jamais le dégoût des hommes, ressentait en cette circonstance précise une émotion inconnue. Une douce chaleur se répandait dans ses reins, montait jusqu'à son cou et faisait rougir les pommettes de ses joues.

Edwina expliqua d'abord son malaise par la vision pécheresse qui s'offrait à elle. Puis, elle comprit qu'elle enviait ce garçon. Elle aurait aimé être à sa place, se baigner dans les eaux de ce ruisseau, exposer elle aussi sa chair aux rayons de soleil qui, pareils à des lames dorées, se frayaient un chemin entre les ramures.

Elle maudit son appartenance au sexe inférieur. Si elle avait été un homme, elle n'aurait sûrement pas subi l'outrage de l'inceste. Elle n'aurait pas non plus à supporter la servitude que la société et l'Église imposaient aux femmes. Bien que peu instruite, elle se souvenait de quelques prêches du curé entendus lorsqu'elle accompagnait ses parents à la messe. Elle se rappelait la soumission discrète des femmes aux coiffes rigides et au silence révélateur. Les hommes, eux, se découvraient et discutaient sur le parvis de l'église.

Son ventre vide se mit à gargouiller. Depuis sa fuite, Edwina n'avait rien mangé. Elle ne pourrait pas tenir longtemps encore sans nourriture. Ses lèvres asséchées témoignaient aussi de sa grande soif, qu'elle aurait bien aimé étancher avec l'eau claire du ruisseau.

Au matin, après quelques heures de sommeil, Edwina avait compris qu'elle devait demander de l'aide pour se sortir de cette impasse. Elle avait pensé parler au curé Arcouette, pour ensuite changer d'avis, se rappelant que l'autorité du père faisant loi, les filles rebelles ou récalcitrantes étaient souvent placées de force au couvent ou enfermées dans des asiles de fous. C'est du moins ce qu'avait raconté Gérald Lafrenière à propos de sa cousine, pendant une récréation, quand elle fréquentait encore l'école.

—J'ai pas d'autres choix que de quitter Sainte-Hélène le plus tôt possible, avait-elle conclu.

Elle savait qu'à Montréal ou à Québec, elle pourrait se fondre dans la masse des travailleuses que l'on réclamait de plus en plus dans les usines de guerre. Elle y aurait sa place et referait sa vie incognito, toujours pauvrement, certes, mais bien à l'abri des sévices que son père lui infligeait.

Voulant aller se désaltérer au ruisseau, Edwina marcha sur une branche qui craqua. Le jeune homme prit la poudre d'escampette. Elle attendit plusieurs minutes pour s'assurer qu'il avait bel et bien décampé. Quittant sa cachette, elle se hâta vers le ruisseau dans lequel elle plongea à son tour après s'être dévêtue de la tête aux pieds. La jeune fille s'ébroua quelques instants, buvant à même le creux de ses mains placées en coupe. Puis, sans s'attarder davantage, elle sortit de l'eau, remit sa robe et repartit vers l'appentis.

Chapitre 7

Une visite à la maison

Depuis trois jours, Damase vivait son quotidien dans une solitude monastique. Dormant peu, préférant faire de courtes siestes plutôt que de plonger dans un sommeil trop profond, il sculptait des petites figurines dans des branches d'arbres, leur donnant tantôt l'aspect d'un canard, tantôt celui d'un lapin ou encore d'un ours debout. Il aurait bien aimé pouvoir souffler dans sa «musique à bouche», cadeau de Cléo pour son dixième anniversaire, mais il se résignait à la laisser au fond de sa poche…

Depuis qu'il possédait cet instrument dont il ne se séparait jamais, Damase égayait régulièrement les soirées de sa mère et de son oncle, le soir après le labeur de la journée. Les deux pieds sur la bavette du poêle, alors que les vents d'hiver sifflaient et tempêtaient contre les vitres couvertes de givre, il en tirait de joyeuses mélodies.

— Joue-moi *Isabeau s'y promène*, lui demandait souvent sa mère.

Damase s'exécutait avec plaisir, soufflant chacune des notes qui devenaient langoureuses ou tristes, et qui le ramenaient aux beaux jours de l'enfance.

Il posa une main sur le petit instrument au chrome brillant et le caressa, comme on flatte un animal docile. Il s'en empara, le posa sur ses lèvres qu'une barbe brune commençait à auréoler et osa jouer quelques notes. La cabane s'emplit aussitôt de la vibration sonore.

Surpris, Damase stoppa net, presque gêné d'avoir brisé le silence.

— Je pourrai pas tenir très longtemps ici, dit-il dans l'obscurité qui envahissait tout. Je vais devenir fou, tout seul à me morfondre.

Damase avait fait fi des recommandations de son oncle et était allé s'étendre quelques fois derrière un bosquet d'ifs, dont le feuillage tendre faisait le régal des chevreuils qui vivaient non loin de là.

Il avait eu envie de retourner vivre chez lui, au risque de voir apparaître un jour un policier. Sa mère l'aurait empêché de faire pareille folie. Elle l'aurait réprimandé et lui aurait ordonné de repartir tout de suite vers le 2ᵉ Rang pour s'y cacher.

Et surtout, elle lui aurait répété d'être patient.

— La patience…, soupira Damase. C'est plus dur que tout !

Il n'avait pas d'autre choix que d'abdiquer devant son ennemi invisible. Le temps qui passait était son seul atout. Damase crut défaillir en imaginant les longues journées d'hiver à venir où il devrait demeurer cloîtré à l'intérieur pour ne pas laisser ses traces dans la neige. Pire, il ne pourrait pas se réchauffer, devenant ainsi vulnérable aux affres d'un rhume, d'une grippe ou, pire encore, d'une pneumonie qui l'emporterait sans que personne ne s'en aperçoive.

— Ce soir, je vais parler à oncle Cléo ! lâcha-t-il en ajustant ses bretelles.

Il quitterait cet endroit pour la première fois depuis sa fuite, et dégusterait un bon repas de viande, ce qui lui manquait de plus en plus. Ses vivres s'étaient presque envolés et il en avait déduit que sa solitude le faisait manger plus que de coutume. Il lui en aurait fallu au moins le double pour satisfaire son appétit.

— J'espère que maman a cuisiné un bon *roast beef* ! s'encouragea-t-il en ramassant son baluchon vide qui gisait sur le lit et dans lequel il espérait mettre plus de provisions.

Damase ouvrit la porte, sortit de la cabane et s'assura de bien verrouiller derrière lui. Puis, il se dirigea d'un pas décidé vers le sentier qui traversait la terre à bois et menait à la ferme.

À la pensée de la bonne viande chaude et juteuse qui l'attendait, Damase se lécha les lèvres. Il perçut alors un claquement à un jet de pierre du chemin qui le mit sur un pied d'alerte. Il stoppa net et se raidit. Comme une bête aux abois, il se coucha ventre contre terre dans les herbes hautes en bordure du sentier et attendit, le cœur tambourinant à ses tempes. Instinctivement, il attrapa le canif au fond de sa poche et en sortit la lame qu'il brandit devant lui.

Après plusieurs minutes, Damase se releva lentement et s'avança pour fouiller chaque bosquet et chaque talus. En vain.

—Faut t'y faire, mon vieux. Si tu t'effraies des bruits de branches qui se cassent avant de tomber, c'est ni la première ni la dernière fois que t'auras peur dans ce bois de malheur !

Dans sa main, la lame de métal de son canif brilla sous un rayon de lune.

Damase continua son chemin d'un pas alerte, sans plus se laisser aller à la rêverie qui pourrait lui être fatale si quelque rôdeur le surprenait.

—Te voilà ! Enfin !

—Eh oui !

Damase reçut sa mère dans ses bras et la serra très fort.

—Tu vas bien ?

—Oui, maman, je vais bien. Ce serait plutôt à moi de te poser la question, ajouta-t-il en voyant les cernes sous ses yeux.

—Un souci m'a empêchée de dormir, expliqua-t-elle en se détachant de son fils.

Elle marcha vers le poêle sur lequel un gros chaudron de fonte noire laissait échapper une vapeur blanche.

— Quel souci ? demanda Damase en allant humer la bonne odeur du bouilli fumant.

— Ton oncle va te le dire.

— Il est où, oncle Cléo ?

— Dans la grange avec Léontine. Une de nos vaches est en train de vêler.

— Je vais aller leur donner un coup de main.

— Mange avant ! Tu iras après s'ils ont pas fini.

Damase ne se fit pas prier et prit place à la table sans plus d'hésitation.

— Ça se passe bien dans le bois ? demanda sa mère en lui servant une assiettée remplie de haricots jaunes, de carottes, de patates et d'oignons, au centre desquels un bon morceau de bœuf baignait dans un bouillon clair.

— C'est long à rien faire. J'aimerais tellement mieux être ici, avec vous, et aider oncle Cléo sur la ferme.

— Il en aurait bien besoin, le pauvre... Une chance que Léontine est là.

Clara déposa devant lui une large tranche de pain de ménage ainsi que le beurrier. Damase avala en un rien de temps les légumes et la viande avant de tremper la tranche beurrée dans le bouillon tiédi. Il retourna celle-ci deux fois pour qu'elle soit bien imbibée et l'engloutit en quelques bouchées.

L'horloge grand-père sonna vingt heures. Au même instant, on frappa à la porte d'en avant. Clara se raidit tandis que Damase se levait de table et disparaissait dans la chambre de sa mère.

La maîtresse de maison prit soin de ramasser l'assiette sale et les ustensiles qui traînaient sur la table et de les mettre dans l'évier. Elle essuya ses mains sur son tablier de coton blanc rayé gris, ajusta d'une main tremblante son chignon et marcha vers la porte qu'elle ouvrit d'un geste fébrile.

— Bonsoir, Clara! claironna le facteur en touchant le bout de son couvre-chef de son index, comme il avait coutume de le faire pour saluer les gens.

— Henri? Comment ça se fait que tu sois ici à pareille heure?

— Ces temps-ci, on fait des livraisons spéciales qui peuvent pas attendre, si tu vois ce que je veux dire, dit-il en faisant la moue.

Il lui tendit une lettre.

— Pour ton Damase…

— Il est pas ici.

Clara s'empara de la missive et s'apprêtait à refermer la porte quand le facteur ajouta:

— Il va bien te manquer, ton gars, quand il sera dans le 22ᵉ Régiment.

— Comment sais-tu qu'il y sera?

D'un mouvement du menton, Henri désigna la lettre.

— Ça m'a tout l'air que ton Damase doit se présenter dans les quarante-huit heures pour commencer son entraînement.

— Qu'est-ce qui te fait croire que…, commença Clara, rouge de colère.

—Allons! la gronda presque le facteur. Te fâche pas contre moi! Je suis juste le messager. Et puis, des lettres comme celle-là, j'en livre des dizaines par semaine, s'enhardit-il en désignant une seconde fois l'enveloppe entre les mains de Clara.

—Je suis pas fâchée contre toi, Henri.

—Je fais mon travail! répéta-t-il.

—Je sais… Je sais…

—En tout cas, bonne chance, conclut le facteur qui la salua encore avant de descendre les trois marches du perron et de se diriger vers le chêne où il avait appuyé sa bicyclette.

—Merci, laissa tomber Clara en refermant la porte.

Comme une automate, elle avançait à pas lents vers la cuisine quand Damase surgit à ses côtés.

—C'est pour toi, lui apprit sa mère en lui tendant la missive.

Damase la prit, l'ouvrit et la lut en hâte. La lettre indiquait qu'il devait se rendre, d'ici trois jours, au camp militaire de Valcartier, près de Québec, afin d'y recevoir son entraînement, comme l'avait supposé le facteur. Il était appelé puisqu'il avait réussi tous les tests.

Damase déglutit avec peine.

Le 16 juillet dernier, il avait été obligé de signer son formulaire d'enrôlement, comme l'exigeait la loi. Depuis, il était conscient qu'un jour ou l'autre, la dure réalité de la conscription le rattraperait. Il ne savait pas exactement combien de temps de répit il aurait entre le jour de son examen médical du mois d'août et son affectation officielle à l'entraînement. Les nouvelles recrues étaient priées de demeurer à Montréal en attendant. Comme Damase avait préféré quitter la ville en catimini afin de brouiller les pistes, la police le chercherait en ville et dans les villages avant de se présenter dans le bois.

— Qu'est-ce qu'on va faire ? s'affola Clara.

La porte arrière de la maison s'ouvrit et Léontine apparut sur le seuil.

— On a un beau petit veau tout neuf ! annonça-t-elle, joyeuse.

Son entrain fit vite place au malaise lorsqu'elle vit les mines attristées de la mère et du fils.

— Qu'est-ce qui se passe ?

Pour toute réponse, Damase brandit la lettre.

— Déjà !

Cléomène, qui arrivait à son tour, comprit tout de suite ce qui se passait.

— À partir de maintenant, mon garçon, c'est très sérieux !

Ses paroles eurent l'effet d'une bombe dans la cuisine surchauffée.

Clara fondit en larmes et courut se réfugier dans sa chambre. Léontine fustigea du regard son jumeau qui se contenta de hausser les épaules.

— Calmons-nous, dit enfin Damase en prenant place sur la chaise qu'il avait délaissée quelques minutes plus tôt. Ça sert à rien de se faire des accroires. On doit regarder la vérité en face.

Le crépitement du feu dans le poêle de fonte brisa le silence.

— Je vais retourner à la cabane.

— Je viens avec toi.

— Non. Merci, oncle Cléo, mais je suis capable d'y aller tout seul. T'as assez travaillé aujourd'hui. T'as besoin de te reposer.

— Je vais te préparer des victuailles en quantité pour que tu manques de rien, proposa Léontine.

— Pourrais-tu me mettre un pain de savon, une chemise de plus et une salopette ?

— Bien sûr !

Léontine s'affaira pendant que Cléomène faisait signe à Damase de venir le rejoindre dehors. Ce dernier obéit et les deux hommes se retrouvèrent sur la galerie.

— Quand ils s'apercevront que tu te présentes pas à Valcartier, j'imagine que la police militaire va venir faire un tour par ici, avança l'oncle, soucieux.

— Ils seront pas dans les parages avant au moins quatre jours.

— T'es certain ?

— Certain ! L'officier en charge des recrues doit d'abord faire son rapport. Après, si, comme je le crois, il y en a plusieurs qui se sont pas présentés, ils vont envoyer leurs escouades fureter dans les environs de

Québec et des autres grandes villes avant de se rendre dans les campagnes éloignées.

—Mmm… T'as sans doute raison…

—Sois sans crainte, ils me trouveront pas.

—Fais quand même attention au voisinage. On sait jamais ce que la misère peut engendrer.

Le vieil homme soupira et se racla la gorge avant de cracher par-dessus la rambarde qui fermait la galerie.

La porte s'ouvrit sur une Léontine en sueur. Elle brandissait une petite caisse faite de languettes de bois juxtaposées, qu'elle avait remplie de nourriture.

—Tiens! Avec ça, tu pourras rester caché au moins cinq jours.

—Cinq jours! s'exclama Damase. Ça va être trop long…

—Faut ce qu'y faut, mon garçon. Maintenant, dépêche-toi d'aller embrasser ta mère et de la rassurer.

Docile, le jeune homme retourna dans la maison, posa la caisse sur la table, marcha vers la chambre de sa mère et entrouvrit doucement la porte.

Il la vit debout près de la fenêtre, un mouchoir entre ses doigts crispés. Il savait qu'elle avait beaucoup pleuré. Et pas seulement depuis l'arrivée de cette lettre.

—Maman?

La femme tamponna ses yeux, se retourna à demi et offrit un sourire triste à celui pour qui elle aurait donné sa vie.

—Je dois partir…

Clara s'approcha de lui et prit son visage entre ses mains blanches.

— Sois prudent...

— T'inquiète pas, petite mère, je suis un grand garçon.

— C'est justement ce qui me fait peur...

— Que veux-tu dire ?

— Quand les garçons deviennent grands, ils sont plus téméraires. Ils se croient capables de tout. Je prierai tous les jours pour que cette maudite guerre finisse !

— Elle finira. Elle finira...

Un grattement se fit entendre à la porte de la chambre.

— Faut y aller tout de suite, conseilla Cléomène en passant la tête dans l'entrebâillement.

Damase prit congé de sa mère, revint dans la cuisine, s'empara de la caisse de denrées et lança un clin d'œil complice à son oncle qui se tenait maintenant près du poêle.

— Prends ça aussi ! lui dit sa tante en lui tendant trois livres à la reliure de cuir brun retenus ensemble par un ruban de sergé blanc. Ça t'aidera à passer le temps.

Le neveu appliqua un baiser sonore sur la joue de Léontine, qui lui ouvrait la porte, avant de disparaître dans la nuit.

Damase leva les yeux au ciel et adressa une prière à son père défunt qu'il n'avait pas connu, fauché par une pneumonie alors que le garçon avait à peine deux ans. La demi-lune brillait d'un éclat nacré alors qu'une étoile filante striait le firmament de sa traînée lumineuse. Le déserteur y vit un bon présage. Rassuré, il reprit son chemin.

Edwina, dont tous les muscles étaient endoloris à force d'être restée tapie dans l'appentis, avait entendu le jeune homme partir quelques minutes plus tôt. Elle s'assura que le silence était bel et bien revenu dans la cabane avant de sortir de sa cachette.

Elle avait faim. Et tellement soif!

Depuis son réveil, des crampes la faisaient souffrir. Ses lèvres étaient asséchées. Même que des plaies s'élargissaient aux commissures de sa bouche. Elle les toucha du bout des doigts.

Edwina avait attendu longtemps pour revenir du ruisseau sans être vue. Dans le noir, le chemin inconnu et semé d'embûches lui avait donné du fil à retordre et elle avait eu peur de se perdre à plusieurs reprises. De retour sous l'appentis, elle espérait pouvoir se sustenter à même les provisions que son «hôte» avait probablement apportées dans son repaire.

Lorsque le bruit des pas sur le sentier cessa, la jeune fille ne perdit pas une seconde. Elle se mit à genoux et tendit de nouveau l'oreille. Le bruit de son propre souffle la surprit.

— Quelle idiote je fais ! lâcha-t-elle.

Reprenant courage, elle s'avança vers la porte, tenta de l'ouvrir en poussant d'abord et en tirant ensuite. Une légère ouverture se fit et Edwina s'immisça dans l'entrebâillement comme l'aurait fait une couleuvre.

Dans la pièce, tout était en ordre. L'homme avait bien rangé. Pas un morceau de pain, pas de pot de confiture, pas de légumes, pas de cruche d'eau sur la table ou sur le comptoir. Rien ! Il n'y avait pas même quelques miettes éparpillées sur le sol.

Désemparée, Edwina sentit ses jambes fléchir sous son poids. Elle s'appuya sur le rebord de l'évaporateur qui lui barrait la route et ferma les yeux. Le désespoir la gagnait.

Des petits bruits secs sur la poutre au-dessus d'elle lui firent relever la tête. Une souris au pelage gris foncé trottinait allègrement en direction d'une armoire installée dans l'encoignure des murs perpendiculaires. Le rongeur descendit agilement le long d'une planche, utilisant une fissure dans laquelle il disparut avant de réapparaître un peu plus bas.

Edwina remarqua alors une boîte à pain placée tout près, sur le comptoir. Son métal lisse n'offrait aucune chance au petit animal qui, après avoir levé son museau aux moustaches frétillantes vers celle-ci, rebroussa chemin et fit le trajet inverse sans demander son reste.

— Elle a sûrement flairé de la nourriture par ici, murmura Edwina qui s'élança vers la boîte de métal qu'elle ouvrit en un tournemain.

Elle y découvrit pour son plus grand bonheur le quart d'une belle miche de pain à la croûte dorée placée contre un pot de confiture à moitié plein.

Edwina s'empara du butin, déchira un morceau du pain qu'elle engouffra, oubliant la douleur des plaies qui se mirent à saigner un peu. Elle dut ralentir pour bien mastiquer le quignon qui blessa sa gorge sèche.

— De l'eau…, souffla-t-elle.

Elle aperçut alors, placée dans le coin de l'armoire, la cruche que tenait l'homme, quand elle l'avait épié sur la berge du ruisseau. Elle la prit à deux mains et la porta à sa bouche.

Elle était vide !

Délaissant le contenant, elle fit le tour de la pièce à la recherche d'un autre breuvage. Elle marcha vers l'armoire et tenta de l'ouvrir, pour constater qu'elle était verrouillée. Elle se tourna ensuite vers le pot de confiture, en enleva le couvercle et y plongea l'index et le majeur avant de les retirer, couverts du délicieux mélange sucré. Une fois sur sa langue, cela ramena enfin de la salive dans sa bouche. La fugueuse en frissonna de plaisir et de soulagement. Elle vida le pot, en revissa le couvercle et le replaça dans la boîte de métal au côté des restes de pain.

À moitié repue, Edwina pensa retourner dans son abri sous l'appentis quand elle se ravisa. « Je serais tellement bien quelques heures dans ce lit », se dit-elle en lorgnant la paillasse. Cette idée lui apparut cependant bien imprudente. Elle devait pourtant trouver une solution à sa situation précaire. Et vite !

— Mais laquelle ? s'exclama-t-elle dans le silence de la pièce.

La faim et la fatigue combinées à la peur de se faire prendre la paralysaient. Après avoir échafaudé mille plans pendant qu'elle était cloîtrée dans son terrier, Edwina n'entrevoyait aucune véritable solution. Elle avait besoin d'aide. Elle avait imaginé sortir de sa retraite et se présenter à celui qui vivait dans cette cabane, seulement elle se doutait bien qu'il ne l'accueillerait pas à bras ouverts.

— Damase Huot doit être déserteur pour se cacher ainsi le jour et sortir la nuit, chuchota-t-elle.

Edwina avait bien compris qu'il s'agissait du neveu de monsieur Beauregard. Elle se souvint des propos de son père à son sujet :

— Un grand niaiseux qui est trop chouchouté par sa mère pis son oncle ! avait-il craché un soir à sa femme qui n'avait rien répondu.

Edwina n'avait rien ajouté non plus. Ne connaissant pas du tout ce garçon, elle n'avait pas l'ombre d'une opinion à son sujet. Ce soir, elle pensait que son père avait peut-être raison... « C'est un lâche ou un imposteur... » *L'imposteur, ici, c'est toi*, souffla ensuite une petite voix à l'intérieur d'elle-même. Elle baissa la tête, honteuse. Que devait-elle faire ? Que pouvait-elle faire, surtout ?

—Je laisserai rien ni personne me donner des remords ou des regrets, décida-t-elle soudain.

Une envie pressante mit fin à son questionnement et Edwina reprit la direction de sa cachette. Avant de franchir la porte, elle aperçut une jolie statuette sculptée dans un bois tendre, représentant un ours dressé sur ses pattes arrière. Elle la prit doucement entre ses doigts, l'examina un peu. La bête affichait un air bon enfant. On eût même dit qu'elle esquissait un sourire. Les traits du canif sur le bois formaient des petites rigoles qui imitaient à merveille le pelage de l'animal. Des stries, plus creuses, délimitaient les articulations de ses membres. Edwina le trouva joli et, sans mesurer la portée de son geste, le confisqua avant de se retirer sous l'appentis.

Après s'être soulagée, la jeune fille alla reprendre sa place sur le sol qui épousait les formes de son corps. Elle s'y coucha avec, cette fois, l'estomac moins creux et une statuette dans son poing fermé.

Chapitre 8

S'en sortir

Damase tenait entre ses mains un livre de Philippe Aubert de Gaspé, *Les Anciens Canadiens*, un cadeau de Léontine. Il lut à voix haute, à la lueur de la bougie, la pensée en exergue :

> *Les hommes se réjouissent lorsque le soleil se lève, et, lorsque le soleil se couche, ce devrait être pour eux un avertissement que tout a son aurore et son couchant. Ils se réjouissent du printemps quand tout nous semble jeune et nouveau. Hélas ! à mesure que l'année entraîne les saisons, notre vie nous échappe... Comme au sein du grand océan un bois flottant en rencontre un autre, ainsi les êtres se rencontrent un moment sur la terre.*
> *Ramayana.*

— Mouais..., soupira-t-il avant de refermer le livre d'un geste brusque. Connaissant tante Léontine, je devais pas m'attendre à un livre comique !

Il souffla sur la flamme et marcha vers le lit sur lequel il se laissa tomber. Il plaça ses deux mains sous sa nuque et fixa de nouveau le plafond.

Les ombres de la nuit se faufilant sous les feuillages, les bruits furtifs et le silence trop enveloppant, tout ça le laissait encore plus désemparé que lors des premiers jours de sa désertion. Depuis qu'il avait reçu l'ordre de se présenter à Valcartier pour son entraînement, il savait que, désormais, il n'y avait plus d'issue à son problème et que l'attente serait son lot pour les prochaines semaines, voire les prochains mois.

—Je sais pas si je vais tenir le coup! murmura-t-il. Je m'ennuie déjà…

Il se sentait impuissant. Démuni aussi. Il ne voulait pas s'enterrer vivant dans ce lieu. Il était trop jeune pour ça!

Il savait que plusieurs Canadiens français avaient quitté le pays et s'étaient réfugiés aux États-Unis. Certains, grâce au chemin de fer, étaient allés se chercher du travail dans le Maine, à Portland. D'autres étaient même descendus jusqu'au Massachusetts et au Connecticut. Là-bas, il n'y avait pas de conscription puisque ce pays avait déclaré son indépendance face au Royaume-Uni. Des villes comme Hartford, Bristol et New Bedford avaient vu des cohortes de gens s'installer dans les «Petits Canadas» et grossir les rangs des travailleurs dans les filatures de coton. Ceux-ci, par contre, ne voulant pas se «naturaliser Américains», conservaient leur appartenance et cultivaient surtout le désir secret de faire fortune avant de revenir s'installer au Québec.

— Ici, siffla Damase entre ses dents serrées, on est encore une bande de colonisés !

Damase sortit et referma la porte derrière lui. Il marcha un peu, s'assit dans l'herbe et leva les yeux vers le firmament. Des nuages filandreux dessinaient une ligne dans le ciel, obéissant aux courants du vent qui les déformaient lentement. Damase se compara à ces éléments qui avaient, eux, la possibilité de se mouvoir et d'avancer, poussés qu'ils étaient par un souffle de liberté. Il les envia de pouvoir se déplacer ainsi.

Cette pensée le fit rêver, puis il élabora un projet.

S'il pouvait se rendre de l'autre côté de la frontière qui séparait le Québec du Vermont et du Maine, il trouverait sûrement du travail comme bûcheron, comme ouvrier sur des chantiers de construction, ou encore dans les usines qui pullulaient dans les villes de la Nouvelle-Angleterre.

— Sauf que si je pars, maman mourra de chagrin, c'est certain…, soupira-t-il.

Damase songea aussi au travail qui ne manquait pas sur la ferme, à tout ce qu'il devrait laisser derrière lui s'il choisissait une autre patrie, à commencer par sa langue et sa nationalité.

Pendant ce temps, Edwina n'en pouvait plus de rester immobile dans son antre. De plus, les crampes qui lui martelaient le bas-ventre lui faisaient comprendre que ses règles viendraient bientôt souiller ses sous-vêtements. Tôt ou tard, elle devrait dénicher des vêtements plus adéquats et plus chauds, car depuis la nuit dernière, la température avait chuté et elle grelottait dans l'appentis.

La fugueuse avait l'impression que depuis son départ de la maison paternelle, personne n'avait été alerté. La haine la submergea tout entière et elle maudit intérieurement ce père dont l'indifférence et l'absence de mansuétude égalaient la cruauté et le cynisme.

Malgré son rêve de s'affranchir d'une vie de misère et de soumission, Edwina aurait préféré être chez elle, dans son lit ou encore à l'étable, couchée dans le foin. Elle aurait tant aimé avoir une vie heureuse et paisible. Elle était vaillante et le dur labeur ne l'effrayait pas.

— Peut-être que mon père a même pas cru bon de me chercher. Il doit sûrement être bien débarrassé, le maudit !

Ayant prononcé ces derniers mots plus forts qu'elle ne l'aurait voulu, elle posa une main sur sa bouche et demeura coite longtemps, épiant le moindre bruit pouvant lui indiquer qu'elle avait dévoilé sa présence dans ce lieu.

Bientôt, Edwina comprit qu'elle était seule. Toujours affamée et bien décidée à aller chercher d'autres victuailles, elle se glissa hors de sa couche, posa ses doigts dans l'ouverture entre la porte et la cloison, tira lentement. La porte s'entrebâilla facilement.

Dans la cabane, rien ne bougeait.

Chapitre 9

L'intrus

Damase était revenu dans la cabane sans faire de bruit. Il n'avait pas cru bon d'allumer la bougie, désormais habitué à trouver ses repères dans la pénombre.

Il se dirigeait vers le lit quand un éclat de voix le figea sur place. Les yeux écarquillés dans le noir, il ne prit pas le temps de réfléchir et bondit vers la table, comme si une mouche l'avait piqué. Il écarta une chaise, se pencha et souleva la trappe qu'il ouvrit en deux temps trois mouvements, puis se glissa dans le trou.

Le grincement des gonds lui fit dresser les cheveux sur la tête. Tout entier sur le qui-vive, le souffle court, Damase tendit l'oreille et patienta.

Juste comme il replaçait enfin le dessus de la trappe au-dessus de lui, la porte donnant sur l'appentis s'ouvrit doucement.

Pelotonné dans son abri, Damase tentait tant bien que mal de contrôler les spasmes qui tiraillaient ses mollets et ses cuisses. Inconfortablement installé, il n'osait respirer, de crainte que l'individu qui venait d'entrer n'entende son souffle. Sa main droite devant sa bouche, il attendait, épiant les moindres bruits qui lui parvenaient en sourdine. Le temps s'étirait en moments d'éternité.

Le glissement des pas sur le plancher et le craquement des planches tout près signifiaient que l'intrus se rapprochait de la table. Il se raidit davantage.

Damase entendit clairement les pattes de la chaise gratter les planches du parquet au-dessus de lui. Il devina que l'inconnu s'était assis. Puis il l'entendit poser le gobelet de fer-blanc rempli d'eau qu'il avait laissé là quelques minutes auparavant. «Le chien sale, il boit dans mon gobelet!», fulmina Damase.

Tout à coup, la crainte l'avait quitté. Damase s'en voulait de s'être fait avoir ainsi par un fantôme qui devait se promener aux alentours depuis un certain temps déjà. Il comprenait mieux pourquoi il lui semblait que ses provisions baissaient à vue d'œil. L'autre vivait peut-être ici à ses dépens depuis le début de sa retraite dans le bois. «L'écœurant! Si jamais je…»

De nouveau le grattement des pattes sur le plancher et les pas frôlant le parquet au-dessus interrompirent ses cogitations. Le jeune homme espéra que cet envahisseur quitte au plus vite son refuge pour retourner dans le sien. Après cela, il pourrait enfin sortir de ce trou.

Évidemment, il aurait aimé régler son compte à cet imposteur! N'eût été sa situation de déserteur, il lui aurait fait savoir qu'il était là dès son entrée par effraction dans la cabane. Et si c'était un soldat? Un chasseur de fugitifs? Vu les circonstances, Damase ne pouvait courir aucun risque.

Cependant, après avoir abandonné la chaise, on aurait dit que le chenapan se dirigeait vers le lit. «Il va pas s'y étendre!», s'offusqua le prisonnier dans son repaire. Après quelques secondes, Damase dut se rendre à l'évidence. «Je suis piégé...» Son cœur battant la chamade, il inspira et tenta de se calmer le plus possible. «Je vais bien sortir d'ici à un moment ou à un autre...», songea-t-il encore. À travers un minuscule orifice, Damase tenta d'apercevoir les lueurs de l'aurore. Mais la nuit noire semblait ne jamais vouloir finir.

Damase ferma les yeux, résigné à attendre que l'envahisseur daigne enfin s'éclipser.

Après plus d'une heure et demie passée à se morfondre et à supporter la douleur de ses membres ankylosés, Damase entendit l'individu se lever du lit. Ses pas firent craquer les lattes du plancher. Il s'en allait enfin.

Une fois le silence revenu, Damase souleva le panneau et quitta sa cachette en grimaçant. Lorsqu'il se redressa, un élancement l'éperonna au côté gauche tandis qu'une crampe au mollet droit lui fit perdre pied. Il s'appuya à la table pour ne pas tomber à genoux.

Surgissant de nulle part, une jeune fille apparut près de l'évaporateur. Elle ramassait un morceau de pain qu'elle avait dû échapper lors de sa retraite. Elle se releva et aperçut Damase.

Dans son visage émacié, ce dernier vit tout de suite ses grands yeux bruns et son air apeuré.

Edwina demeura d'abord interdite puisqu'elle le croyait parti. Elle pivota sur ses talons, prête à fuir.

Vif comme l'éclair, Damase fut aussitôt près d'elle, lui entourant la taille de ses bras forts. La fille se débattit avec l'énergie du désespoir, le frappant de ses poings menus, tentant de le griffer au visage, lui donnant même des coups de pied sur les tibias.

Damase souleva l'inconnue et l'étendit de force sur le lit pour la maîtriser. Il agrippa ses poignets et les plaqua sur le matelas, les bras bien tendus au-dessus de sa tête aux cheveux raides et d'une couleur incertaine.

Essoufflé, il fixa l'intruse sans dire un mot. Celle-ci soutenait son regard sans ciller. Seule la peur qu'elle tentait de dissimuler sous son air frondeur la trahissait.

— Qui es-tu ? commença Damase.

— …

— Réponds !

— ...

— Que fais-tu ici ?

— Et toi ? répliqua-t-elle, incisive.

— Je suis ici CHEZ MOI !

— Tu te caches...

— C'est pas de tes affaires ! la coupa-t-il en resserrant davantage son étreinte.

La jeune fille le défia dans un sourire.

— T'es un déserteur...

— C'est pas de tes affaires, je te dis ! Raconte-moi plutôt ce qu'une fille de ton âge fait dans le bois, toute seule, au beau milieu de la nuit !

Il fit une pause avant d'enchaîner, inquiet :

— T'as quand même pas donné rendez-vous à ton amant ici ?

— Je suis pas comme ça ! s'insurgea-t-elle en tentant de se dégager. Et puis, qui voudrait d'une souillon comme moi ? Tu me fais mal !

Damase relâcha un peu son étau.

— Aie pas peur, je vais pas me sauver ! D'ailleurs, j'ai nulle part où aller...

Le ton sincère, et surtout la peine qui troublait le regard qu'elle fixait sur lui, lui firent comprendre qu'il n'avait rien à craindre.

Après une courte hésitation, Damase s'assit au pied du lit.

L'inconnue l'imita, à bonne distance toutefois, plus près du mur.

— Quel est ton nom ?

— Edwina.

— Edwina qui ?

— Soucy.

— La fille du vieil Adélard ?

— Oui, confirma-t-elle en massant ses poignets où l'empreinte des doigts de Damase s'estompait.

— J'ai pas voulu te faire mal.

Il jeta un rapide coup d'œil vers les marques bleutées laissées par ce qui semblait être des coups de fouet.

— Qui t'a fait ça ?

— Mon père.

— Il t'a battue ?

— Oui. Avec sa boucle de ceinture. C'était pas la première fois.

Cette révélation laissa Damase sans voix.

— Comprends-tu, maintenant, pourquoi je suis venue me cacher ici ? demanda-t-elle sans le regarder.

— C'est pas une raison pour…

— Tu vois juste des blessures physiques. J'en ai d'autres que personne peut voir.

Elle baissa la tête, maîtrisant tant bien que mal un vertige. Elle avait maintenant quelqu'un pour partager son malheur. Quelqu'un pour l'écouter.

La présence de ce garçon qui fixait le bout de ses chaussures en silence la rassura.

— Sois tranquille, ajouta-t-elle en levant vers lui son visage. Aussitôt que je serai en mesure de partir, je le ferai.

Relevant la tête à son tour, le jeune homme braqua son regard sur les prunelles d'Edwina. Il y vit une grande détermination.

— Partir pour aller où ?

— À Montréal, répondit-elle en se levant pour aller asperger son visage de ses deux mains à même l'eau de la cuvette placée sur le comptoir.

Elle en profita aussi pour en verser le contenu sur ses cheveux poisseux.

— C'est ma réserve que tu prends là ! s'indigna-t-il.

— J'irai t'en chercher d'autre, affirma-t-elle en tordant une couette de cheveux entre ses mains.

Une flaque d'eau brunâtre se répandit aussitôt sur le plancher à ses pieds.

Damase songea que cette fille devait vivre un véritable calvaire pour s'enfuir aussi loin. Et elle devait jeûner depuis longtemps. « Elle ne possède plus rien… », constata-t-il.

Des souvenirs de son enfance refirent surface. Il se rappela certains ragots des commères du village au sujet de la famille d'Adélard Soucy que sa mère avait rapportés, un dimanche, après la messe…

— Il paraît que son père l'a mise au caveau une bonne partie de la journée, sans manger, parce que la pauvre fille s'était plainte qu'il faisait trop chaud à travailler dans la cuisine où le poêle chauffait.

Clara avait ajouté :

— Y en a qui racontent que le bonhomme Adélard a plus toute sa tête et que la folie le guette depuis que son fils est mort à l'âge de deux ans. Lui qui voulait tant un garçon !

Toute sa jeunesse, Damase avait entendu la rumeur voulant que cette voisine «pas fine fine», que le vieux Soucy gardait dans une chambre et qui ne sortait que pour aller travailler aux champs, était bonne pour l'asile. L'enfant qu'il était avait imaginé cette fille avec la bouche déformée par un bec-de-lièvre, laide et malingre.

Damase ne se souvenait pas de l'avoir vue ou même aperçue malgré que leurs terres soient voisines. Il n'avait pas voulu en savoir plus sur elle et n'avait pas poussé la curiosité jusqu'à aller fouiner chez les Soucy.

Or, il avait devant lui une demoiselle un peu maigrichonne, certes, mais pas vilaine du tout. En séchant, ses cheveux avaient pris des reflets de soleil couchant, parsemés ici et là de mèches plus pâles. Ils étaient entortillés à leurs extrémités. Les doigts qu'elle passait dans sa chevelure pour les démêler étaient longs avec des ongles très courts. Ses pieds nus, sa taille fine, ses mollets bien galbés étaient à cent lieues d'un corps difforme.

Edwina se tourna vers lui.

— Je peux rester un jour ou deux encore ?

Surpris, Damase demeura bouche bée.

— Je dormirai sur le plancher, continua-t-elle sans lui donner le temps de répondre. Tu verras, je suis pas dérangeante ! Et puis, t'es pas obligé de partager ta nourriture avec moi. Je peux jeûner des jours entiers, tu sais. Juste un peu d'eau et un morceau de pain feront l'affaire, conclut-elle sur un ton qu'elle aurait voulu moins suppliant.

—Je te laisserai pas sans manger. Je suis pas une brute !

— C'est pas ce que j'ai voulu dire…

— Ton père va s'inquiéter, non ?

— Lui ? Qu'il aille au diable !

— Il va te chercher dans le bois ! T'es pas à l'abri ici.

— Toi non plus, désormais ! renchérit-elle, lapidaire.

Damase se leva d'un bond et se dressa de toute sa hauteur devant la fille qui le défiait du regard. L'une bravait l'autre dont la colère grandissait en pensant que sa sécurité était dorénavant précaire.

—Je sais qui t'es, Damase Huot, clama-t-elle. Tu fuis l'armée …

— Pars d'ici tout de suite ! ordonna-t-il soudain en marchant vers la porte d'entrée de la cabane et en posant la main sur le loquet. Je veux prendre aucun risque. Je suis un déserteur, c'est vrai ! Si je me fais prendre, c'est plus qu'une simple raclée que je vais recevoir. J'irai en prison ou dans un pénitencier. On pourrait même me condamner à mort ! Alors que toi…

— Moi ? Sais-tu ce qui m'attend si je rentre chez ce vieux fou ? Sais-tu tout le mal qu'il me fait endurer ? Y a pas une journée où j'ai pas imploré le ciel et tous ses saints pour plus subir les assauts de sa colère ou de sa folie. J'ai même voulu mourir pour échapper à cette vie de chien ! Si jamais je dois retourner là-bas, je le jure sur la tête de ma défunte mère... ce sera pour le tuer !

Edwina fondit en larmes avant de tomber à genoux sur le plancher, anéantie.

Sidéré par ces révélations, Damase resta muet. Jamais il n'aurait cru recevoir pareille confession et jamais il n'aurait imaginé pareille rancœur envers un père. Se pouvait-il que le vieux ait abusé d'elle ?...

Personne ne parlait de ces choses-là ouvertement. Le sort des enfants victimes de leurs parents bourreaux n'alimentait pas les ragots sur le parvis de l'église les dimanches après la messe. Ces histoires-là, on les racontait à couvert, dans les chambres derrière des portes fermées ou dans les loges des confessionnaux, d'où les tortionnaires ressortaient lavés de tout péché en échange de quelques prières, absous par la parole du prêtre qui gardait dans les replis de sa mémoire les aveux scandaleux des pénitents.

Puis le silence se mutait en oubli.

Damase avait de la difficulté à comprendre comment un père pouvait à ce point être inhumain, lui qui n'avait reçu qu'amour et tendresse.

Edwina essuya ses larmes et se releva lentement.

—Bon, je vais partir. Je veux pas que t'ailles en prison à cause de moi.

—Attends ! Tu peux rester cette nuit, la retint Damase en retirant sa main du loquet. Juste le temps de te trouver d'autres vêtements et des chaussures. Après, tu t'en iras.

Edwina n'en croyait pas ses oreilles.

— T'es sûr ?

— Reste ici cette nuit. Je vais aller te trouver du linge…

— Comment tu vas faire si toi aussi t'es cantonné ici ?

— J'ai mon plan.

Il s'éloigna de la porte, contourna Edwina qui restait figée.

— En attendant, je vais dormir un peu, précisa le garçon en se laissant tomber sur la paillasse. Tu devrais te reposer, toi aussi. Vu que demain tu marcheras plusieurs heures.

— Ah ! Oui… je…, bafouilla Edwina qui ne comprenait pas très bien ce qu'elle devait faire.

Elle fouilla du regard la pièce à la recherche d'un endroit pour s'étendre.

— Où étais-tu caché pendant que…, commença Edwina.

— Juste là, répondit Damase en bondissant hors du lit. Regarde ! fit-il, fier de lui dévoiler son secret.

— C'est beaucoup trop étroit pour toi !

— Pour tout avouer, j'ai pas fermé l'œil tellement j'avais des crampes.

Edwina sourit en imaginant le garçon rencogné dans ce petit réduit.

— T'es très jolie quand tu souris.

Mal à l'aise, Edwina recula de quelques pas afin de mettre une bonne distance entre eux.

— Essaie surtout pas de me sauter dessus, sinon…

— Pour qui me prends-tu ?

— Pour un homme.

— Je suis pas de ceux-là !

Edwina marcha vers l'évaporateur.

— Je te laisse le lit. Je dormirai ici, suggéra-t-elle en désignant le sol de terre battue.

— Tu y penses pas, c'est beaucoup trop humide !

— J'ai l'habitude. Chez mon père, j'ai déjà passé une journée dans le caveau. Et puis ce sera mieux que sur les copeaux de bois dans l'appentis. Et pas de pitié, je t'en prie !

Sans attendre, elle s'étendit sur le sol.

— Je suis fatiguée, chuchota-t-elle en lui tournant le dos.

Damase prit la couverture de laine et alla la déposer près de la jeune fille.

— Tiens, tu en placeras une moitié sous toi et tu pourras te couvrir un peu avec l'autre partie.

Edwina hésita avant d'attraper la couverture.

— Merci.

Damase alla s'étendre à son tour, bien décidé cette fois à prendre un repos mérité. Mais il ne parvint pas à trouver le sommeil. Était-ce l'effet de la fatigue ou la présence de cette fille dans la pièce ? Trop de questions se bousculaient dans sa tête.

— C'est donc dans l'appentis que tu te cachais ? demanda-t-il à voix basse.

— Oui.

—Depuis combien de temps es-tu là ?

—Je suis arrivée le même soir que toi. Je vous ai suivis, monsieur Cléomène et toi…

—Tu connais oncle Cléo ? la coupa-t-il, surpris par cette révélation.

—Je l'ai déjà vu sur le perron de l'église et je l'ai aperçu quelques fois dans son champ. Mais c'était il y a longtemps déjà.

—Je croyais que ton père te gardait prisonnière !

—Pas les dimanches avant ma confirmation ni pendant les moissons.

Le silence tomba de nouveau dans la pièce. Puis surgirent les bruits du matin qui se levait.

Edwina se redressa.

—C'est ce qu'on raconte au village, hein ? demanda-t-elle, curieuse. Qu'est-ce qu'on dit aussi ? Que je suis laide ? Difforme ? Mal vêtue ?

—Heu… Enfin… je…, bredouilla Damase, embarrassé.

—Sois pas gêné de me dire ce que tu sais. Je t'en voudrai pas, l'incita-t-elle en se rassoyant.

—C'est pas à moi de t'apprendre ce que les commères colportent à ton sujet, se défendit-il.

—Qui le fera, alors ? Allons… Raconte-moi ça !

—C'est pas important.

—Pour toi, peut-être pas. Mais pour moi, c'est très important.

Damase prit une profonde inspiration, cherchant dans ses souvenirs des bribes de racontars ou de conversations. Il tenta d'en extirper des éléments qui ne causeraient pas trop de peine à cette fille déjà malmenée par la vie. «Elle a pas besoin de tout savoir. Pas aujourd'hui, alors qu'elle va enfin être libre!»

— Vas-y!

— Tu sais, c'est juste des rumeurs. Et des histoires de bonnes femmes qui ont rien d'autre à faire que de colporter des calomnies.

— T'en connais beaucoup de ces mégères? ricana-t-elle, imaginant le garçon aux prises avec de pareilles matrones.

— Non, pas vraiment.

— Alors, dis-moi franchement ce que tu sais à mon sujet!

Cette fois, le ton était ferme et autoritaire. Damase ne pouvait plus se défiler.

— Eh bien… On raconte que t'es… attardée.

Edwina écarquilla les yeux.

— Tu veux dire une "pas fine"?

— Si tu préfères, confirma Damase qui trouvait que cette conversation prenait une tournure désagréable.

Il fut alors surpris par le rire clair de la jeune fille. Il ne comprenait pas comment pareille légende pouvait engendrer un fou rire chez la personne concernée.

— Arrête de rire! ordonna-t-il tant la réaction d'Edwina lui parut des plus déplacées. C'est pas drôle! Pas drôle du tout!

— T'as raison, laissa-t-elle tomber en se ressaisissant. C'est pas drôle…

Elle fit une pause.

—Je suis pas allée souvent à l'école, c'est vrai. J'avais trop d'ouvrage à la maison. Maman a toujours été fragile de santé. C'est elle qui m'a appris à lire et à compter. Je suis peut-être pas aussi instruite que les filles du marchand général du village, qui m'ont toujours regardée de haut dans la cour de l'école, mais par exemple, je suis pas attardée.

—J'aime mieux ça, soupira Damase en se radoucissant. Tu dois pas te soucier de ce que les autres disent de toi. Demain, tu seras plus là.

Elle se recoucha, se tourna sur le côté et ferma les yeux.

—Merci! lança-t-elle sans se retourner.

—Merci pour quoi?

—Pour avoir été franc et honnête avec moi. Je l'oublierai pas.

Par la fenêtre, comme des lames d'épée perçant la pénombre des bois environnants, surgirent les premiers rayons d'un soleil attendu après ces jours de pluie. Ceux-ci frappaient les arbres dont les feuilles se paraient des couleurs ocre, rouge et jaune de l'automne.

Chapitre 10

Aux nouvelles

— Salut, mon gars ! Entre vite, l'accueillit Cléomène dont la voix basse n'était qu'un murmure.

La pipe entre les lèvres et le dos bien appuyé au dossier de la berceuse, Cléomène avait l'air plus soucieux que d'habitude. Sa chemise mouillée de transpiration trahissait la fatigue qui le terrassait, ainsi que l'angoisse qui le tenaillait. Il tourna la tête vers la fenêtre derrière laquelle, en ce début d'automne chargé de nuages plombés, l'orage menaçant alourdissait l'air vibrant d'éclairs.

Dans la nuit qui s'installait, les oiseaux emplissaient l'air de leurs querelles ou de leurs chants, les uns cherchant la branche où ils passeraient la nuit, les autres sortant de leurs nids au creux des champs à la recherche de nourriture.

— Quelque chose va pas, Cléo ? l'interrogea son neveu. T'as pas l'air bien...

— À part cette maudite chaleur accablante en septembre, moi, ça va. C'est plutôt ta mère…

— Qu'est-ce qu'elle a ?

D'un geste de la main, son oncle lui demanda de baisser le ton.

— Pas si fort, tu pourrais la réveiller.

Le vieil homme fit signe à son neveu de venir s'asseoir près de lui.

Damase s'exécuta.

— Depuis hier, Clara est fiévreuse, commença-t-il sur le ton de la confidence.

— Elle est encore plus malade ?

— On sait pas si son cas s'aggrave. Le docteur a dit qu'elle devait garder le lit pour la semaine.

— Est-ce que c'est la grippe espagnole ?

Cléomène haussa les épaules.

Des images d'apocalypse surgirent dans l'esprit de Damase qui baissa la tête, découragé… S'il s'agissait de ce fléau, il ne pourrait plus jamais remettre les pieds dans la maison ni prendre sa mère dans ses bras. C'était trop dangereux. Clara devrait être mise en quarantaine aussitôt le diagnostic posé. De plus, Cléomène et Léontine pourraient être victimes eux aussi de cette maladie qui tuait des centaines de personnes chaque jour, tant en Europe qu'en Amérique. Au mois de juillet, le curé avait raconté en chaire que des cas avaient été répertoriés pas très loin d'ici, à Victoriaville.

— Je dois la voir ! déclara Damase qui bondit de sa chaise.

Cléomène leva la main pour le retenir.

— Laisse-la se reposer. Tu la verras tout à l'heure. Pour l'instant, j'ai à te parler.

D'un geste, Cléo invita son neveu à se rasseoir. Damase n'aimait pas l'attitude de son oncle et le silence de mort qui régnait dans la maison. Les ombres des ennuis à venir dansaient dans la pièce.

— Où est tante Léontine ?

— Dans sa chambre. Elle dort, elle aussi.

— Est-elle malade ?

— Non. La pauvre travaille tellement du lever au coucher, ici comme à la ferme, dans le potager et dans les champs ! Elle a plus vingt ans, la jumelle, tu sais.

— Si j'étais libre de vous donner un coup de main, aussi !

— Te fais pas de reproches inutiles, le rassura Cléo. Tu sais bien que la situation est exceptionnelle. Quand la guerre sera terminée…

— Si elle finit un jour…

— Ouais…, soupira son oncle.

— En attendant, tout le monde doit travailler pour deux pendant que moi, je me tourne les pouces au fin fond des bois.

— C'est ainsi et tu peux rien changer ! Bon, c'est pas de ça que je voulais te parler.

Il tira une bouffée de sa pipe, prenant son temps avant de lui exposer la raison de son inquiétude.

Deux mouches, créatures minuscules, quoique tenaces malgré leur légèreté, vrombissaient dans l'air comme une rumeur insaisissable. L'une d'elles se posa sur le genou de Damase. Il s'empressa de la chasser d'une chiquenaude.

— Il paraît que la fille d'Adélard Soucy a disparu…, commença-t-il tout bas.

Damase ouvrit la bouche, puis la referma aussitôt. Sa pomme d'Adam tressauta lorsqu'il avala sa salive. Devait-il divulguer son secret ? Faire savoir à Cléomène son intention d'aider Edwina à fuir Sainte-Hélène et l'enfer qui l'attendait si elle retournait vivre auprès de son père ? Il n'en fit rien, préférant attendre que son oncle continue de lui exposer les faits. Il fixa les rides qui plissaient son front et creusaient un V entre ses sourcils noirs dont quelques fils blancs brisaient les contours.

— Tu la connais ?

— Non, mentit Damase en se raclant la gorge.

Cléomène, qui avait noté son malaise, tira une nouvelle bouffée de fumée qu'il rejeta aussitôt. Puis il donna un élan à la berceuse.

— T'as vu personne dans le bois, près de la cabane ? s'informa-t-il.

— Non.

Le jeune homme pencha la tête pour se soustraire au regard inquisiteur de son oncle. Il repéra alors une éclisse de bois probablement tombée lorsque quelqu'un avait déposé une bûche dans le poêle. Il la ramassa, puis alla soulever le rond du poêle pour la jeter dans les braises où elle se consuma lentement.

— Elle s'est enfuie de chez elle. Son père a donné l'alerte. Il croit qu'elle se cache dans un des rangs autour. Il se pourrait qu'elle rôde pas loin de la cabane.

— Oui, oui...

Dévisageant toujours son neveu, Cléomène insista :

— Ouvre l'œil ! Et surtout, sois prudent ! On la dit maligne.

— Les gens racontent souvent n'importe quoi, tu le sais bien.

— Je sens que tu me caches quelque chose...

Damase hésita. Une quinte de toux provenant de la chambre vint briser le silence. Damase oublia les conseils de son oncle et marcha jusqu'à la porte contre laquelle il frappa trois coups.

— Maman ? C'est moi... Je peux entrer ?

— Viens..., répondit sa mère d'une voix faible.

Lorsqu'il pénétra dans la pièce, une odeur âcre de camphre et d'humidité le prit à la gorge. Visiblement, les fenêtres n'avaient pas été ouvertes depuis long-temps. Il prit place sur le bord du lit dont le sommier gémit sous son poids.

— Vous êtes malade ?

— Une mauvaise grippe.

— En fin d'été !

— Y a pas de saison pour attraper la grippe, tu sais, commenta sa mère avant d'être secouée par une vilaine toux.

Des mèches de cheveux, que la transpiration avait légèrement assombries par endroits, collaient contre son front et ses tempes.

— Vous êtes tout en sueur, constata le garçon.

— Léontine dit qu'il faut suer pour faire tomber la fièvre.

Damase caressa les doigts fins qui reposaient sur le drap fripé.

— T'en fais pas pour moi, continua-t-elle. Je vais m'en remettre. Et toi? Comment ça se passe à la cabane? Tu t'ennuies pas trop? demanda-t-elle pour détendre l'atmosphère.

— Les journées sont longues. Je lis et je sculpte aussi des petits animaux dans des branches de peuplier. Je dors beaucoup. Et puis, quand je le peux, je sors pour aller chercher de l'eau au ruisseau pas loin de la cabane.

— Fais pas l'imprudent, surtout!

— Inquiétez-vous pas. Je fais toujours très attention.

Une nouvelle quinte de toux la fit se plier en deux comme Léontine apparaissait sur le seuil.

— T'es là, toi!

— Bonsoir, tante Léontine.

— Reste pas ici, Clara est peut-être contagieuse.

— C'est juste une grippe, rectifia celle-ci.

— Peut-être, sauf qu'y faudrait pas que Damase l'attrape. Tout seul dans le bois, sans soins, ça pourrait dégénérer en pneumonie.

—Tu dramatises toujours, répliqua sa sœur.

—On prend jamais assez de précautions avec la maladie, laissa tomber Léontine, tout en poussant Damase dans le dos pour lui signifier de quitter la chambre sans tarder.

Cléomène avait délaissé la berceuse et se tenait maintenant près du poêle sur le bord duquel il frotta une allumette de bois. Le bout sulfureux s'enflamma immédiatement. L'homme porta l'allumette au fourneau de sa pipe de maïs, aspira plusieurs bouffées, puis l'éteignit d'un mouvement leste du poignet.

—J'ai encore à te parler, dit-il en entraînant son neveu sur la galerie.

Dehors, la nuit avait tout envahi. De la grange jusqu'aux champs, les stridulations des grillons rivalisaient avec les coassements des grenouilles et des ouaouarons habitant l'étang non loin. À travers cette cacophonie, la voix de Cléomène s'éleva.

—Dès demain, y aura des battues dans le bois pour retrouver la fille du bonhomme Soucy.

—Ils vont donc venir vérifier à la cabane? s'inquiéta aussitôt Damase.

—J'ai proposé que tous ceux qui possèdent une terre à bois fassent la battue sur leur propre terre.

—Devrai-je me cacher dans le trou?

—Oui. Même si c'est moi qui me promène dans les alentours, tu devras rester caché. Au cas où un zélé irait aussi fouiner dans les parages.

Damase savait que la situation serait catastrophique si quelqu'un venait à le repérer, sans compter qu'il devait trouver un moyen de cacher Edwina.

Comme s'il avait lu dans les pensées de son neveu, Cléomène ajouta sans le regarder :

— Le père promet une somme d'argent à quiconque lui ramènera sa fille.

— Pour qu'il la malmène davantage ? s'insurgea Damase, soudain submergé par la colère et l'indignation.

Cléomène retira lentement la pipe d'entre ses lèvres et dévisagea son neveu d'un regard torve.

— Tu l'as vue !

— Entrevue, seulement.

— Où ?

— Dans le bois, pas loin de la Butte aux renards.

— Elle t'a vu ?

— Non. Je me suis caché à temps.

Le visage maussade de Cléomène en disait long sur ses tourments.

— Écoute-moi bien, mon gars, commença-t-il en brandissant un index autoritaire. J'ai toujours su que t'étais un garçon intelligent, fiable, honnête et charitable. T'as pas une cenne de malice en toi et ta gentillesse est reconnue par tous ceux qui te connaissent. Mais fais bien attention de pas être trop bonasse.

— Je suis pas bonasse !

— Les femmes ont bien des tours dans leur sac pour amadouer les hommes. Les hommes seuls, surtout ! Si tu vois ce que je veux dire…

— Non, je vois pas...

— Fais pas l'innocent en plus ! s'impatienta Cléomène en haussant le ton, excédé par la tournure que prenait la conversation.

Il fixa son neveu, convaincu qu'il serait en danger s'il venait à frayer avec cette fille.

— Les femmes peuvent être de vraies démones quand elles veulent.

Damase ne quittait pas des yeux le visage de Cléomène dont les traits s'étaient durcis.

— Pourquoi serait-elle démone à ce point ?

— Parce qu'elle fuit, qu'elle est sans le sou, qu'elle sera traquée comme une bête. Elle tentera probablement de te séduire pour que tu l'aides. Alors, je te le répète : fais attention.

La conversation fut interrompue par Léontine qui venait d'apparaître derrière la porte moustiquaire.

— Clara s'est rendormie, leur apprit-elle dans un soupir.

— Dans ce cas, je vais repartir, laissa tomber Damase.

L'air renfrogné du garçon n'échappa pas à l'œil avisé de sa tante.

— Quelque chose te tracasse ?

— Non, je dois juste retourner à la cabane.

— Je vais te chercher des provisions, dit Léontine en disparaissant vers le fond de la cuisine que seule une chandelle à la flamme vacillante éclairait. As-tu besoin de vêtements propres ?

Damase devait apporter une tenue de rechange à
Edwina, mais après le sermon que venait de lui donner
Cléomène, il ne voulut surtout pas éveiller davantage
ses soupçons en demandant d'autres vêtements à sa
tante.

—J'ai pas le temps.

—T'es donc bien pressé à soir.

—Pas plus que d'habitude, rétorqua son neveu
dans un sourire.

—Tu prends même pas le temps de manger ?
remarqua Cléomène.

—Je vais prendre les victuailles et les apporter à la
cabane. Je mangerai plus tard.

Les suspicions des jumeaux l'énervaient de plus en
plus. En fait, il lui tardait d'aller avertir Edwina des
projets de son père.

—Dans ce cas, je vais chercher tes habits et finir de
préparer ton baluchon de nourriture, comme tu le
demandes, accepta sa tante en prenant congé des deux
hommes.

—Oublie pas ce que je t'ai dit, lui rappela son
oncle. Cette fille peut être dangereuse.

—Et son père l'est peut-être encore plus, ajouta
Damase d'un air entendu.

Cléomène plissa les yeux. Jamais encore il n'avait
vu son neveu aussi déterminé à le contredire. Il lui
semblait même qu'il avait hâte de repartir dans le bois.

—Y a quelque chose que tu m'as pas dit ? demanda
encore Cléomène.

— Non, rien.

— Laisse-moi en douter…

— Pourquoi tu me crois pas?

— Je sens que tu deviens un homme…

La porte s'ouvrit.

Léontine avait un énorme baluchon entre les bras.

— Grand Dieu! J'en ai certainement pour une semaine.

— Au moins!

Elle posa une main affectueuse sur la joue couverte d'une barbe rugueuse que son neveu préférait garder comme paravent contre les moustiques.

— Bon! Va-t'en, maintenant, lui dit la matrone.

Celle-ci ne put réprimer un bâillement de fatigue.

— Repose-toi bien, tante Léontine. Cléo pourra pas s'occuper de tout le monde et de la ferme en plus si tu tombes malade à ton tour.

Puis, il prit le baluchon et déguerpit vers le bois pour la troisième fois. La terre humide qu'il foulait de ses pieds exhalait de riches senteurs d'humus et de feuilles mortes. Damase marchait d'un pas décidé dans une nuit d'encre, content d'avoir appris la nouvelle de la battue du lendemain. Il était surtout heureux de pouvoir donner à Edwina la preuve de son amitié.

Chapitre 11

Ensorcelé

De retour à la cabane, le jeune homme trouva Edwina paisiblement endormie sur le lit. L'inconfort du sol avait probablement eu raison de sa résistance et, une fois bien installée, le sommeil l'avait emportée.

Par le panneau ouvert au-dessus de l'évaporateur, un rayon de lune argenté éclairait l'intérieur de la cabane.

Damase déposa son baluchon par terre près de la porte qu'il referma le plus silencieusement possible avant de s'approcher du lit à pas de loup. Il se tint debout et prit le temps d'examiner celle que le destin avait placée sur sa route.

Dans la demi-obscurité, la peau de son visage lui apparut encore plus pâle, plus nacrée. Ses cheveux épars sur l'oreiller formaient une auréole sombre. Ses longs cils recourbés dessinaient un cerne bleuté sous ses paupières closes. Sa bouche à moitié ouverte laissait passer un souffle régulier qui asséchait ses lèvres minces. Près de son cou, comme pour protéger sa gorge d'un assaut imaginaire, ses deux poings fermés faisaient barrière. Damase y remarqua la ligne d'une cicatrice sur la peau lisse. Mû par un désir soudain, il avança les doigts et effleura le stigmate. À son contact, Edwina ouvrit les yeux et le fixa en silence.

Dans cette cabane perdue au milieu des bois, le temps s'arrêta tandis qu'une douce clarté enveloppait le couple d'un halo mystérieux.

Hypnotisé, Damase tendit de nouveau la main et toucha du bout des doigts les lèvres de la jeune fille qui ne bougea pas. Il caressa les joues rebondies, effleura l'arête du nez avant de suivre la ligne des sourcils et le front bombé sur lequel des perles de sueur gardaient une mèche de cheveux prisonnière. Ses doigts s'engouffrèrent spontanément dans les cheveux dorés. Edwina avait fermé les yeux sous la caresse. Jamais encore quelqu'un n'avait eu des gestes aussi doux avec elle…

Damase avait le souffle court. Elle reconnut tout de suite la respiration saccadée d'un homme tenaillé par le désir. La main se faisait maintenant plus pressante dans sa chevelure. Elle rouvrit les yeux alors que Damase se penchait sur elle.

— Non.

Ce mot eut l'effet d'une douche froide sur le jeune homme qui se redressa.

— C'est pas ce que t'imagines, se défendit-il aussitôt.

— J'imagine rien.

En deux temps trois mouvements, Edwina quitta le lit et réintégra sa place près de l'évaporateur.

Damase la suivit et lui enlaça la taille d'un geste malhabile.

— LÂCHE-MOI ! s'écria-t-elle en se débattant.

— Pas avant que tu m'écoutes.

— Lâche-moi ou je vais crier !

— Pour ameuter qui ? demanda-t-il, amusé, en resserrant son étreinte. Qui pourrait bien venir à ton secours ? Ici, dans le bois ? Je te rappelle que t'es chez moi.

Edwina baissa la tête.

— Tu me serres si fort que je peux pas bouger. Et puis tu me fais mal…

— Je voulais juste pouvoir m'expliquer, s'excusa Damase, penaud de l'avoir retenue contre lui.

— J'ai bien compris où tu voulais en venir, tu sais.

— C'est pas ce que tu crois !

— Je crois rien. Je comprends…

— Je suis pas comme ton père.

La réplique la surprit.

— Je te rassure, personne pourra jamais être aussi effrayant que lui. Surtout pas toi…, reconnut-elle tout bas.

Une chouette vint se poser sur une branche non loin du panneau abaissé. Son hululement les fit frissonner tous deux. Soudain, poussés par le même besoin de réconfort, ils se rapprochèrent et leurs lèvres se joignirent en un doux baiser.

Dans la tête de Damase, des images tourbillonnaient, alimentant un désir irrépressible de la prendre, ici, sur la couverture. Jamais encore pareille tentation ne l'avait autant titillé. Comme un éclair surgi du plus profond de son être, une flamme l'embrasait tout entier. Son souffle redevint court, saccadé. Il n'osait détacher les lèvres de cette fille qui répondait à son désir.

Pendant un instant, il la crut offerte. Mais il la savait fragile. Ils étaient seuls dans cette cabane perdue au milieu du bois. Personne ne le saurait.

Pas même son oncle…

Il s'empara de nouveau de ses lèvres tremblantes, puis appuya ses paumes dans le dos d'Edwina qui plia l'échine sous la caresse maladroite. Damase pressa son sexe qui gonflait le tissu de son pantalon contre la cuisse de la belle, ses hanches amorçant une valse langoureuse, rythmée par le désir. Il huma l'odeur de son cou dont la peau exhalait l'odeur acidulée de la sueur. Lorsqu'il y posa les lèvres, il sentit le corps de la jeune fille frémir entre ses bras et il crut qu'elle partageait sa tentation. Dans la cabane qui se remplissait peu à peu de leurs soupirs entremêlés, l'atmosphère devint chaude, presque suffocante. Partout se glissait la senteur entêtante des conifères qui se dressaient tout autour.

Damase s'enhardit. Il osa poser une main sur la poitrine de la jeune fille et ressentit alors une sorte de secousse primitive, quelque chose qu'il n'avait encore jamais éprouvé jusqu'ici. Une pulsion si forte que son cœur cogna dans sa poitrine. Jusqu'à lui faire mal…

C'est là qu'Edwina se raidit entre ses bras et qu'un cri perça la nuit. Semblables à des lapins affolés, ses pensées se bousculèrent dans sa tête. Le temps d'un battement de cils, Damase ferma les yeux et inspira profondément pour mater la bête en lui. Quand il les rouvrit, il vit qu'elle pleurait. Il recula d'un pas, tentant tant bien que mal de cacher sa honte.

— Edwina, je…

La jeune fille ne le quittait pas des yeux, le jaugeant du regard. Puis, posant un index sur sa bouche, elle l'intima au silence. La peur l'étreignait, malgré un sentiment plus fort encore qui la poussait à rester près de lui.

Damase voulut alors saisir ses doigts, mais Edwina recula de quelques pas, mettant une bonne distance entre elle et lui. Sans ajouter un mot, elle retourna se coucher près de l'évaporateur où elle se roula en boule comme une enfant punie.

Damase passa une main tremblante sur son front moite. Ne sachant plus quelle attitude adopter, et ne pouvant rester plus longtemps dans cette pièce où les effluves de leurs corps mêlés flottaient encore, il pivota sur ses talons et quitta la cabane en coup de vent, oubliant, pour la première fois, de verrouiller la porte derrière lui. Il alla trouver refuge au bord du ruisseau où il soulagea son désir dans la solitude.

Entre les écharpes de brume, le ruisseau chatoyait comme du vif-argent sous un rayon de lune, invitant Damase à s'en approcher et à y plonger les mains avant de s'asperger le visage à grands traits.

Pour la première fois de sa vie, Damase avait goûté la chair d'une femme. Pour la première fois aussi, à vingt ans, il découvrait la force de son désir. Ses pensées volèrent vers Cléomène et les avertissements de son oncle lui revinrent en mémoire... Cette nuit, au contact de cette fille, Damase était effectivement devenu un homme...

En dépit du vent, il était toujours en nage. Décidé à ne pas rentrer tout de suite à la cabane, il s'avança sur un tapis de feuilles au bord de l'eau, se déshabilla en vitesse et entra dans l'eau. La fraîcheur de l'onde neutralisa enfin le feu qui le consumait encore. Quelques minutes plus tard, Damase en ressortit rasséréné. Toujours nu, il s'étendit sur un rocher plat où l'eau glissait avant de tomber en cascade plus bas. Il prit de profondes inspirations et ferma les yeux.

Il était bien.

Autour de lui, les bruits de la nuit finirent par l'apaiser complètement. Mais le visage d'Edwina s'imposait toujours à son esprit. Que devait-il faire, maintenant?

Un sentiment encore plus intense que le désir vint alors le tourmenter. Un sentiment qui ressemblait à nul autre. Telle une vague qui le submergeait.

— C'est ça, l'amour? murmura-t-il.

À n'en plus douter, pour la première fois de sa vie, il était amoureux...

Puis il se releva d'un bond. Il venait de se rappeler la battue du lendemain.

Chapitre 12

Le plan

Une heure s'était écoulée quand Damase remit les pieds dans son refuge. Il chercha les victuailles qu'il avait abandonnées dans le baluchon près de la porte, mais en vain. «Edwina a dû les mettre en sûreté dans la glacière ou dans l'armoire.»

Sur la pointe des pieds, il se dirigea vers le lit, résigné à se coucher sans manger. Il s'étendit sur le dos, fixant le vide au-dessus de lui. Là-bas, près de l'évaporateur, le souffle régulier d'Edwina attestait que celle-ci dormait à poings fermés. Dire qu'elle avait dormi plusieurs nuits sous la soupente de l'appentis, parmi les mulots...

Demain à l'aube, serait-il trop tard pour l'avertir qu'elle serait prise en chasse? Après ce qui s'était passé, cependant, il n'osait plus l'approcher. Lorsqu'il lui annoncerait que des battues avaient été organisées pour la retrouver, ils conviendraient ensemble d'une solution pour se soustraire à la vue de ceux qui la cherchaient. Ils devraient tous les deux demeurer cachés une bonne partie de la journée. «Mais où?», s'interrogea-t-il soudain.

Damase lorgna vers la silhouette sombre de l'armoire et se rappela la consigne de Cléomène: «J'aimerais mieux que tu l'ouvres pas. Ce sont des effets, disons, personnels...»

Jugeant plus prudent de ne pas attendre au lendemain pour mettre Edwina au courant de son plan, Damase alluma la bougie et s'approcha de la jeune fille à pas lents. Prenant bien soin de garder une distance respectable entre elle et lui, il toussota pour attirer l'attention d'Edwina, qui ouvrit les yeux.

— C'est moi, chuchota-t-il.

— Je sais bien, laissa-t-elle tomber, peu amène.

— Je... je voulais m'excuser pour tout à l'heure...

— Tu me réveilles pour ça?

— Non, enfin, pas juste pour ça. J'ai oublié de te dire que demain, ton père et d'autres hommes vont faire des battues dans le bois pour te retrouver.

— QUOI?

Edwina fut aussitôt sur ses pieds, les yeux hagards, l'air effrayé comme une biche aux abois. Elle courut vers la porte.

— Où vas-tu?

— Je veux pas retourner vivre là-bas! cria-t-elle, affolée. Jamais! JAMAIS! Tu entends?

Visiblement dans un état second, Edwina tournait maintenant en rond comme une bête prise au piège.

— Je pars!

— Pour aller où, en pleine nuit ?

Anéantie, Edwina baissa la tête. Le visage de son père se dessina devant ses yeux.

— Je dois partir le plus vite possible, tu comprends ? Loin d'ici ! Très loin !

Elle posa la main sur le loquet.

Vif comme l'éclair, Damase se précipita pour la retenir.

— Ôte-toi de là ! cria-t-elle.

Cette fois, il lui barra le chemin en se postant devant la porte.

— Attends ! J'ai un plan.

— …

— Tu peux te cacher dans cette armoire.

Edwina suivit des yeux l'index tendu de Damase qui pointait le meuble.

— J'entre pas là-dedans, voyons ! Et puis, les hommes vont tout de suite regarder là !

— Pas si elle est cadenassée de l'extérieur.

— Tu veux dire que tu vas m'emprisonner dans cette…

— Panique pas avant que je t'explique. Une fois que tu seras bien installée, je verrouillerai la porte et j'irai me cacher à mon tour.

Edwina prit bien son temps et soupesa le pour et le contre de cette proposition. Damase avait raison. C'était la seule issue.

Elle n'était pas rassurée pour autant.

— Ça marchera pas ! Ils feront sauter la serrure !

— Oncle Cléo cache toujours les clés des cadenas quelque part, expliqua Damase, voulant à tout prix que son plan reçoive l'approbation de la jeune fille. Ils seront pressés. Ils penseront pas à le couper.

Tenant la lanterne très haut afin d'éclairer les alentours, il se dirigea vers la partie de la cabane où s'alignaient les armoires utilisées par l'acériculteur pour empiler les chaudières qui recueillaient la sève d'érable. Il y entreposait aussi les couvercles, les chalumeaux et les bouteilles de verre qu'il remplissait du sirop ambré.

— Tiens donc, y a presque plus de bouteilles ici, remarqua Damase.

— Et la clé du cadenas ?

— Attends, je crois qu'elle est par là.

Damase étira le bras afin de toucher un recoin de l'armoire dans sa partie supérieure. Enfant, il avait souvent vu son oncle y déposer des objets qu'il désirait cacher aux yeux des visiteurs qui venaient pendant le temps des sucres.

— Ça y est ! Je l'ai !

Il revint au pas de course et vérifia si la tige de métal correspondait à la serrure du cadenas.

— Ça marche ! s'écria-t-il, satisfait.

D'un geste, il souleva le loquet et, faisant fi de l'interdiction de son oncle, il ouvrit la porte toute grande.

— Oh ! s'exclamèrent-ils en chœur.

Devant leurs regards incrédules, des dizaines de bouteilles en verre remplies d'un liquide clair, semblable à de l'eau, s'alignaient sur des tablettes étroites.

—Vous faites de l'alcool de contrebande? questionna Edwina.

—Bien sûr que non! s'offusqua le garçon qui ne savait quoi penser. Ce sont assurément les réserves personnelles de mon oncle. Je me rappelle qu'il a déjà confectionné de la bière d'épinette quand j'étais plus jeune.

—Ça ressemble pas du tout à de la bière d'épinette, ça, si tu veux mon avis, rétorqua Edwina, perplexe.

La jeune fille s'empara d'une bouteille, la souleva devant la lumière.

—On dirait du gin ou quelque chose du genre, ajouta-t-elle.

Elle crispa ses doigts sur le verre avant d'enchaîner sur un ton où perçait la colère :

—Mon père buvait régulièrement de ça…

—De la baboche! souffla Damase qui n'en croyait pas ses yeux.

—Oui… l'alcool qui rend fou, grommela Edwina qui, tout à coup, se demandait si, sous ses dehors de monsieur très bien, ne se cachait pas un Cléomène Beauregard capable de vendre une telle boisson à des hommes comme son père.

—Va pas croire qu'oncle Cléo…, commença Damase comme s'il avait lu dans ses pensées.

—Ça semble pourtant évident…

—Tu sais rien! s'écria Damase, prenant la défense de son oncle. Cléo est un homme honnête. Et jamais, tu m'entends, JAMAIS tu insinueras une chose pareille à son sujet! Je le permettrai pas!

Le ton de Damase fit comprendre à Edwina qu'elle ne devait pas insister. Avec une moue boudeuse, elle posa la bouteille sur le comptoir et reporta son attention vers la cache, qui ne lui disait rien qui vaille.

— Y a pas de place pour moi là-dedans avec toutes ces étagères, laissa-t-elle tomber.

— On va les enlever.

Damase se demanda un instant quel serait l'endroit idéal pour soustraire ces bouteilles compromettantes aux regards indiscrets.

— Et si on les cachait dans la panne? suggéra soudain la jeune fille.

— Non! On aurait tôt fait de les repérer là-dedans.

Découragé, Damase ne savait plus quoi faire quand Edwina lui proposa l'abri sous l'appentis.

— T'as raison, concéda Damase, y a amplement de place pour les disperser un peu partout.

— Entre les bûches, on les verrait pas.

Le déserteur sourit.

— Allons-y! On a pas une minute à perdre.

Aussitôt, Edwina empoigna deux bouteilles, puis elle ouvrit la porte avec difficulté. Damase, la lanterne baissée pour éclairer le sol, lui emboîta le pas. Une forte odeur d'urine lui monta au nez.

— Pouah!

Edwina bénit la pénombre qui cachait les rougeurs que la honte lui mettait sûrement aux joues. Depuis qu'elle avait trouvé refuge dans ce lieu, afin de ne pas sortir durant la nuit, un coin de l'appentis lui avait servi de latrines.

— Tu crois que c'est une mouffette ? questionna-t-elle pour faire diversion.

— Probablement plus un raton laveur ou une marmotte, répondit Damase qui ne soupçonnait rien.

Soulagée, elle se mit à l'œuvre, imitée par son camarade d'infortune.

C'est ainsi que les deux complices allèrent quérir chacune des précieuses bouteilles et transférèrent tout le contenu de l'armoire dans l'appentis. En moins de vingt minutes, ils avaient camouflé la totalité du butin. Quand ils réintégrèrent leur refuge, fatigués mais satisfaits, Damase se dirigea vers l'armoire, Edwina sur les talons.

— Qu'est-ce que tu fais ?

— Je vais arranger l'intérieur de l'armoire pour que tu puisses t'y installer, dit-il.

Sous l'assaut répété des coups de hache, les étagères se détachèrent de la charpente de l'armoire qui, une fois vide, s'avérait d'assez bonne dimension pour qu'Edwina puisse s'y asseoir en repliant ses jambes.

— Y faudrait quand même pas que je reste là toute une journée, bougonna-t-elle.

— Pas plus que moi dans mon trou.

Damase rit de bon cœur, imité par sa compagne.

— On doit être fatigués pour rire de même, nota Damase en passant une main dans ses cheveux.

— Ou alors, on est fous…

L'aube approchait.

— Il faudrait dormir un peu, annonça Damase.

— Oui.

Ils se levèrent et se firent face. Edwina prit alors le visage de Damase entre ses mains. Puis, elle appliqua ses lèvres sur celles du garçon qui ne broncha pas.

— Pourquoi ce baiser ? demanda-t-il, surpris, une fois qu'elle se fut éloignée d'un pas.

— Pour te remercier de m'aider. Je te revaudrai ça un jour… Si je tombe pas entre les mains de mon père, bien entendu.

— Je te jure que je ferai tout pour que ça arrive plus.

— Jure pas, je t'en prie.

— Je veux pas que tu retournes là-bas ! s'enhardit-il. On va quitter le pays. Ensemble, dès demain. On va partir aux États-Unis, toi et moi. Tu vas…

Edwina posa deux doigts sur la bouche de Damase.

— Je voulais déjà partir le plus tôt possible. Mais seule. Et à Montréal…

Elle jeta un coup d'œil vers le lit, puis vers la table.

— M'as-tu apporté des vêtements de rechange ?

— J'ai pas pu. Oncle Cléomène m'a pas laissé le temps.

— Ça fait rien, l'interrompit-elle. Je prendrai les tiens. J'ai vu que t'avais une chemise et une salopette en surplus.

— Ces vêtements sont beaucoup trop grands pour toi !

— Peu importe. Et puis, habillée en homme, je fausserai mieux les pistes.

Bien que peu enthousiaste à l'idée de lui donner ses habits, Damase alla ramasser la salopette de denim foncé et la chemise de lin qui traînaient sur une des chaises et les lui apporta. Elle les enfila en hâte, après avoir demandé à Damase de se retourner.

— Voilà !

À la vue de la jeune fille ainsi fagotée, Damase ne put s'empêcher de pouffer de rire.

— Je dois couper mes cheveux, maintenant, enchaîna-t-elle sans se préoccuper de ses railleries.

— Comment ?

— Va chercher la hache.

Elle aperçut alors une grosse bille de bois qui servait à fendre les bûches.

— Viens ! fit-elle en s'agenouillant près de celle-ci.

Empoignant à deux mains sa chevelure, elle forma une longue torsade qu'elle tendit sur le bois sec.

— Essaie de donner un bon coup.

— Mais, je…

— Allez ! Dépêche-toi !

À contrecœur, Damase saisit le manche de la hache et souleva celle-ci au-dessus de sa tête avant de la laisser retomber.

Pareils à des fils de soie tendus, les cheveux coupés demeurèrent prisonniers de la main d'Edwina.

— Merci, soupira-t-elle.

Elle s'engouffra aussitôt dans l'appentis et camoufla ses cheveux entre les rondins alignés devant elle.

Pendant ce temps, Damase se pencha pour ramasser une mèche claire sur le sol devant lui.

— Donne! ordonna Edwina qui était de retour et tendait la main vers lui.

— Je veux la garder en souvenir.

Edwina sourit, haussa les épaules et, faisant volte-face, se dirigea vers l'évaporateur, bien décidée à prendre un peu de repos avant le prochain combat.

— Il faut dormir, maintenant. Les battues vont sûrement commencer très tôt!

— T'as raison.

— Bonne nuit!

— Oui, bonne nuit, pour ce qu'il en reste, laissa tomber Damase en jetant un coup d'œil vers la fenêtre.

Il faisait encore noir. Edwina se tourna vers celui qui illuminait enfin sa vie de misère d'une lueur d'espoir. Il lui souriait. Cette connivence lui faisait du bien. « Damase est différent… », songea-t-elle. Elle espérait que la rencontre avec ce déserteur était le signe que le destin lui réservait une part de bonheur.

C'est alors que la voix de Damase la surprit:

— Viens ici.

— Pourquoi?

C'est plutôt Damase qui s'approcha, plongeant son regard dans les prunelles de la jeune fille hésitante.

— C'est peut-être le dernier soir que nous sommes ensemble, commença-t-il dans un souffle.

— Va surtout pas t'imaginer que…

— J'imagine rien du tout, l'interrompit Damase. Je veux juste que tu dormes le mieux possible. Je t'offre ma paillasse. Ce sera plus chaud et plus douillet que près de la bouilleuse.

Edwina hocha la tête. Obéissante, elle marcha vers le petit lit placé près de la fenêtre.

Le cœur lourd, Damase jeta un œil à la couverture de laine qui gisait sous la bouilloire d'acier.

Il songea avec regret que, demain, cette fille s'en irait et qu'il ne la reverrait probablement jamais plus.

À cette pensée, sa raison chavira.

« Je vais tout faire pour la garder avec moi… », tenta-t-il de se convaincre, sachant trop bien que, dans les circonstances, il ne pouvait faire pareille promesse. « Cette maudite guerre ! », pensa-t-il encore. Amer, il dut pourtant admettre l'évidence ; c'était cette même guerre qui lui avait permis de la connaître.

Il s'empara de la bougie prisonnière de son contenant de fer-blanc, la déposa sur la chaise près du lit qui lui servait de table de chevet. Il allait s'éloigner quand Edwina lui tendit la main.

— Viens dormir contre moi. Il fera plus chaud.

Damase s'approcha de la couche et se lova contre celle qui lui tournait déjà le dos. À la lueur de la flamme, ils restèrent ainsi, immobiles, enlacés. Le nez dans ses cheveux, Damase ferma les yeux. Il sentait le corps de la jeune fille se soulever au rythme de sa respiration. « Elle n'a que la peau et les os », remarqua-t-il. Puis, il recula au bord du lit, laissant le plus de place possible à Edwina qui remuait les jambes. Il était heureux.

Mais sa joie fit place à l'incertitude. Est-ce que ce subterfuge réussirait? «Je peux pas la laisser s'enfuir ainsi. On aurait vite fait de voir la féminité de sa démarche.» Il voulut partager ses doutes avec Edwina, mais la régularité de sa respiration lui fit comprendre qu'elle dormait déjà.

Inconfortable dans sa position, et surtout déterminé à trouver un meilleur déguisement pour sa protégée, il se mit en tête d'aller quérir des vêtements qui lui permettraient de s'enfuir plus aisément. «Tante Léontine m'aidera», se dit-il en soufflant la flamme. Damase quitta donc doucement la paillasse.

— Tu sors? l'interrogea aussitôt Edwina d'une voix ensommeillée.

— Oui.

— Reviens vite.

— Oui, je reviens tout de suite, la rassura-t-il.

Il s'éloigna, empruntant le sentier connu qui menait à la Butte aux renards, les doigts effleurant, au fond de sa poche, la mèche de cheveux châtains d'Edwina.

Damase ne tarda pas à voir le drap blanc étendu sur la corde à linge de la maison.

— Le code, souffla-t-il, dévalant au pas de course la distance qui le séparait de chez sa mère.

Chapitre 13

Le drap blanc

— Damase ! Que fais-tu ici à cette heure ? s'exclama Léontine en l'apercevant sur le seuil de la porte.

— J'ai vu le drap sur la corde.

— Quoi, le drap ?

— Qui a étendu ce drap sur la corde ?

— C'est moi qui l'ai mis après avoir changé le lit de Clara.

Elle nota son air hagard avant d'enchaîner :

— Que se passe-t-il ?

— Maman vous a pas dit à Cléo et toi qu'on avait établi un code ?

— Non. Quel code ?

— Elle vous a pas expliqué ?

— Prends ton souffle, mon garçon, et viens t'asseoir, conseilla-t-elle à Damase qui faisait les cent pas devant elle.

— Elle m'avait fait promettre de venir à la maison en urgence lorsque je verrais un drap blanc étendu sur la corde.

— Elle m'a rien dit de tout cela.

— Où est-elle ? Où est maman ? Comment va-t-elle ? Et Cléo ?

— Calme-toi !

— Je peux la voir ?

Mal à l'aise, Léontine détourna le regard avant de répondre d'un ton qu'elle voulait le plus neutre possible.

— Non, c'est mieux pas. Elle va pas bien depuis ton départ, et…

— Je resterai pas longtemps !

Le silence de Léontine en disait plus long que n'importe quelle parole.

Poussé par un mauvais pressentiment, Damase s'élança vers la chambre. Dès qu'il eut franchi la porte, laissée entrouverte pour que circule un peu d'air frais, il sut que ses soupçons étaient fondés. La sueur sur le front de sa mère, son souffle court et surtout la pâleur de son teint annonçaient que l'heure était grave.

Léontine fut aussitôt derrière lui.

— Vous avez pas appelé le docteur ? s'inquiéta le garçon en touchant le front brûlant de sa mère.

— Cléomène a pas hésité à aller le quérir. Je l'attends d'une minute à l'autre.

— Elle va pas mourir ?

Léontine prit bien son temps avant de répondre :

— Je sais pas. La vilaine grippe qu'elle a contractée a affaibli sa résistance et ses poumons sont attaqués. Je fais tout ce que je peux pour la soigner, sans grand résultat. Et puis, il y a la grippe espagnole qui court dans les villes et qui a peut-être déjà touché les campagnes…

— Vous pensez que…

— Dieu seul le sait, mon garçon, l'interrompit sa tante.

— Dieu a rien à voir là-dedans !

Damase avait élevé la voix, craignant de ne pas être auprès de sa mère lorsque le destin déciderait de la lui ravir. Pour éviter de réveiller la malade, Léontine le tira par le bras et l'entraîna en dehors de la chambre.

— Dis pas ça, le gronda Léontine en posant sur lui un regard furibond. Au lieu de pester contre Lui ainsi, tu serais peut-être mieux de Le prier !

La semonce eut l'effet escompté et Damase baissa la tête.

— Si c'est Sa volonté de la ramener à Lui, y faudra bien l'accepter…

— Jamais ! cria Damase, que la perspective de perdre sa mère effrayait au plus haut point.

À quoi cela servait-il de déjouer la conscription et d'échapper aux griffes de la police militaire s'il ne pouvait pas prendre soin de sa mère ? S'il n'était pas près d'elle pour la soigner, lui prendre la main et la rassurer ? Il aurait voulu lui insuffler sa force, sa détermination, sa jeunesse aussi.

Un bruit dans la cour fit sursauter Léontine qui courut vers la fenêtre et écarta les rideaux.

— Cléomène arrive avec le docteur. Pars vite pour pas qu'il te voie ici !

— Non, je reste.

— Fais pas l'enfant. Le docteur est là. Tout va bien aller. Il va sûrement lui administrer un médicament qui va lui faire du bien.

— Tu crois ?

— Je l'espère en tout cas. Pars, maintenant. Et promets-moi de plus prendre le risque de venir ici à l'improviste. Tu sais très bien que si t'es pris et emprisonné, là, Clara mourra de chagrin.

Des pas se firent entendre sur la galerie.

— Allez, ouste, va-t'en ! ordonna-t-elle.

Se résignant à abandonner sa mère malade et à retourner à la cabane sans vêtements pour Edwina, Damase sortit par la cuisine d'été et s'éloigna de la demeure où le docteur et Cléomène entraient par la porte principale.

Le cœur lourd, il traversa la cour éclairée par un dernier rayon de lune.

Non loin de là, posté au pied de la croix de chemin qui bordait la terre voisine, Benoît Brown, surnommé la Belette, le vit prendre le sentier menant à la cabane à sucre du 2e Rang, un sourire de vainqueur étirant ses lèvres minces.

— Où étais-tu ? s'écria Edwina, visiblement mécontente. J'ai pas pu me rendormir après que t'es parti. J'étais trop inquiète.

— Ma mère est très malade, réussit à articuler Damase sur le pas de la porte demeurée ouverte.

Ses épaules voûtées se soulevaient à la cadence des sanglots qu'il ne pouvait plus réprimer. À ses pleurs se mêlaient des soupirs.

Edwina s'approcha de lui à pas lents et l'entoura de ses bras afin de lui procurer un peu de réconfort. Damase l'étreignit à son tour et blottit son visage au creux de son épaule.

— Ça va aller, glissa-t-elle à son oreille. Ça va aller… Viens manger un peu…

— J'ai pas faim…

— Moi, oui. Viens.

Docile, il suivit la jeune fille qui ressortit les provisions et dressa la table en un rien de temps. Tous deux prirent place sur les chaises et s'accoudèrent à la table. Damase bouda le pain et la confiture pendant que la fille mordait dans une carotte bien croquante.

— Si je le peux, avant de partir, je chercherai des plantes pour soigner ta mère. Tu les lui apporteras aussitôt les battues terminées. Elle les prendra en infusion. Tu verras, ça lui donnera des forces.

— Tu connais le secret des plantes sauvages ?

— Un peu…

— Le soleil va bientôt se lever, constata Damase. T'auras pas le temps. Et puis, il faudrait dormir…

—J'ai plus sommeil.

Le silence retomba un instant.

—Parle-moi de toi, demanda alors Edwina.

—Pourquoi?

—J'aimerais te connaître un peu plus.

—Que veux-tu savoir? Que je suis un lâche? Un bon à rien qui se cache et qui peut même pas aider sa propre famille ni prendre soin de sa mère? Autant te l'avouer, je fuis l'armée et sa guerre parce que j'ai peur! Je veux pas aller me faire tuer pour une patrie que je connais pas et qui nous traite en colonisés.

—Raconte pas de bêtises! T'es beaucoup plus que ça…

—Eh non! répliqua-t-il, véhément, en quittant la chaise si précipitamment que celle-ci se renversa sur le plancher dans un bruit sec.

Damase marcha vers la fenêtre contre laquelle il appuya son front.

Edwina se tourna vers lui et pesa bien ses mots:

—Si c'est ce que tu crois, alors, très bien! Moi, ce que j'ai sous les yeux, ce matin, c'est plutôt un lion en cage qui a qu'une envie, passer à l'action, rugir, se battre pour sa liberté. T'es un gars qui en peut plus d'attendre.

—Tu vois ça, toi! Mademoiselle la perspicace.

—Sois pas méchant, je t'ai rien fait.

—À part m'imposer ta présence, manger mes réserves de nourriture, me mettre en danger lorsque les hommes te chercheront bientôt, non, tu m'as rien fait !

Cette fois-ci, son ton était rempli de colère et de reproches. Edwina ne réagit pas. Après la tendresse qu'ils avaient partagée jusqu'ici, cette querelle laissait à chacun un goût amer.

Damase s'en voulait déjà d'avoir laissé échapper des paroles blessantes, mais sa douleur était telle qu'il avait ressenti le besoin de se défouler et de jeter le blâme sur la jeune fille. Comme si cela pouvait lui faire du bien...

Et puis, il était orgueilleux...

— T'aurais pu trouver une autre cabane ! lâcha-t-il encore.

— Damase, je sais pas pourquoi t'es si...

— Avoue que c'est à cause de toi si je suis dans ce pétrin aujourd'hui. Si je peux plus rester tranquille ici ! Maintenant, je dois partir en exil pour pas tomber entre les mains de la police militaire.

Il tourna la tête et ricana avant d'ajouter, amer :

— Tout ça pour aider "la pas fine à Soucy"...

Le lourd silence qui suivit se faisait l'écho du vide où sombrait Edwina. Comment ce garçon, si gentil et si prévenant, pouvait-il tout à coup se transformer en un être aussi odieux ? Toutefois, elle comprenait sa peine. La maladie de sa mère le mettait dans tous ses états et peut-être ne contrôlait-il même plus ses pensées.

Si elle ne le connaissait que depuis deux jours, elle le savait déjà doux et attentionné, timide, même.

«S'il était allé à la guerre, il aurait préféré être tué plutôt que de donner la mort dans les tranchées.» Elle leva les yeux vers Damase qui gardait le dos tourné.

— Dans ce cas, je pars tout de suite, se résolut Edwina.

Ses paroles reflétaient les pensées du jeune homme.

— C'est ce que t'as de mieux à faire, confirma-t-il sans se retourner.

La jeune fille ne répliqua pas. Des larmes lui brûlaient déjà les yeux. Elle avait cru avoir trouvé en Damase un ami comme elle n'en avait jamais eu. Qui la protégerait, la ferait sourire, rire aussi, et, surtout, qui l'emmènerait loin de cette campagne maudite.

Alors qu'elle l'attendait, elle s'était imaginé attendre le retour du prince qui la délivrerait. Elle avait rêvé d'une idylle, comme il s'en vivait dans les contes de fées. Une magnifique robe sertie de fils d'or et d'argent remplaçait ses vêtements, des pierreries ornaient son cou et des bagues, ses doigts aux ongles polis. Elle s'inventait belle et gracieuse, comme une princesse. Elle en avait vu une, un jour, dans un livre d'images que sa mère lui avait montré. Il y avait très longtemps déjà…

Hélas, sa vie n'était pas un conte. Pas plus que Damase n'était un prince charmant! De toute cette fabulation ne demeurait que le sorcier, son père, qui la menaçait encore.

Comme une automate, elle ramassa ses vieilles hardes, les plia avant de les enfouir dans les poches de la salopette trop grande. Elle attrapa la casquette du jeune homme, la posa sur ses cheveux coupés et se dirigea vers la porte de la cabane, regardant Damase une dernière fois.

Dans le jour naissant, elle devina, plus qu'elle ne le vit, son profil au menton pointu, son nez un peu busqué, ses lèvres affichant une moue boudeuse, ses sourcils épais ombrageant ses yeux. La jeune fille espéra une parole ou un geste. Non, il n'y eut rien de tel. Edwina quitta la cabane sans prononcer un mot d'adieu.

Chapitre 14

Sur un pied de guerre

À neuf heures du matin, après avoir terminé la traite et prodigué les soins nécessaires à leurs animaux, une cohorte d'hommes armés de bâtons et de fusils s'élancèrent dans la forêt. Parmi eux, Benoît Brown, heureux de participer à cette battue qui le mènerait peut-être sur les traces du déserteur.

Quand il avait entendu parler de la fugueuse et de la prime que son père offrait pour la retrouver, il avait proposé son aide à l'un des fermiers en charge des bénévoles.

— De l'aide, ça se refuse pas, avait répondu le paysan.

Le front levé, l'air victorieux, Brown avançait en hâte, additionnant déjà les cinquante livres sterling au magot qu'il accumulait depuis le début de la conscription. Cette récompense donnée à ceux qui livraient un traître à la patrie, il n'aurait pas honte de l'empocher.

Hier encore, il avait orchestré la capture d'un insoumis qui avait profité d'une permission pour s'éclipser et tenter de passer chez les voisins du Sud. Il l'avait coincé juste avant le départ du train.

« Ce sera un jeu d'enfant avec ce jeune-là », s'encouragea-t-il, sachant que celui-ci avait réintégré sa cachette la veille et n'en était pas ressorti.

— Il est fait comme un rat, se félicita-t-il à voix haute en marchant d'un pas décidé sur le sentier menant à la Butte aux renards.

Benoît Brown vivait à Upton, une petite localité non loin de Sainte-Hélène. Sans foi ni loi, il avait fait de la délation son métier. Travailler de l'aube à la tombée de la nuit sur une terre qui ne lui rapporterait que courbatures, sueur, fatigue et pas assez d'argent pour satisfaire ses ambitions ne l'intéressait pas.

Benoît Brown détestait et la misère, et les miséreux. À l'aube de la trentaine, il avait voulu s'enrôler et tenter de récolter, plutôt que les fruits de la terre, gloire et médailles militaires. Or, l'examen médical avait décelé chez lui une anomalie du pancréas qui l'avait obligé à retourner aux labours, aux semailles et aux moissons, qu'il abhorrait. Le jour où il avait entendu dire que l'armée engageait des délateurs et leur assurait de bons gages, la Belette ne s'était pas fait prier pour servir la patrie à sa manière.

L'homme s'enorgueillissait de ce nouveau métier qui, pourtant, suscitait l'animosité de certains de ses compatriotes. À Upton, on le traitait de « chien sale », de « vendu » ou de « pourri d'Anglais ». Par contre, ici à Sainte-Hélène, on ne le connaissait pas.

Benoît Brown, quant à lui, ne se formalisait pas des insultes, se répétant qu'il travaillait pour le bien du pays. De toute manière, lorsqu'il aurait accumulé assez d'argent, il quitterait ce petit village et irait ouvrir un commerce, dans l'immobilier, en Ontario. Il se voyait déjà riche et puissant, invité par les gens de la haute société.

— Et je me présenterai en politique ! avait-il clamé un jour à un de ses détracteurs.

Assurément, la Belette avait de grandes ambitions…

Le soleil était levé quand Damase se réveilla après une petite heure de sommeil peuplé de mauvais rêves. Il releva la tête et chercha une silhouette près de l'évaporateur. Il ne vit qu'un espace vide exempt de toute trace.

— Elle est pas revenue, souffla-t-il à la fois soulagé et malheureux.

Malgré sa rancune envers celle qui avait mis sa vie en péril, force lui fut de constater qu'il avait aimé sa compagnie. Un certain remords montait en lui tandis qu'une petite voix intérieure lui chuchotait doucement : *C'est ce qu'elle avait de mieux à faire…* Réconforté, Damase tendit de nouveau l'oreille. Les oiseaux, habituellement bavards à cette heure, n'émettaient quasiment ni cris ni chants.

— C'est pas normal, marmonna-t-il.

Il n'attendit pas une seconde de plus et, convaincu que sa vie se jouait maintenant, il se mit à replacer en hâte l'intérieur de la cabane, effaçant toute trace de leur présence.

Une fois sa tâche terminée, il scruta le moindre recoin de la pièce. Il se dirigea ensuite vers le « trou » et replaça la chaise avant de refermer la trappe au-dessus de lui.

Puis il attendit.

Plus l'angoisse le gagnait, plus son cœur battait à ses tempes. Damase se reprocha sa peur en considérant la situation d'Edwina. Où pouvait-elle être allée se réfugier ? Il se concentra sur sa respiration, de plus en plus saccadée. Il étouffait.

Dans son délire, il se vit pris au piège dans ce trou infernal après avoir été repéré par les hommes de main de la police du dominion. Il s'imaginait devant le peloton d'exécution, hagard devant les fusils braqués sur lui.

Les aboiements d'un chien non loin lui firent ouvrir les yeux de stupeur.

— Oh, non ! Pas des chiens !

Il se mit à prier, récitant machinalement des *Ave Maria*, appris aux beaux jours de l'enfance alors que toute la famille se recueillait, à genoux, dans la cuisine. Ses pensées volèrent vers sa mère qui, elle aussi, se battait contre un ennemi invisible et mesquin. Damase se jura de ne pas fléchir, de concentrer ses prières non pas sur son propre salut, mais sur celui de sa mère pour qu'elle parvienne à vaincre la maladie. Cette simple idée le remplit de quiétude et c'est là qu'il entendit des bruits de pas tout près, signe que les hommes avaient rejoint son refuge.

Accordés au tambourinement qui martelait ses tempes, les jappements accompagnés de voix d'hommes se rapprochaient. Damase reconnut celle de son oncle.

— Je vais voir dans ma cabane, annonça-t-il d'une voix forte, comme s'il voulait l'avertir de leur arrivée.

— Je vous accompagne, rétorqua une voix inconnue.

Damase se raidit.

— Pas la peine, je suis capable d'y aller tout seul, riposta Cléomène.

— On a dit qu'on laissait personne entrer seul dans un bâtiment ! Question de sécurité.

— C'est qu'une pauvre fille perdue et apeurée, pas dangereuse du tout à mon avis.

— Quand quelqu'un se sent pris au piège, on sait pas de quoi il est capable.

Visiblement mal à l'aise, Cléomène ne savait plus quoi répondre pour empêcher la Belette de le suivre. S'il l'évinçait, ce dernier irait rapporter que le vieil homme cachait sûrement quelque chose et alimenterait ainsi les ragots. Cléomène préférait que personne au village et dans les campagnes des environs n'ait de soupçons en ce sens. Il en allait de la sécurité de son neveu, et de celle de toute la famille aussi. Si jamais les agents de la prohibition venaient à découvrir la distillerie artisanale lui permettant de fabriquer de l'alcool, il serait bon pour la prison et Clara pourrait perdre la ferme. « Pour le peu d'argent que ça me rapporte… », ronchonna-t-il intérieurement. Cet argent, cependant, il le conservait pour acheter un terrain sur une des fermes attenantes à la sienne afin que Damase, une fois la guerre terminée, puisse recevoir un plus gros héritage, s'installer sur sa ferme et fonder une famille.

Il cogitait encore quand deux hommes sortirent du sentier.

— Vous avez trouvé quelque chose ? demanda un certain Adrien Touchette, dont la terre avoisinait celle d'Adélard Soucy.

— Pas encore, s'empressa de répondre Benoît Brown. Et vous autres ?

— Rien ! témoigna à son tour Kilda Francœur, un ami d'enfance de Cléomène, venu prêter main-forte aux bénévoles.

Originaires tous les trois de Sainte-Hélène, Cléo, Kilda et Adrien s'étaient connus à la petite école du rang. Ils avaient partagé de bons moments ensemble, surtout lors des corvées de foin, rituels saisonniers qui leur permettaient encore de se rassembler.

— On vous rejoint à l'orée du bois dans quelques minutes ! lança Cléomène en posant une main sur la poignée.

Il arrêta son geste.

— Qu'est-ce que vous avez ?

— J'ai oublié la clé, lâcha Cléomène.

— C'est verrouillé ?

— Oui. Que c'est bête !

Cléomène recula et fit quelques pas en direction du sentier.

— Je vais aller chercher la clé et je reviens tout de suite.

Vif comme l'éclair, Benoît Brown fit sauter le loquet et ouvrit la porte qui n'offrit aucune résistance.

— Elle est pas verrouillée ! lui opposa-t-il, encore plus suspicieux.

— Ça parle au yable ! tenta de plaisanter Cléomène.

Anxieux à l'idée que Damase n'ait pas eu le temps de se cacher, Cléomène précéda la Belette dans la cabane endormie. Sur l'entrefaite, le ciel se chargea de nuages orageux.

À l'intérieur, rien ne bougeait. Seule la paillasse encore marquée de l'empreinte du corps de Damase démontrait que quelqu'un avait bel et bien couché en ces lieux.

— Quelqu'un est venu par ici, c'est certain, nota la Belette en allant secouer le lit. C'est encore chaud, continua-t-il en appuyant sa main sur le coton rayé.

Cléomène esquissa un mouvement de recul.

— Eh bien, si quelqu'un était là, il y est plus ! Allons voir ailleurs.

— Pas si vite !

Benoît Brown prit bien son temps et balaya la pièce de son regard de faucon. Son attention s'arrêta sur l'armoire.

— La fille qu'on recherche pourrait être là, soutint-il en s'approchant du meuble.

— C'est trop petit pour qu'une personne tienne là-dedans, objecta Cléomène, s'apercevant tout à coup que le cadenas avait disparu.

— Une jeune fille de seize ans, c'est tout mince.

— Franchement, on l'aurait entendue !

— Ouvrez !

Le ton était sans appel.

Surpris d'abord, puis fâché de se faire donner des ordres, Cléomène bomba le torse et fustigea du regard celui qui osait ainsi le braver.

— Je suis ici chez moi ! tonna-t-il.

Dans son trou, Damase n'entendait que des bribes de la conversation entre les deux hommes.

— Auriez-vous quelque chose à cacher, Cléomène Beauregard ?

— Qu'est-ce que vous voulez insinuer ?

— Vous avez un neveu qui s'est pas présenté à Valcartier.

Cléomène réfréna difficilement sa surprise et surtout l'envie de frapper le mécréant au visage. Il serrait si fort les poings que ses jointures pâlissaient.

Dehors, l'orage grondait de plus en plus, véritable roulement de tambour au-dessus de la cabane. Adrien et Kilda apparurent alors sur le seuil.

— L'orage approche ! annonça Kilda. Vaut mieux retourner chez nous avant que ça éclate.

— Vous avez rien trouvé, vous non plus ? questionna Adrien.

— Non, répondit Cléomène.

— Oui ! le contredit vivement Benoît Brown.

Sans crier gare, il courut vers l'armoire non verrouillée, dont il ouvrit la porte d'un geste brusque, montrant aux témoins rassemblés un intérieur vide aux étagères arrachées. Le cœur de Cléomène n'avait fait qu'un tour, sûr que tous verraient les bouteilles entassées là depuis l'année dernière.

Il avait fermé les yeux un instant, pour ne les rouvrir que lorsque Kilda se moqua :

— Pour une trouvaille, c'en est toute une, en effet ! Franchement, la petite Soucy aurait pas pu trouver meilleure cachette !

Cléomène bénit son neveu désobéissant et retrouva aussitôt son aplomb.

— Vous pensiez tomber sur quoi ? demanda-t-il à la Belette.

— Un déserteur, peut-être ?

Cléomène ne cilla pas et, prenant ses amis à témoin, il ajouta :

— Vous voyez bien qu'y a personne ici.

— J'ai jamais douté de toi, Cléomène, l'assura Kilda qui avait hâte d'aller se réfugier dans sa chaumière.

— Moi non plus, l'appuya Adrien.

— La petite Soucy est peut-être passée par ici, mais visiblement, elle est repartie, renchérit son compagnon.

—Dans ce cas, on a plus rien à faire dans cette cabane, conclut Adrien.

—Content de te l'entendre dire, mon ami! J'ai toujours été honnête et vous le savez.

—On le sait, certifia Kilda.

Tout le monde au village savait Cléomène travaillant et dévoué à sa jeune sœur, prenant la responsabilité de la ferme pour la soulager d'un labeur qu'elle n'aurait su accomplir seule. Il était connu aussi que le pauvre homme était affecté par l'absence de son neveu que la conscription lui avait ravi.

—Bon, on y va? proposa Adrien qui faisait le pied de grue sur le seuil de la porte. Les autres sont déjà rentrés chez eux.

Il siffla son chien qui apparut près de lui.

—Viens, Filou! On rentre.

Au lieu de s'élancer vers la forêt, celui-ci s'avança vers l'évaporateur et en fit le tour, le museau frétillant. Le chien aboya, puis courut vers la porte de l'appentis près de laquelle il renifla.

—Il a senti quelque chose, dit la Belette qui alla ouvrir aussitôt.

La forte odeur d'urine, toujours présente, le fit reculer d'un pas, bientôt imité par le chien qui s'empressa d'aller rejoindre son maître.

—On dirait bien qu'une mouffette s'est installée dans ton appentis, mon Cléomène, ricana Kilda, en voyant grimacer Benoît Brown.

— Ouais, ça m'a tout l'air.

Les grondements du tonnerre se rapprochaient de plus en plus. De gros nuages noirs masquaient les derniers rayons de soleil.

— Va y avoir encore de l'orage et y me reste du foin à rentrer, se plaignit Adrien. C'est pas normal cette année. Vous trouvez pas ?

— Y fait plus chaud que d'habitude. Plus humide aussi, l'approuva Kilda.

— Je vais aller te donner un coup de main, le rassura Cléomène.

— Je te remercie, mais je pense en venir à bout tout seul. T'as assez à faire à ta ferme avec ta sœur malade…

Les quatre hommes sortirent de la cabane.

— Elle va pas mieux, la belle Clara ? l'interrogea Kilda.

— Non. La grippe…

— Pas la grippe espagnole, toujours ? s'alarma Adrien, tellement hanté par la peur de voir apparaître ce fléau à la campagne que, chaque soir, ses prières étaient consacrées à implorer Dieu de les en épargner.

— Rassure-toi. Le docteur a plutôt parlé de pneumonie.

— Ah ! Tant mieux pour elle, et pour nous tous, d'ailleurs ! s'apaisa Adrien qui s'engagea sur le sentier du retour sans plus attendre, suivi de son fidèle Filou.

Kilda fermait la marche.

—J'ai un mot à te dire, Cléomène Beauregard, l'apostropha soudain la Belette en s'attardant près de l'entrée de la cabane et en le tutoyant pour la première fois.

Cléomène se tourna vers lui tandis que les autres s'éloignaient.

— Tu feras savoir à ton neveu que c'est pas prudent de se promener la nuit et que si j'étais à sa place, je filerais bien loin avant que la police militaire vienne me ramasser comme un vulgaire traître.

La colère monta en Cléomène à un point tel qu'il en perdit le souffle. Pendant un instant, il crut que la douleur qui étreignait son bras droit était causée par l'envie d'asséner une volée de coups à cet être infâme et disgracieux. Mais la douleur qu'il sentit ensuite dans sa poitrine lui fit comprendre que son cœur battait trop fort… Il s'appuya contre le mur derrière lui, tenta de se calmer et de reprendre son souffle.

—J'ai raté ma chance aujourd'hui, mais la prochaine fois, je le laisserai pas filer.

Se dressant devant lui, la Belette le toisait, un sourire cynique accroché aux lèvres.

— À bon entendeur, salut! lâcha-t-il avant de faire demi-tour et de quitter les lieux.

Demeuré seul, Cléomène, dont les battements de cœur reprenaient une cadence normale, referma la porte et la verrouilla afin de décourager quiconque de se cacher à quelques pas de là et d'attendre son départ pour venir fouiner dans la cabane. Il ne pouvait prendre aucun risque, tant en raison de l'alcool artisanal qu'il cachait que pour la sécurité de son neveu, qu'il tenait à assurer. Sur cette pensée, l'homme se retira d'un pas traînant, la mort dans l'âme.

Chapitre 15

Partir

Dans la forêt, la pluie s'était mise à tomber, drue et froide comme peuvent l'être les averses d'automne. Une pluie persistante qui laissait de larges rigoles sur le visage défait de la jeune Edwina, couchée près de la Butte aux renards, sous les branches touffues d'un genévrier dont les épines lui lacéraient la peau.

Tout à coup, un éclair déchira le ciel, suivi d'un grondement assourdissant. Non loin d'elle, un érable à sucre venait d'être touché et une grosse branche avait été sectionnée.

Elle n'avait rien vu, mais tout entendu. Aucun chien n'était venu renifler près de son abri dans la pente en aval du ruisseau et elle se félicitait encore d'avoir échangé ses vêtements contre ceux de Damase.

Ses pensées volèrent vers la cabane où se terrait celui qui l'avait protégée pendant quelques jours. Lui aussi n'avait d'autre choix que de fuir le pays, de s'en aller le plus loin possible, le temps que la guerre finisse.

Pour sa part, elle rejoindrait la voie ferrée aujour-d'hui même, si elle le pouvait, et elle monterait dans un wagon désert en direction de Montréal. Là-bas, elle deviendrait une étrangère, une inconnue qui vivrait sans contraintes hormis celle de la pauvreté.

— Je saurai m'en sortir, s'encouragea-t-elle en quittant son abri en direction de la gare de Sainte-Hélène.

Edwina ne savait pas trop combien de temps elle prendrait pour s'y rendre, surtout si elle devait se cacher à tout instant pour éviter les personnes pouvant la reconnaître ou encore la soupçonner de vagabonder. Elle saurait attendre dans les environs, cachée entre des malles ou à l'intérieur d'un bâtiment. C'est là, près d'une croisée de chemin de fer, qu'elle sauterait dans un wagon vide lorsque la locomotive de tête ralentirait ou entrerait en gare.

L'avenir qui se dessinait devant elle n'avait certes rien de bien reluisant puisqu'elle se savait complète-ment démunie. Surtout qu'elle ne connaissait per-sonne pour lui venir en aide à Montréal, sauf peut-être sa tante Alice, la sœur de sa mère.

— Si seulement je pouvais avoir un peu d'argent pour acheter quelque chose à manger, soupira-t-elle en portant une main à son ventre.

La disette à laquelle elle avait été contrainte pendant sa réclusion dans l'appentis lui causait des crampes d'es-tomac. De plus, les douleurs menstruelles, bien recon-naissables à la base du ventre, lui rappelaient qu'elle devait dénicher au plus vite des « sacs à chiffons ».

— Seigneur, je vous en prie, aidez-moi !

Edwina se mit à genoux, joignit les mains et pria longuement. Elle implora sa mère d'abord, puis sainte Cécile, sa préférée. Elle ajouta trois *Ave Maria* et deux *Pater Noster*, ce qui eut pour effet de calmer un peu ses angoisses.

Tu n'as rien à craindre, lui murmura alors une petite voix. *Le pire est derrière toi…*

Revigorée par cette pensée, la jeune fille se releva et marcha d'un pas décidé vers le lieu de rendez-vous avec son destin.

— Oui, le pire est derrière moi, se répéta-t-elle.

Caché dans son trou, Damase rongeait son frein. Dehors, le soleil avait touché le zénith depuis déjà longtemps. Il n'avait pas osé sortir de sa cachette et un urgent besoin de soulager sa vessie le tourmentait. Il avait soif. Faim aussi. Les gargouillements de son ventre en étaient la preuve.

Le déclic du loquet qui sauta remit tous ses sens en alerte. Le grincement des gonds suivi de pas glissant sur le parquet lui confirma que quelqu'un venait de pénétrer dans la cabane. Il retint sa respiration de peur que, dans le silence pesant, l'inconnu ne l'entende. Soudain, il sentit un poids sur les planches au-dessus de lui, puis une voix amie l'appeler :

— Damase ? Es-tu là, mon gars ?

— Oui, fit-il en repoussant avec peine le panneau de bois qui l'avait protégé.

L'oncle tendit la main à son neveu qui s'extirpa de son antre.

— Aïe ! gémit Damase quand il tenta de se tenir debout.

— Assieds-toi un peu, lui conseilla Cléomène en approchant une chaise.

— J'ai mal aux jambes sans bon sens.

— C'est normal. Après presque cinq heures passées là-dedans…

Cléomène lui tendit aussitôt une gourde remplie d'une eau bien fraîche, pompée à même le puits de la maison. Damase en but goulûment le contenu entier puis se dirigea en hâte dehors, où il urina derrière un arbre. Quand il revint auprès de son oncle, celui-ci affichait un air maussade et contrarié.

— Ça va, Cléo ?

Pour toute réponse, celui-ci passa une main nerveuse dans sa tignasse en poussant un profond soupir.

— C'est maman ?

Cléomène secoua la tête.

— C'est Edwina, alors ?

Le regard de son oncle se durcit lorsqu'il leva les yeux vers lui en silence.

— Cléomène, est-ce qu'elle va bien ?

— Depuis quand était-elle ici avec toi ? se décida-t-il enfin à demander.

— Quelques jours à peine. Peu importe, elle est partie maintenant ! Ils lui ont pas fait de mal, au moins ?

— Elle demeure introuvable.

Damase parut soulagé.

— Que s'est-il passé avec cette fille ? insista son oncle.

— Rien.

— Tu me le jures sur la tête de ta mère ?

— Oncle Cléo, je suis pas si bête que tu le penses.

— Jure-le-moi !

— Je te le jure !

Damase soutint le regard soupçonneux de son oncle qui, satisfait, baissa les armes.

— Je te crois. Bon, laissons cette fille. C'est de toi dont je me soucie davantage. Ta mère et Léontine aussi, d'ailleurs. Voilà pourquoi j'ai pris toutes les précautions pour venir jusqu'ici et t'avertir que tu dois partir. Benoît Brown t'a vu hier soir. Je mettrais ma main au feu qu'y a l'intention de revenir fouiner aux alentours. Y est déterminé à te trouver, je le sens…

— Qui c'est, ce gars-là ?

— Un délateur de la pire espèce qui serait prêt à dénoncer sa propre mère pour de l'argent. Un rapace ! Une vermine qui s'enrichit aux dépens des pauvres gars comme toi qui fuient la guerre.

La colère rougissait les joues de Cléomène. Son souffle court trahissait toute l'indignation qui l'habitait.

— Il est sûrement ni le premier ni le dernier prêt à vendre son prochain pour un peu d'argent. Joseph a-t-il pas été vendu par son propre frère pour un plat de lentilles? rétorqua Damase, faisant référence aux histoires que leur racontait le curé en chaire pendant le prêche du dimanche.

—Je suis certain qu'y sont pas tous aussi rapaces que ce Benoît Brown, argumenta Cléomène.

Avant tout, Damase ne voulait pas que son oncle, sa mère ou même sa tante Léontine aient honte de sa conduite ou, pis encore, qu'ils portent le blâme de sa désertion. Voilà pourquoi, plus il y pensait, plus il réalisait qu'il devait quitter le pays au plus vite. Ainsi, ils pourraient dormir en paix.

—Comment va maman?

—Beaucoup mieux, rassure-toi. Le docteur dit que ses poumons sont pas mal affectés, mais qu'avec les médicaments qu'il lui a donnés et du repos, elle récupérera ses forces.

—Je suis content de l'apprendre.

—Maintenant, y faut faire vite! Tu dois quitter Sainte-Hélène.

Cléomène pensait donc comme lui. Docile, Damase se leva, se dirigea d'un pas encore chancelant vers l'endroit où étaient cachées ses provisions. Ce faisant, il passa près de l'armoire dont la porte était encore ouverte.

—Dépêche-toi, souffla Cléomène, debout dans l'embrasure de la porte.

Il vérifia les alentours à la recherche de quelque rôdeur.

Damase ramassa ses affaires et rejoignit son oncle qui avait déjà mis le pied sur la terre gorgée d'eau.

— On va passer par-derrière et marcher jusqu'à la voie ferrée. Y a un train de marchandises qui arrivera dans moins d'une heure. Tu te cacheras dans la fosse à Camille Beaudoin. Sa terre longe la voie ferrée.

— Mais elle va être pleine d'eau, cette fosse, avec la pluie qui est tombée ! se rebiffa Damase, à qui l'idée de voyager dans un wagon battu par les vents dans des vêtements trempés ne souriait guère.

— Je crois pas. Camille m'a raconté l'été dernier avoir patenté un système d'évacuation du surplus d'eau dans sa fosse. Y en aura peut-être au fond, mais tu pourras te coucher sur le bord où des pierres font office de renforcement. T'y seras au sec.

— Ce sera difficile.

— Pas tant que ça. T'auras juste à garder ton équilibre pour pas glisser au fond. T'y resteras pas très longtemps.

Cléomène désigna du menton le trou où Damase était encore caché quelques minutes plus tôt.

— Ça sera moins pire que là-dedans, en tout cas.

— T'as raison, admit Damase en lui souriant d'un air entendu. Bon, on y va !

Cléomène posa sa large main sur l'avant-bras de son neveu.

— Quand le train ralentira pour repartir de la gare de Bagot, tu t'arrangeras pour monter à bord d'un wagon ouvert. T'auras pas beaucoup de temps et surtout, y faudra faire attention à ce que personne t'aperçoive.

—Je vais même pas dire au revoir à maman et à Léontine?

—Non. On doit prendre aucun risque.

—Mais...

—Fais ce que je te dis, gronda Cléomène en faisant déjà quelques pas sur le sentier. Et ferme la porte à clé.

Damase obtempéra et rejoignit son oncle à qui il rendit la clé.

—J'ai caché toutes les bouteilles entre les cordes de bois dans l'appentis, avoua-t-il.

—Je m'en doutais. Merci, mon gars. Sans toi, je serais probablement déjà en prison.

—Oncle Cléo, je voulais pas fouiner dans ton armoire, ni savoir que tu fais de la contrebande d'alcool, je voulais juste...

—Je fais pas de contrebande, le coupa Cléomène.

—Ben toutes ces bouteilles, c'est beaucoup pour toi. Et puis je t'ai jamais vu boire à la maison.

—J'en donne à l'occasion, mais seulement à des amis sérieux. Et à monsieur le curé. Une sorte d'échange...

—Quoi?

—Va surtout pas raconter ça à qui que ce soit!

—Je suis pas un colporteur!

—Je sais.

—Et puis, à qui voudrais-tu que je raconte ça? Dans quelques heures, je serai loin d'ici. L'as-tu déjà oublié?

Cléomène baissa la tête et ses épaules s'affaissèrent.

— Pardon, mon oncle, j'ai pas voulu…

— T'as pas à t'excuser. Je te dois une fière chandelle.

Il hésita une seconde avant d'ajouter :

— Pour la fille aussi, je t'ai menti…

— Pour ça non plus, t'as pas à te justifier, l'interrompit encore Cléomène. Le destin nous joue souvent des tours, commenta-t-il simplement sans s'arrêter. Il faut vivre avec…

Autour d'eux, les bruits de cette fin d'après-midi d'automne emplissaient leurs oreilles, bourdonnant comme autant d'esprits malins qui se seraient moqués de leur déconvenue. Le cri typique d'un engoulevent leur fit lever la tête et Damase eut juste le temps d'apercevoir un grand polatouche en plein vol. Il eut un pincement au cœur à l'idée qu'il ne reviendrait peut-être jamais dans ce bois ni dans son village. Il baissa le front et serra les lèvres.

— Je jure que je serai de retour aussitôt la guerre finie ! s'engagea-t-il, autant pour se convaincre lui-même que pour donner espoir à l'homme qui se tenait devant lui.

— Et moi, je jure que je serai là pour t'attendre, termina Cléomène, ému.

Il ouvrit les bras à ce garçon que la vie avait mis sur sa route et qu'il aimait comme un fils.

— Prends bien soin de toi, mon gars…

— Toi aussi, Cléo. Veille sur maman et sur Léontine aussi. Dis-leur que j'ai fait le serment de les revoir…

— J'y manquerai pas, promit son oncle, ponctuant ses paroles de deux tapes dans le dos.

Le cœur lourd de se voir obligé d'enterrer son passé, la gorge nouée par l'émotion, Damase quitta la chaleur rassurante des bras de Cléomène et marcha sans se retourner vers le chemin sinueux et trempé qui traçait une ligne plus sombre sur la terre labourée des champs.

Commença alors pour le déserteur qu'il était un long périple semé d'embûches afin de gagner Portland, dans le Maine, où il devrait changer de nom, devenir quelqu'un d'autre. Un exilé… Un Canadien errant…

Chapitre 16

Témoin

Un vent fort secouait les branches des peupliers centenaires dont les ombres valsaient sur le chemin de terre battue. La pluie des deux derniers jours avait creusé des sillons boueux serpentant telles des couleuvres malignes jusque dans des trous que les employés de la voirie ne viendraient pas réparer avant le printemps prochain.

Edwina avançait rapidement en direction de la gare.

Elle était restée cachée plusieurs heures dans le bois, sous les branches d'une épinette centenaire qui l'avait protégée des averses et où elle avait trouvé un peu de repos. Ensuite, elle avait erré longtemps à travers les champs avoisinant le village, attendant le coucher du soleil pour se diriger vers la gare. Le clocher de l'église comme point de repère, la casquette de Damase, qu'elle lui avait dérobée en quittant la cabane, bien enfoncée sur sa tête aux cheveux courts, la calotte abaissée protégeant son visage du vent, elle cheminait, à la fois anxieuse et pleine d'espérance.

Bientôt, elle serait libre.

Soudain, débouchant d'un sentier en contrebas, une silhouette furtive apparut. Celle-ci se dirigea vers une haie de cèdres, s'arrêta, scruta les alentours, se pencha et repartit vers la droite. Elle disparut pour réapparaître, quelques pieds plus loin.

Edwina reconnut le corps svelte et la démarche de Damase Huot. «Il s'en est tiré», se réjouit-elle. Elle le regarda évoluer au loin et comprit qu'il louvoyait entre les haies et les rares bâtiments et clôtures afin de brouiller les pistes. Il allait vers la gare, tout comme elle.

— Il s'en va lui aussi, chuchota-t-elle dans le silence du soir qui commençait à allonger les ombres des bâtiments de ferme non loin.

La jeune fille ne voulut pas le rejoindre, préférant garder une certaine distance entre elle et celui qui marchait d'un pas décidé vers le chemin de fer. Elle était vraiment soulagée de constater qu'il avait échappé aux hommes de main qui la cherchaient. Sur cette pensée, elle emprunta un sentier qui longeait une clôture de pierres sèches et se dirigea vers la droite où se dressait un hangar de bonne dimension. Tapie dans l'obscurité d'un des murs, elle s'arrêta. Non loin, un chien aboya.

Apeurée, Edwina continua son chemin en courant. Elle pria le ciel pour que le molosse qui aboyait de plus en plus férocement ne soit pas sur ses traces. Elle n'osait pas jeter un regard en arrière, de peur de marcher dans un trou ou de s'accrocher dans un sillon qui la ferait trébucher. Elle courait de toutes ses forces, ignorant les jappements du chien qui se rapprochaient.

— CHICO ! ICI, MON CHIEN ! CHICO !

À l'appel de son maître, le mastiff s'arrêta, juste comme Edwina plongeait, ventre contre terre, derrière un monticule de tourbe. L'animal, museau en l'air, émit un grondement sourd et rebroussa chemin vers sa niche, près d'une des rares maisons de ferme qu'elle avait croisées.

Debout sur la galerie, une main dans sa poche de vareuse et une autre entourant le foyer de sa pipe d'où s'échappaient des volutes de fumée, le propriétaire des lieux, le menton levé vers les champs, paraissait chercher quelque chose. Un souffle de vent vint coller une mèche de cheveux gris sur son front ridé, qu'il replaça d'un geste lent. Puis, satisfait de son examen, il appela de nouveau son chien d'un sifflement bref et rentra dans sa demeure.

Le chien monta les quatre marches qui menaient au perron et s'assit sur ses pattes arrière. Ainsi au garde-à-vous, il semblait scruter à son tour les profondeurs de l'horizon de son œil avisé. Ses narines frémirent. Puis, comme s'il n'avait plus à se soucier de la venue d'un visiteur indésirable, l'animal se coucha, appuyant sa grosse tête aux bajoues tombantes sur ses pattes, et ferma les yeux.

Non loin de là, Edwina, soulagée que le calme soit revenu, se mit à marcher à quatre pattes. Elle remerciait le ciel de ne pas avoir été la proie des crocs de la bête. Elle avança ainsi pendant plusieurs minutes, se tenant à bonne distance des habitations et des bâtiments d'où pouvait surgir à l'improviste un animal gardien.

La jeune fille aurait aimé savoir l'heure qu'il était et, surtout, elle angoissait à l'idée de rater sa chance de monter dans un wagon vide lorsque le train vers Montréal entrerait en gare. Elle n'avait pu demander d'aide à quiconque et ignorait les horaires du train, tout comme la route la plus rapide pour se rendre à la gare. Ç'aurait été trop risqué. De plus, elle ne savait si Montréal était au sud, à l'est, à l'ouest ou au nord…

— Je suis tellement ignorante! pesta-t-elle entre ses dents.

Edwina tenta de se calmer en se répétant que rien ni personne désormais ne mettrait un frein à ses projets. Elle serait même libre de décider de s'instruire si elle le voulait, bien qu'elle ne soit pas allée à l'école du rang très longtemps. «Je trouverai bien des livres à Montréal. J'apprendrai toute seule, s'il le faut!» Puis, elle revint à sa situation présente.

— Où passe ce maudit train?

Edwina se souvint alors d'avoir entendu son père parler sur le parvis de l'église, quelques mois auparavant, avec un cheminot qui travaillait pour le Grand Tronc. Celui-ci expliquait que la compagnie multipliait les trajets entre Montréal et Halifax, vers les États-Unis aussi, depuis que ceux-ci étaient entrés en guerre contre l'Allemagne aux côtés des Alliés.

— Où ira le train de ce soir ? se demanda Edwina.

Elle progressait machinalement, toujours à quatre pattes, maudissant une seconde fois les circonstances qui la poussaient à vivre une situation aussi désespérante. Elle se sentait abandonnée et trahie par la vie.

Même si elle réussissait à s'enfuir de ce village, quelle serait sa destinée ? Que deviendrait-elle dans une ville où elle ne connaissait personne ? Est-ce que sa tante pourrait l'aider si la misère assombrissait ses jours et que le désespoir était son lot ?

— Je dois pas me tracasser ! se répétait-elle. Je vais y arriver ! Un jour à la fois…

Elle inspira profondément et se releva, tant pour se délester de la peur qui lui tenaillait le ventre que pour soulager ses genoux et ses mains couverts de terre. Elle marcha la tête haute, bien décidée à braver le sort et ses mauvais augures.

Levant les yeux vers le ciel, elle trouva un nuage qui s'étirait en un long filament qu'un croissant de lune marbrait de rose, de bleu et de jaune. Elle y vit un heureux présage et pressa le pas vers la voie ferrée qui venait d'apparaître au loin, fine ligne argentée sous la clarté lunaire. Au moins, elle allait dans la bonne direction ! Tout près, la ligne plus sombre d'un fossé offrait un abri idéal pour attendre l'arrivée du train. Edwina s'y engouffra. « À cette distance, je pourrai facilement sauter dans un wagon quand la locomotive s'arrêtera en gare. » Du coup, elle espéra être assez agile et habile pour sortir rapidement du fossé sans se faire remarquer…

Elle en était à ces réflexions quand un bruit ténu, tout près, comme une toux étouffée, la surprit et fit bondir son cœur dans sa poitrine. Elle se pelotonna autant qu'elle le put au creux du fossé, son corps formant une boule compacte contre le sol. L'herbe haute et humide trempait ses vêtements. Elle rentra sa tête dans ses épaules et attendit.

Edwina entendit d'abord des pas dans l'herbe, puis un autre bruit, comme celui que produirait une canne qui frappe le sol. Elle gardait les paupières closes, tellement la peur de voir apparaître son père la pétrifiait. Se pouvait-il que le destin lui joue un pareil mauvais tour alors qu'elle était si près du but? «Mon Dieu, aidez-moi!», supplia-t-elle en silence.

Le bruit cessa d'un coup et laissa place à un silence encore plus inquiétant. Puis, elle perçut un souffle, régulier et sifflant… Edwina crut d'abord que c'était sa propre respiration. Non, quelqu'un d'autre était là, tout près… S'armant de courage, elle releva la tête très lentement. Ce qu'elle vit la glaça.

À sa gauche, debout sur le surplomb formé par la terre entre le chemin de fer et le fossé, se tenait un homme. Edwina ne le connaissait pas, mais tout dans cet inconnu lui déplaisait.

L'individu balayait les environs d'un regard de rapace, visiblement à la recherche de quelqu'un. Il quitta presque aussitôt son lieu de guet et marcha vers le chemin de fer. Puis, d'un bond, il se dirigea vers le champ opposé.

Edwina respira d'aise et remercia une nouvelle fois le ciel de ne pas s'être fait prendre. Se croyant hors de danger, elle s'enhardit et se mit à genoux, appuyant sa poitrine contre le parapet de terre et d'herbes qui montait vers la voie ferrée. Elle se garda bien de relever la tête trop haut et plaça son front à bonne hauteur pour voir au-delà des rails, sans que sa casquette ne dépasse trop par-dessus la butte. Ce faisant, elle aperçut l'inconnu qui avançait, courbé, vers un tas de pierres derrière lequel venait de disparaître une silhouette qu'Edwina reconnut tout de suite.

— Damase…, souffla-t-elle.

Pareille à une chape de plomb, la tristesse la poussa à se replier sur elle-même. Le mauvais sort s'acharnait. Comment pouvait-elle se manifester sans mettre sa propre vie en péril ? Edwina serra les poings et maudit ces hommes avides de profit. Tous ces délateurs que seul l'appât du gain motivait.

— Tous des sans-cœur… Des sans âme…, confia-t-elle à la nuit.

La jeune fille osa se redresser afin de mieux comprendre ce qui se passait. Elle vit d'abord Damase faire quelques pas et tomber dans une sorte de fosse qu'elle crut placée là délibérément pour piéger les déserteurs. Puis, son poursuivant emprunta un chemin contraire afin de contourner sa proie qui, elle, serait obligée de lui faire face lorsqu'elle sortirait du trou.

C'est alors que, surgissant de derrière la clôture de perches qui longeait la droite du lieu, une ombre fonça sur le poursuivant et l'empoigna par le cou.

Chapitre 17

Le pressentiment

Damase avait à peine quitté les abords du bois que Cléomène, en proie à un mauvais pressentiment, l'avait suivi à distance. Mieux valait être certain que son neveu prenne le train sans encombre que de rester des semaines, voire des mois entiers à se demander s'il avait réussi à fuir, ou s'il avait été fait prisonnier par les policiers qui capturaient les fuyards partout au pays.

Le vieil homme s'était souvent tapi et même couché à plat ventre sur le sol pour ne pas que Damase, qui se retournait fréquemment, aperçoive sa silhouette et la confonde avec celle d'un quelconque maraudeur.

Lorsqu'il s'était terré derrière un tas de roches que les agriculteurs amoncelaient chaque printemps pour construire des murets délimitant leurs champs, Cléomène repéra une seconde personne qui se dirigeait, elle aussi, vers la voie ferrée du Grand Tronc.

Cléomène en déduisit d'abord qu'il s'agissait d'un autre déserteur. Seulement, la démarche de l'individu, sa taille surtout, trahissait une féminité mal dissimulée par des vêtements masculins trop grands. Après plusieurs secondes, l'oncle reconnut la casquette de Damase et, comprenant tout, sourit malgré lui.

— Le p'tit maudit! murmura-t-il.

Cléomène, content de savoir la jeune fille saine et sauve, n'était certes pas rassuré de la découvrir sur les traces de son neveu. Pourquoi le suivait-elle? S'étaient-ils donné rendez-vous ici? Allaient-ils partir ensemble? Cette pensée le rendit plus maussade qu'il ne l'aurait voulu.

Bien qu'il sût Damase capable de prendre de bonnes décisions, il redoutait que les sentiments qu'il portait à cette fille ne troublent son jugement et fassent un contrepoids au conseil de quitter le pays qu'il lui avait donné. «Et s'il était amoureux?»

— Cela le mettrait encore plus en danger, chuchota le vieil homme pour lui-même en hâtant le pas.

Un mouvement sur la droite, à quelques pieds devant lui, détourna son attention de la fille d'Adélard Soucy. Surgissant d'un bosquet de graminées dont les tiges folles valsaient sous le vent soufflant maintenant en rafales, la Belette marchait sur les pas de son neveu. Le sang de Cléomène ne fit qu'un tour. L'homme se félicita d'avoir suivi son intuition.

Puis, une rage comme une marée montante empourpra son visage. Bien décidé à assurer jusqu'au bout la sécurité de celui pour qui il aurait donné sa vie, Cléomène Beauregard sortit de son repaire et, pareil aux salamandres rouges vivant au creux des rochers, se mit à ramper, ventre contre terre, se déhanchant entre les tiges de foin et d'herbes sauvages.

Le vent masquait le frottement de ses vêtements sur les fines tiges qui pliaient sous son poids. De son regard aiguisé, il observait l'avancée de sa proie. L'homme devant lui cheminait rapidement tout en conservant une bonne distance avec sa cible, pour ne pas se faire repérer.

Afin d'accélérer sa poursuite, Cléomène se plaça à quatre pattes. Il parcourut plusieurs pieds ainsi avant de se recoucher à nouveau sur le sol. Puis, il se faufila tant bien que mal sous une clôture de perches en bordure du champ où se trouvait un trou creusé par les bons soins du fermier propriétaire. Celui-ci avait conçu cette sorte de terrier muni d'une bâche qu'il tirait au-dessus de sa tête lorsqu'un orage éclatait soudainement et qu'il n'avait pas le temps de retourner à ses bâtiments. La toile ainsi tendue pouvait être retenue par des pierres tout autour.

— Une sacrée bonne idée! avait clamé Cléomène quand, le printemps dernier, il avait dû y descendre en compagnie de Beaudoin à qui il avait prêté main-forte pour réparer sa clôture.

— Que veux-tu, avait répliqué son compagnon, quand on a une terre coupée en deux par ce maudit chemin de fer, y faut ben se trouver des trucs!

Comme beaucoup d'autres paysans propriétaires de plusieurs arpents de terre cultivable, Beaudoin avait vu une partie de la sienne réquisitionnée par le gouvernement fédéral qui avait décidé de construire une ligne de chemin de fer reliant l'Atlantique au Pacifique. Le Grand Tronc, comme on l'avait baptisée, parcourait ainsi campagnes, villes et villages, apportant les denrées manquantes aux uns, les ressources de base aux autres. C'est ainsi que du blé, du foin, des matériaux de construction comme des planches de bois ou des madriers quittaient champs et forêts à destination des industries de transformation, lesquelles fournissaient en biens des commerces qui s'enrichissaient de plus en plus.

La guerre était venue bousculer le rythme tranquille des villages et c'était maintenant chose courante que de voir passer des files interminables de wagons, pleins ou vides, plusieurs fois par jour. Les temps changeaient...

Cléomène se coula avec d'extrêmes précautions de l'autre côté de la rangée de perches. Il n'était plus qu'à quelques pas de la Belette. Même qu'il voyait le sourire cynique qui retroussait ses lèvres, fixant la fosse où se terrait le déserteur, savourant déjà sa victoire.

Devant lui, Benoît Brown porta une main à sa poche et toucha l'acier de la crosse du revolver qu'il avait cru bon d'apporter avec lui. «Au cas où il serait difficile à contrôler», s'était-il dit avant de quitter son logis. Brown espérait ne pas avoir à l'utiliser. «Je m'en servirai seulement s'il est récalcitrant. Juste pour lui faire peur. Et puis, ce serait dommage de le tuer. Il vaut plus cher vivant que mort», ruminait-il encore quand un léger bruit derrière lui le surprit.

Instinctivement, il saisit la crosse de son revolver, prêt à mettre en joue n'importe quel ennemi, quand une main large et puissante se plaqua sur sa bouche, étouffant son cri. Il tenta en vain d'attraper son pistolet, car son adversaire, qui lui entourait le cou et la bouche de ses avant-bras, resserrait de plus en plus son étreinte.

La Belette tenta de frapper son assaillant au visage, arrachant une mèche de cheveux qui flottait près de sa tempe, mais dut ramener ses efforts sur les étaux qui se refermaient sur sa gorge nouée. Dans un ultime effort, il tourna la tête vers sa droite, les yeux exorbités, cherchant à reconnaître le visage de celui qui l'attaquait ainsi.

Il n'aperçut que le bleu d'un iris.

Brown infligea à son cou une torsion encore plus prononcée, qui eut pour effet de déstabiliser un moment son attaquant. Ce dernier resserra sa prise, obligeant la tête de sa victime à revenir dans sa position initiale. La Belette résista de toutes ses forces.

C'est alors qu'un craquement, comme une branche de bois sec que l'on casse entre les doigts, se fit entendre. Dans un sursaut, les paupières du délateur s'écarquillèrent puis s'alourdirent sur un regard désormais absent. Ses membres se ramollirent. Ses jambes ne le portant plus, son corps, pareil à une chiffe molle, s'affaissa, lourd et sans vie, entre les bras de son assaillant qui venait de lui rompre le cou.

Surpris par l'abandon de sa victime, Cléomène crut un instant qu'il s'agissait d'une ruse pour le mystifier afin qu'il puisse s'échapper. Soutenant avec difficulté le corps de plus en plus lourd, il comprit alors qu'il tenait un cadavre contre lui. Ahuri, il ne savait plus quoi faire. Jamais il n'aurait pensé que la situation dégénérerait à ce point et qu'il se retrouverait avec un mort sur les bras. Il avait seulement voulu l'empêcher d'attraper Damase. Mais combien de temps aurait-il pu le garder tranquille ?

Tous ses muscles tremblaient maintenant sous l'effort qu'il devait fournir pour soutenir le corps. Sous la paume de sa main gauche, des lèvres, chaudes et humides quelques minutes auparavant, coulait un filet de bave. Dans un sursaut de dégoût, Cléomène desserra son étreinte. Il empoigna Benoît Brown sous les aisselles et le déposa sur le sol à ses pieds. Puis il se redressa et passa une main sur son front couvert de sueur. Une douleur cuisante lui vrilla la poitrine. Il posa une main sur son cœur qui battait à un rythme fou.

—Non…, lâcha-t-il dans la nuit, à voix basse. Pas maintenant. Mon Dieu… aidez-moi !

Il leva les yeux vers la fosse où se dissimulait son neveu, songeant à sa surprise s'il le voyait là. Et s'il se rendait compte que son oncle était devenu un meurtrier ? « Y doit pas savoir ! » Comme si le malheur s'acharnait sur Cléomène, Damase releva la tête de la fosse à cet instant précis et scruta les alentours.

Le vieil homme se laissa tomber par terre, recouvrant sa victime. Le contact du macchabée, l'odeur de ses vêtements que la sueur trempait encore, donna le vertige à celui qui se concentrait sur sa respiration, tant pour maîtriser ses haut-le-cœur que sa douleur. Après des secondes qui lui parurent une éternité, Damase retourna dans son trou et Cléomène s'empressa de se dégager de la dépouille de Brown.

La nausée estompée, un étourdissement l'accabla et le pauvre homme s'assit pour inspirer profondément, fournissant à ses poumons l'oxygène nécessaire. « C'est pas le temps de flancher ! », ragea-t-il intérieurement. Il tenta d'oublier son mal et son vertige, concentrant toute son attention sur sa prochaine tâche.

Déterminé, Cléomène se releva pour attraper le col de la chemise du mort d'une main et plaça la seconde à l'entrejambe. Avec peine, il hissa le corps sur ses épaules et bénit le ciel que le délateur fût de petite taille et qu'il ne pesât pas trop lourd.

Chargé de son macabre butin, Cléomène marcha ensuite aussi vite qu'il put vers le champ voisin. Une fois la voie ferrée traversée, il s'arrêta quelques secondes sur le bord du fossé tout près, pour reprendre son souffle.

C'est là qu'il l'aperçut…

Chapitre 18

Le serment

De son observatoire, Edwina voyait tout du drame qui se jouait devant elle. Le combat lui paraissait inégal tant la force de l'agresseur lui semblait supérieure. La victime avait beau se démener comme un diable dans l'eau bénite, rien n'y faisait.

Le duel fut bref.

Comme si un bâillon eut rendu la victime muette, pas un cri ne sortit de sa bouche. Pas un gémissement. Puis le corps lourd s'affala.

Edwina ferma les yeux pour se soustraire à la scène. Lorsqu'elle les rouvrit, l'agresseur plaçait la dépouille sur ses épaules et marchait droit dans sa direction. Elle se tapit aussi vite qu'elle put au fond du fossé et s'éloigna même à quatre pattes vers un endroit où une rangée de quenouilles la protégerait de la vue de l'individu. Tremblante, elle s'y blottit, comme son corps était habitué de le faire depuis presque une semaine maintenant.

Le souffle court, la faim au ventre, fatiguée par les nuits sans sommeil et par toutes ces émotions, Edwina n'arrivait plus à réguler son souffle qui se faisait plus bruyant.

La sueur inonda ses aisselles, le creux de sa gorge et son cou. Un frisson secoua sa colonne vertébrale, mise à mal par la position inconfortable qu'elle avait adoptée en hâte. Elle pensa perdre connaissance, mais se ressaisit rapidement.

La fugueuse en était à combattre son malaise quand elle entendit un bruit au-dessus du talus. Relevant lentement la tête, résolue à se rendre s'il le fallait, elle fit face, courageuse, à l'homme qui se dressait au-dessus d'elle. Elle reconnut alors la chevelure hirsute, le visage large et la stature de Cléomène Beauregard qui portait la dépouille de celui qui avait osé mettre la vie de Damase en danger.

—Je... je... je dirai rien! Je le jure! bredouilla la jeune fille, les yeux pleins de larmes.

L'homme toisa longtemps cette enfant, dont le seul tort consistait à ne pas être née au bon endroit ou au bon moment, comme beaucoup de jeunes gens de ce début de siècle fou.

Comme son Damase, d'ailleurs...

—Pitié, monsieur Beauregard! Je dirai rien..., le supplia-t-elle avec force. Je vous le jure sur la tête de Damase!

La sincérité de la voix et le regard franc posé sur lui le rassurèrent tout de suite sur les intentions de la fille d'Adélard Soucy. Elle aussi n'aspirait vraisemblablement qu'à partir loin d'ici.

—Je vous le jure! répéta-t-elle, scellant son serment.

—Je te crois…

Elle lui adressa un sourire triste.

Au loin, le sifflet du train se fit entendre, soulageant les deux complices sur l'issue de toute cette affaire.

Cléomène lui sourit à son tour, avant de replacer d'un coup de reins le corps qui glissait lentement de ses épaules dont les muscles étaient taraudés par une douleur cuisante.

—Bonne chance, lui souhaita-t-il.

Il quitta les abords du fossé sans un mot de plus, laissant Edwina à la fois soulagée et confuse de se savoir l'unique témoin de ce qui venait de se passer ici.

Elle le regarda s'éloigner, le dos voûté sous l'effort. Le vieil homme marcha en titubant dans les guérets, jusqu'à l'orée du bois tout proche où il disparut entre les bouleaux et les érables.

—Il a fait ça pour sauver Damase, souffla-t-elle dans le silence.

Une telle preuve d'amour l'émut. Elle qui n'avait connu que peu de marques d'affection, ce soir, enviait le déserteur. Un nouvel appel du train la fit se ressaisir. Edwina savait que son destin était ailleurs et elle pria pour ne plus avoir à remettre les pieds à Sainte-Hélène. Dans un dernier sursaut de nostalgie, elle se hissa en dehors de sa cache et, debout près de la voie ferrée, elle balaya les champs et la forêt du regard, puis respira les effluves de cette campagne qu'elle ne reverrait plus.

—Je serai mieux ailleurs.

Le sifflet du train qui approchait la mit sur un pied d'alerte et elle retourna au fond du fossé. Sa pensée vola vers Damase qu'elle n'avait pas vu surgir du trou et elle se demanda s'il avait été témoin du meurtre.

«Il a probablement rien vu et rien entendu», pensa-t-elle.

Après quelques minutes, le grincement des roues d'acier sur les rails au-dessus d'elle lui indiqua que la locomotive s'arrêtait en gare.

Sans perdre une seule seconde, Edwina grimpa le talus et s'immobilisa un instant sur le sentier de gravier afin de repérer un wagon dont les portes étaient ouvertes. Sur le bout des pieds, elle plaqua ses deux mains sur le rebord rugueux et rouillé du wagon et, s'appuyant sur ses avant-bras, elle se propulsa dans l'ouverture. Elle atterrit à plat ventre, la moitié du corps à découvert et les jambes battant l'air au-dessus des voies.

Edwina se redressa et rampa à l'aide de ses coudes jusqu'à l'intérieur, puis fila vers le coin gauche du fourgon qui sentait bon le foin. Un coffre de bois lui offrait une cachette idéale où elle s'installa aussitôt et attendit. Les yeux fermés, elle pria encore pour que son évasion réussisse, que le train ne s'attarde pas en gare, et surtout qu'il se dirige bien vers Montréal.

Les minutes s'éternisèrent et la jeune fille crut que la locomotive ne repartirait pas de sitôt quand le bruit du moteur s'amplifia. Un autre appel suivi d'une secousse et le convoi se mit enfin en branle.

Edwina, un sourire étirant ses lèvres asséchées, soupira d'aise.

— Enfin libre ! souffla-t-elle dans le wagon désert.

Le périple du vieil homme dura plus d'une heure.

La nuit qui avançait et la fatigue qui le ralentissait de plus en plus lui firent regretter sa décision de retourner à la cabane. Lorsqu'il y arriva enfin, il se rendit près de l'appentis où il laissa tomber son fardeau. Il marcha vers la porte d'entrée, la déverrouilla et entra chercher une pelle au métal rouillé accrochée au mur. Il s'en empara avant de traverser dans l'abri où, quelques jours auparavant, Edwina avait trouvé refuge. L'odeur d'urine s'était un peu dissipée. Sans perdre une minute, il appuya la pelle sur la corde de bois et entreprit de déplacer les bûches entassées là depuis l'abattage de l'hiver dernier.

Un à un, les morceaux de bois furent bougés. C'est ainsi qu'il découvrit les bouteilles que Damase avait cachées. Il les replaça entre d'autres bûches et continua son ouvrage. Cléomène travailla sans relâche, sachant que le temps était compté, sans se soucier de son souffle court ni des picotements à son bras droit. Une fois l'endroit déblayé, il attrapa la pelle et entreprit de creuser la tombe. Le bruit du métal sur la terre durcie fendait le silence.

Cléomène se concentra sur sa tâche, tant et si bien qu'à peine vingt-cinq minutes plus tard, il avait réussi à creuser une fosse assez profonde pour ensevelir le corps. La peau du visage de la Belette prenait déjà un aspect cireux. Il savait qu'ici, aucun animal ne viendrait déterrer les ossements.

Avec peine, il tira le corps jusqu'au trou et le fit basculer d'une poussée du pied. Puis il s'agenouilla et infligea aux bras et aux jambes, qui commençaient à raidir, une position qu'aucun être vivant n'aurait supportée. Une fois le cadavre bien en place, Cléomène se releva, attrapa de nouveau la pelle et remit la terre sur celui dont la disparition, il l'espérait ardemment, n'alerterait personne.

Le monticule de terre fut rapidement camouflé par les bûches que le paysan remit en place. Un dernier coup d'œil à l'ensemble le rassura sur le travail bien fait. Le vieil homme quitta l'appentis à pas lents, remit la pelle à sa place et se retourna une dernière fois vers la cordée de bois qu'il venait de replacer.

— Demain, j'irai chez le notaire, se décida-t-il. La terre à bois et la ferme doivent revenir en héritage à Damase et à ses descendants.

Savoir que, par ce legs testamentaire notarié, personne ne viendrait mettre son nez dans cette malencontreuse affaire réconforta Cléomène. « Si jamais quelqu'un découvre le corps un jour, il aura eu le temps de pourrir, pensa-t-il. Surtout si cette guerre dure encore longtemps.»

Le serment d'Edwina lui revint en mémoire. «Je sais qu'elle gardera mon secret. Et personne saura que j'ai enterré la Belette ici.»

Soulagé que ce drame se termine enfin, Cléomène quitta la cabane.

Chapitre 19

L'exil

Damase avait rejoint la voie ferrée, sauté par-dessus les rails, puis s'était retrouvé dans les champs. Planqué derrière une haie de genévriers, à une soixantaine de pieds de la voie ferrée, il avait tenté de calmer la peur qui l'assaillait, épiant le moindre bruit, le moindre mouvement, toujours aux aguets au cas où surgirait un éventuel délateur.

La guerre, il la vivait malgré lui, traqué comme une bête, se cachant dans des endroits toujours plus saugrenus, avalant sa pitance froide sans jamais pouvoir se permettre une bière ou un bon thé chaud. Pour se sauver des Allemands, il se retrouvait la proie de ses propres concitoyens, dont certains étaient prêts à le vendre au plus offrant.

Après une attente qui lui parut interminable, un train s'arrêta enfin à la petite gare de Sainte-Hélène. Cette gare de village semblable à plusieurs autres était en fait plus un point de ravitaillement qu'une gare de passagers. La compagnie ferroviaire Grand Tronc qui l'exploitait avait tout bonnement mis quelques wagons supplémentaires pour les voyageurs.

Un simple bâtiment tout en bois d'à peine douze pieds sur quinze abritait une pièce unique où les gens se réfugiaient quand la pluie ou le froid balayaient le débarcadère pas plus large qu'un trottoir. Le trafic n'y était pas aussi important qu'à Montréal ou à Québec. Le transport de blé, de cuir, de vêtements manufacturés et de nourriture en était la principale raison d'être, surtout en ces temps de guerre.

Damase osa un regard vers la longue ligne d'acier qui s'étirait devant lui. «Le train doit être en retard», nota-t-il, sachant que le trafic était souvent ralenti à cause des marchandises que les hommes devaient constamment manœuvrer et qui ravitailleraient les usines ou encore les entrepôts de l'armée. Après que les ouvriers de la compagnie de chemin de fer eurent fini de décharger, le sifflet retentit, annonçant le départ.

Damase attendit que la locomotive et les wagons de tête réservés aux passagers passent devant lui. Puis il s'élança, le dos courbé afin de ne pas se faire remarquer. Il avisa un wagon vide dont la porte était grande ouverte. Il y sauta, non sans peine, et s'y engouffra comme s'il avait le diable aux trousses. Apercevant une vieille couverture tassée dans un coin, il se cacha dessous et attendit, le souffle court et le cœur battant, que le train prenne sa cadence.

Des heures passèrent durant lesquelles le jeune homme put somnoler un peu, la tête ballottée par les soubresauts que lui imposait la marche du train. La faim et la soif le réveillèrent. Il ouvrit le sac que lui avait donné Cléomène en quittant le refuge du 2ᵉ Rang et dans lequel étaient enveloppés, dans deux linges blancs, un pain de ménage et un petit pot de confiture de framboises ainsi que les restes de provisions qui traînaient dans la cabane. Une pinte d'eau compléterait son frugal repas. Damase se sustenta et replaça les restes dans le sac. C'est alors que ses doigts touchèrent tout au fond des feuilles de papier.

— Qu'est-ce que…

Il retira six billets du Dominion du Canada. Trois de cinq dollars et trois autres de quatre dollars. En tout, il y avait vingt-sept dollars. Damase n'en croyait pas ses yeux. Il les tournait et les retournait entre ses mains, heureux et triste à la fois.

— Cher Cléo…, s'émut-il. Quand pourrai-je te remercier pour tout ce que t'as fait pour moi?

Une émotion, aussi forte qu'une bourrasque, submergea Damase. Il éclata en sanglots. Il pleura longtemps ainsi, jusqu'à ce que ses larmes se tarissent d'elles-mêmes. Puis, il mit le précieux magot dans la poche de sa chemise, plaça son sac près de lui et se coucha sur le côté. Épuisé, il s'endormit.

Dans son wagon, Edwina était demeurée éveillée afin de ne pas rater sa chance de sauter en bas du train à la prochaine gare.

Depuis que le convoi avait repris sa vitesse de croisière, la jeune fille s'était aventurée hors de sa cachette en rampant sur le plancher poussiéreux, et s'était approchée de la porte ouverte du fourgon. Elle s'était assise, le dos appuyé contre la paroi de métal, et avait regardé défiler le paysage, inspirant à pleins poumons cet air nouveau.

Devant ses yeux, au loin, s'étirant à perte de vue, des champs et des bois. Une brume de chaleur s'élevait d'une route filant parallèlement à la voie ferrée. Dans un champ, quatre chevaux sous un abri, près des auges remplies d'eau, agitaient leurs crinières. Un sentiment étrange s'empara d'Edwina à la pensée qu'elle ne reverrait probablement jamais Damase Huot.

— Cesse de rêvasser et concentre-toi plutôt sur ce que tu dois faire ! se gronda-t-elle.

Son courage vacilla lorsqu'elle réalisa qu'elle ignorait vers quelle destination filait ce train.

— Idiote ! T'aurais pu demander à Damase ou à monsieur Cléomène quand t'en avais l'occasion ! se reprocha-t-elle à voix haute, pour éviter de s'apitoyer sur son sort.

Edwina s'approcha davantage de l'ouverture et sortit la tête, fouinant du regard en amont du convoi à la recherche des lumières annonçant le prochain village. La poussière transportée par le vent lui fit baisser les paupières. Elle posa une main en visière au-dessus de ses sourcils froncés, puis rouvrit les yeux.

L'obscurité environnante lui fit rapidement comprendre que le train était encore à plusieurs lieues de la prochaine agglomération. Dépitée, Edwina quitta son poste de guet et, s'adossant contre la paroi du wagon, elle fouilla dans sa mémoire à la recherche d'un indice qui lui aurait permis de bien planifier son parcours jusqu'à Montréal.

La jeune fille blâma encore son inexpérience et sa bêtise, fruits de sa condition de femme que la loi des hommes enfermait dans des contraintes à la fois infantiles et serviles. Elle condamnait en silence ceux qui conservaient jalousement le pouvoir en leur infligeant des besognes du lever au coucher du soleil, aux champs comme à la cuisine.

Edwina aurait aimé être un homme pour ne pas avoir à subir le joug de cet esclavage déguisé, cautionné en grande partie par l'Église catholique romaine. C'est du moins ce qu'elle avait entendu sa tante Alice clamer, la seule fois où elle était venue rendre visite à sa sœur.

« Une vieille fille qui trouvera jamais à se marier ! », rappelait sans cesse son père.

— Si je dois rester vieille fille comme ma tante pour plus subir ça, alors je me marierai jamais ! lança-t-elle, comme une promesse.

La pensée de l'autonomie dont elle jouirait à Montréal la remplissait de bonheur.

—Je vais travailler dans une usine ! Gagner un salaire ! Être libre ! confia-t-elle au vent qui était son seul compagnon de voyage et qui s'engouffrait jusqu'à elle.

Une nouvelle appréhension l'assaillit quand elle crut ne pas avoir pris la bonne direction. *Aie confiance…*, lui susurra une petite voix intérieure. Apaisée, elle se leva et vint coller tout son corps contre le cadre de l'ouverture, campant bien ses deux pieds sur le plancher, sa main gauche prenant appui sur la paroi intérieure. Une fois assurée qu'elle ne tomberait pas, la fugueuse sortit sa tête et la moitié de son corps hors du wagon.

Un coup de vent releva la palette de la casquette qui faillit s'envoler. Edwina la rattrapa de justesse et, l'emprisonnant dans son poing fermé, la pressa sur son cœur. Elle recula d'un pas et tordit le vêtement jusqu'à ce que le tissu gris forme une torsade entre ses mains. Elle le glissa ensuite au fond de la poche de la combinaison de denim, pâlie par les multiples lavages, qu'elle portait encore.

Ses doigts touchèrent alors un morceau de bois qu'elle retira et regarda longuement. Entre ses doigts, une statuette de bois clair représentant un ours dressé sur ses pattes arrière la fixait avec un sourire moqueur. Lentement, comme elle l'aurait fait avec un bijou précieux, Edwina replaça la statuette dans l'autre poche. Des larmes lui picotaient les yeux. Elle revit le visage de Damase. Edwina serra les mâchoires pour ne pas pleurer. Elle ne devait pas se laisser piéger par un rêve impossible.

— Pas de regrets, surtout ! se sermonna-t-elle de nouveau, elle qui n'arrivait toujours pas à lui en vouloir.

L'image fugace de Cléomène portant le cadavre d'un inconnu sur son dos lui rappela alors son serment. Non, elle ne reverrait plus jamais Damase. C'était pure chimère que de l'imaginer. Edwina était effrayée à l'idée de ce qui aurait pu arriver si la passion les avait enflammés dans la solitude du refuge.

Pour chasser ses pensées troubles, la jeune Soucy inspira plusieurs fois et porta son regard loin devant elle. Là-bas, à l'orée d'un bois, pareilles à des lucioles flottant entre les arbres, elle vit miroiter les lumières de réverbères.

Le tracé des rails amorçait une ligne courbe et le train lança un premier appel annonçant l'approche d'une gare. Edwina se remit en position de guet, avec l'assurance que, cette fois, elle saurait trouver son chemin vers Montréal. Le train ralentissait son allure et, lorsque le sifflet se fit de nouveau entendre, la fugueuse sut qu'elle devait descendre sans attendre.

Après quelques soubresauts, la locomotive s'arrêta enfin à une gare où le nom de Saint-Hyacinthe était inscrit en grosses lettres sur le toit. Edwina Soucy quitta le wagon.

— À la grâce de Dieu ! souffla-t-elle en se dirigeant de pied ferme vers les bâtiments qui formaient des sentinelles autour de la gare du Grand Tronc.

Chapitre 20

La fin d'un temps

L'homme qui pénétra dans la maison de Clara Huot était anéanti par toutes les émotions qu'il venait de vivre en si peu de temps.

— Ça va, Cléomène ? l'interrogea Léontine en entrant dans la cuisine où son jumeau avait pris place sur une chaise.

L'interpellé ne leva même pas le regard vers celle qui était sortie de son lit en hâte lorsqu'elle avait entendu la porte d'entrée se refermer. Le visage pâle de la femme et ses traits tirés trahissaient le tourment qui l'avait gardée éveillée toute la nuit, alors que les deux hommes de la famille étaient partis.

Léontine s'attendait à voir revenir son frère plus tôt. Son retard lui avait fait craindre des complications. La vieille dame approcha le bougeoir qui traînait sur la table et alla chercher une allumette afin de faire un peu de lumière dans la pièce quand la voix rauque de son frère stoppa son geste :

— Laisse ! J'aime mieux rester dans le noir encore un peu.

Ignorant sa demande, Léontine fit craquer le souffre qui s'enflamma d'un seul coup. Elle alluma la bougie qui éclaira le visage de l'homme attablé.

— Grand Dieu, Cléo! Qu'est-ce que t'as, pour l'amour du ciel? T'es tout blême!

— Juste un peu de fatigue avec tous ces soucis. Ça va aller.

— T'as les yeux cernés jusqu'aux joues, ajouta Léontine qui marcha vers l'évier.

Elle actionna la pompe, tenant sous le bec un chiffon propre pris sur l'étagère tout près. Lorsqu'il fut imbibé d'eau froide, elle retourna près de Cléomène qui avait posé sa tête lourde sur ses avant-bras repliés.

À son approche, il se redressa et Léontine posa le chiffon humide sur le front, fiévreux, de son frère.

— Pauvre Cléo, ç'a pas de bon sens de passer des nuits à te promener dans le bois. T'as plus vingt ans! Et puis, Damase est assez grand maintenant. Il va se débrouiller tout seul.

Les épaules du vieil homme se mirent à trembler, puis des pleurs amers secouèrent son corps.

Abasourdie, Léontine s'approcha et l'entoura de ses bras.

Pareil à un enfant, Cléomène se réfugia dans la tié-deur de la poitrine de sa sœur, sa plus fidèle amie. Un puissant vertige lui fit croire qu'il allait s'évanouir, mais il se reprit.

— Que se passe-t-il, Cléo? Je sens que tu me caches quelque chose.

La jumelle le savait épuisé. S'ajoutait à cela l'angoisse causée par la maladie de Clara et les soucis liés à la vulnérabilité de leur neveu déserteur.

—Le petit est en sécurité au moins? demandat-elle en s'attablant à son tour.

—Oui.

—Il est toujours à la cabane du 2e Rang?

—Oui.

—Y doit dormir à cette heure-ci.

—Oui, sûrement…

Le ton de la voix de son frère lui mit la puce à l'oreille.

—Tu me racontes pas tout, Cléo… D'abord, comment se fait-il que tu sois resté si longtemps avec lui, là-bas?

Le vieil homme hésitait à lui apprendre le départ de son neveu.

Comment réagirait Clara quand elle le saurait? Comment supporterait-il de la voir dépérir dans un chagrin sans fond? Pourrait-il lui assurer qu'elle serait là au retour de son fils alors que sa santé chancelante la mettait chaque jour en danger?

—Le petit est parti…, articula-t-il enfin sur le ton de la confidence pour ne pas être entendu de Clara qui dormait dans la pièce à côté.

—Parti? répéta Léontine, agrandissant les yeux de surprise.

—Pas si fort, ordonna Cléo.

—Parti pour où?

—Les États…

Léontine posa une main sur sa bouche, étouffant le juron qu'elle s'apprêtait à lâcher.

—Y avait plus le choix, continua Cléomène qui retrouvait son calme depuis qu'il avait mis sa sœur dans le secret. Y avait été repéré.

—Par qui ?

—Un délateur.

—Tu le connais ?

—Non.

—C'est quelqu'un de la région ?

—Non.

—Comment en es-tu si sûr ?

—Puisque je te le dis ! s'impatienta Cléo, montant le ton.

Dans la pièce d'à côté, le craquement du sommier du lit les fit taire. Le frère et la sœur se fixèrent, les sourcils froncés, avant de reprendre leur conversation à voix basse.

—Veux-tu que je te fasse un peu de thé ?

—Non… de l'eau fera l'affaire…

Léontine se leva, marcha jusqu'à la pompe qu'elle actionna de nouveau. Elle prit un gobelet de métal, l'emplit et le posa devant son frère qui s'en empara et avala le liquide en trois gorgées.

—Y sera mieux là-bas. Pour un temps, continua Cléomène après s'être essuyé les lèvres du revers de la main.

— Y devra rester jusqu'à la fin de la guerre au moins, marmonna Léontine.

— Et peut-être même plus.

— Sainte Miséricorde! pria Léontine.

Un silence s'abattit sur la pièce.

— Au moins, aux États, y sera libre, commenta Cléomène, les yeux fixant le fond du gobelet vide.

— T'as raison. Damase est un bon garçon, travaillant et dur à l'ouvrage. Y pourra enfin trouver un emploi et vivre normalement.

Les chuchotements laissèrent place à une faible toux venant de la pièce d'à côté.

— Quand va-t-on le dire à Clara? questionna Léontine.

— Demain, je lui dirai.

L'horloge grand-père sonna quatre fois, ramenant les deux acolytes à la réalité du travail à accomplir.

— Je dois aller nourrir les bêtes dans une heure…

— Pas ce matin! intervint sa sœur en se levant. C'est moi qui irai. Toi, va vite te coucher. Et surtout, je veux pas que tu parles à Clara avant que je sois de retour.

Comme un enfant docile, Cléomène acquiesça du chef et se dirigea vers sa chambrette, à gauche du salon.

— Y faudra traire les vaches aussi! se ressaisit-il.

— Je saurai faire. Ça prendra juste un peu plus de temps. Les vaches sont des bêtes patientes. On a beaucoup à apprendre d'elles.

Cléomène Beauregard adressa à sa jumelle un regard rempli d'affection.

— Une chance que t'es là, Léontine, la remercia-t-il tout bas.

— Va te coucher, maintenant. T'as accompli ta besogne : Damase est sain et sauf.

Comme un automate, Cléomène franchit le seuil de sa chambre et se laissa tomber sur le lit tout habillé. Il chercha le sommeil. En vain...

Le visage grimaçant de Benoît Brown s'imprima sous ses paupières closes et il dut rouvrir les yeux pour le chasser. La douleur à son bras refit surface et il ne sut à quel saint se vouer pour faire taire la voix de sa conscience qui lui répétait sans cesse : *Tu as tué un homme... Tu as tué un homme...*

Cléomène plaqua ses deux mains sur ses oreilles avant de sentir de nouveaux sanglots l'envahir, comme un raz-de-marée gonflant sa poitrine. Délaissant ses tempes, il agrippa l'oreiller recouvert d'une taie brodée de fleurs de lavande et la posa sur son visage. Il pleura jusqu'à ce que des spasmes prennent le relais ; violents comme des hoquets, lui coupant presque la respiration.

Exténué, mais apaisé, le vieil homme comprit que plus vite il oublierait cet épisode, le plus sombre de sa vie, plus vite aussi sa souffrance s'atténuerait. Il pria Dieu de lui venir en aide, et surtout de lui pardonner ce crime qu'il avait commis par amour.

— C'était un accident, se convainquit-il, une fois sa raison revenue. Il aurait pas dû bouger sa tête...

Rassuré par ses propres paroles, Cléomène sombra enfin dans un sommeil réparateur.

Dehors, à l'horizon, une ligne de nuages éclaboussés par le rose et le jaune du soleil levant marquait la fin d'un temps où la peur et la mort avaient fait bon ménage.

Chapitre 21

Vers Montréal

Après avoir sauté en bas du wagon, Edwina était demeurée cachée le reste de la nuit derrière les remises et les hangars tout près de la gare afin de ne pas manquer l'arrivée d'un convoi en direction de Montréal.

Tôt le matin, elle avait vu défiler des passants ; certains attendant le prochain train ou venant porter des colis, d'autres encore y rejoignant quelqu'un…

Le ventre creux, la jeune fille avait patienté en tendant l'oreille, glanant au passage des bribes de conversation susceptibles de lui fournir des renseignements sur la destination du prochain train.

Elle n'osait s'éloigner de peur de se perdre dans les dédales de cette ville inconnue. Comme elle aurait aimé simplement demander de l'aide ! Au chef de gare, surtout ! Seulement, l'homme qu'elle avait croisé à trois reprises, alors qu'il procédait à la vérification des colis entassés près du bâtiment principal, l'avait considéré d'un œil sévère, voyant dans ce petit va-nu-pieds un voleur quelconque.

Se sachant attifée comme un mendiant, elle rongeait son frein, attendant celui ou celle qui pourrait lui porter secours. Elle sortirait alors de son mutisme, et de sa cache aussi. Edwina baissa les yeux sur la salopette salie et beaucoup trop grande. Elle abaissa davantage la casquette qu'elle avait replacée sur ses cheveux coupés court qu'elle n'avait pas pu laver depuis son départ de la cabane du 2e Rang.

À bout de patience, et préférant tenter sa chance plutôt que de moisir derrière ces colis et ces barils qui faisaient office de paravent, elle se hasarda en dehors de son abri et se fondit dans la foule, de plus en plus dense à mesure que l'heure avançait. Elle s'approcha timidement d'une dame qui arborait un air dur dans sa longue robe noire.

— Pardon, madame, commença-t-elle en baissant le ton de sa voix. Où va le prochain train ?

— À Montréal, je crois.

Le cœur d'Edwina ne fit qu'un tour en entendant cette nouvelle.

« Enfin ! », s'enthousiasma-t-elle, rassurée.

— Il va arrêter à Mont-Saint-Hilaire d'abord, ensuite à…

La dame s'interrompit et lorgna Edwina d'un air inquisiteur.

— Où sont tes parents, petit ?

— …

— Allons, réponds-moi ! insista-t-elle.

L'envie de fuir encore passa par la tête d'Edwina qui rejeta cette idée.

— J'ai plus de parents, madame, répondit-elle avec aplomb et sans sourciller. Ma mère est morte quand j'avais douze ans. Mon père, lui, a été enterré la semaine dernière.

Elle mentait à demi, mais pourquoi donnerait-elle des explications à cette inconnue ? D'ailleurs, l'image de son père sous six pieds de terre lui réchauffait l'âme.

— Pauvre petit ! Te voilà donc tout seul…

— Je suis pas un enfant. J'ai seize ans ! Et je suis pas seul. Ma tante Alice m'attend à Montréal.

— Et où reste ta tante, exactement ?

Devant cette question, Edwina se sentit démunie. Comment pouvait-elle donner un nom de rue, dans un quartier d'une ville qu'elle ne connaissait pas ? Elle n'y avait jamais mis les pieds. Elle chercha au plus profond de ses souvenirs, tentant de retracer les paroles prononcées par sa mère et son père quand elle n'était encore qu'une enfant dans son lit, le soir, et qu'elle les écoutait jaser :

— J'ai reçu une lettre d'Alice aujourd'hui, racontait Marguerite à son mari assis dans la berceuse, un soir que le facteur avait apporté une de ses trop rares missives.

— Tiens donc ! Elle doit sûrement être dans le pétrin pour donner de ses nouvelles ! avait raillé celui-ci.

— Cesse donc de la calomnier ainsi ! avait rouspété sa femme.

— Ben quoi ! C'est-y pas vrai que c'est toujours pour quémander de l'aide qu'elle t'écrit ?

Le silence de Marguerite avait été plus qu'éloquent à ce sujet.

— Qu'est-ce qu'elle raconte, cette fois ? avait enchaîné son mari.

Attentive, Edwina avait entendu le froissement du papier à lettres que sa mère avait déplié.

— Elle dit qu'elle vit toujours à Montréal, qu'elle a trouvé un nouveau travail dans une usine de textile. Elle mentionne aussi qu'elle vit en pension sur la rue Rachel, en attendant de se dénicher un logis...

— Rue Rachel ! lança enfin Edwina, heureuse que ce souvenir ait refait surface aussi rapidement.

— La rue Rachel ? Je connais bien, enchaîna la dame en souriant. Une de mes bonnes amies demeure sur cette rue. Amanda Bélec, c'est son nom. Elle est veuve. Comme moi...

Elle poussa un soupir avant d'ajouter :

— Mon amie loue des chambres à des jeunes femmes. Ça lui rapporte un peu d'argent pour boucler ses fins de mois, la pauvre...

— Peut-être que ma tante reste chez elle ou pas très loin de là, s'enhardit Edwina.

— Tu sais, la rue Rachel compte beaucoup de logis et de maisons de pension où s'entassent les travailleuses, lui apprit la dame.

— Alors, le train peut-il m'emmener là-bas ?

— On va demander au chef de gare où s'arrête...

— Non ! intervint Edwina, prête à retraiter vers l'arrière du bâtiment.

— Que me caches-tu, petit ?

— Rien, madame ! Le chef de gare, y me fait peur ! Il a l'air tellement sévère et je veux pas que…

— … qu'il découvre que tu es un voyageur clandestin, termina l'inconnue à la place d'Edwina, qui baissa la tête sous le regard inquisiteur de son interlocutrice.

— Je… bredouilla-t-elle, contrite. J'ai… pas de billet, avoua-t-elle.

— Pas d'argent non plus, je suppose, insista la dame.

— Non, madame.

En aval, une locomotive crachant son jet de vapeur approchait.

— C'est le train pour Montréal ? s'inquiéta Edwina, qui calcula sa chance de trouver un wagon vide sans éveiller de soupçons.

Pour cela, elle devrait courir vers l'arrière du train et se refugier dans un wagon de marchandises. Mais elle n'en vit point.

— Il me semble que oui, mais…

La fugueuse sautilla sur place.

— Je veux pas le rater. Je dois partir pour Montréal, sinon j'aurai nulle part où dormir ce soir ! Je dois pas le manquer. Je suis si près du but !

La dame posa une main apaisante sur l'épaule d'Edwina. Il y avait bien longtemps qu'un adulte ne lui avait pas accordé tant d'attention.

Un second train entra en gare dans le vacarme.

— Je crois que c'est plutôt celui-là qui va à Montréal, déclara la dame qui ouvrit son sac de cuir noir.

Elle y enfonça sa main gantée et en ressortit un petit étui de satin mauve, fermé par un mécanisme à ressort. Elle l'ouvrit d'une pression contraire du pouce et de l'index et en retira trois pièces de monnaie qu'elle tendit à l'infortunée.

— Tiens! Je crois que ça couvrira les frais de ton voyage.

Elle referma l'étui mauve et le remit dans son sac à main, puis fouilla une seconde fois au fond de celui-ci et en retira une pomme.

— Et ça fera taire un peu ton ventre affamé!

Éberluée par tant de générosité, Edwina hésita.

— Allez, prends-les vite avant que je change d'idée! ordonna-t-elle en secouant la main vers Edwina qui s'empressa de tendre sa paume ouverte.

— Madame… Je sais pas quoi vous dire… Je…

Cette femme était un ange descendu du ciel.

— Un merci fera l'affaire, la taquina la bonne Samaritaine.

Elle referma son sac à main et posa la courroie dans le creux de son coude replié.

— Va vite acheter ton billet! Le train n'attendra pas, lui conseilla-t-elle dans un sourire.

Une vague d'amour déferla sur la jeune fille qui adressa un sourire à celle qui lui offrait la perspective d'un avenir meilleur. La bonté et la charité n'étaient donc pas que pures paroles d'Évangile prêchées par des clercs en soutane…

—Merci! Merci beaucoup, madame! articula Edwina.

—Surtout, n'oublie pas de bien mentionner au chef de gare que tu veux un aller simple. Si tu n'as, comme tu dis, plus personne qui t'attend ici…

Edwina acquiesça.

—Bonne chance, mon garçon!

Et la femme se dirigea vers le côté opposé du quai où s'agglutinait maintenant une foule nombreuse.

Aussitôt, Edwina pivota sur ses talons, fit deux pas en direction de la gare, puis tout à coup se retourna.

—Madame! Madame! cria-t-elle.

L'interpellée s'arrêta et lui fit face.

—Quel est votre nom?

—Antoinette Dufault. Et toi?

La jeune fille hésita quelques secondes avant de répondre d'une voix forte :

—Edwin Beauregard.

—Edwin? C'est la première fois que j'entends ce nom-là.

—Tant mieux! Comme ça, je suis certain que vous m'oublierez pas.

«Moi, en tout cas, je me souviendrai de vous…», se jura Edwina en entrant dans le corps central de la gare pour payer son passage.

Billet en main, Edwina avait pris place sur une banquette de velours bourgogne. Devant elle, bien cintrés dans leurs vêtements de ville, une fille et un garçon la fixaient en silence. Leurs regards curieux en disaient long sur l'idée qu'ils se faisaient de ce pauvre hère vêtu de hardes trop grandes, marquées ici et là de larges taches de boue séchée. La palette de sa casquette abaissée sur ses yeux, elle n'osait dévisager ces petits bourgeois que la vie avait vraisemblablement gâtés.

— Maman ? Pourquoi le garçon est sale ? demanda la fillette qui portait un ample manteau de sergé beige orné de dentelle au collet et aux manches.

— Artémise ! la sermonna sa mère en lui adressant un regard sévère. On dit pas ça !

Edwina remercia intérieurement cette dame de ne pas donner suite à la question de sa fille. Pour se soustraire aux regards des enfants, elle tourna la tête vers la fenêtre du train derrière laquelle défilaient les villes et villages qui se construisaient encore près du chemin de fer.

Le train s'était déjà arrêté à plusieurs gares. Des passagers en étaient descendus et y avaient monté. Edwina s'amusait de cette effervescence qu'elle n'avait jamais connue. Elle admirait les vêtements des dames, les paletots des messieurs, les valises et les coffres que les ouvriers de manutention empilaient sur des chariots et que des employés de la gare poussaient jusqu'au bout du quai.

— Donne-la-moi ! s'écria la petite fille devant elle en s'adressant à son frère qui venait de lui confisquer une poupée au visage de porcelaine, vêtue d'une robe de soie rehaussée de rubans de satin. Maman ! Dis-lui de me redonner ma poupée ! pleurnichait-elle maintenant.

La querelle entre le frère et la sœur mettait en jeu des forces inégales et Edwina ne put s'empêcher de détester le minois narquois du garçon qui tenait la poupée bien haut.

— Armand ! Donne la poupée à ta sœur !

Négligeant l'ordre de sa mère, le garçonnet, à peine plus âgé que sa benjamine, continuait à secouer la figurine au bout de son bras tendu. Son rire méchant s'égrenait dans la cabine, ponctué par les petits cris de la fillette qui tentait désespérément d'attraper son jouet.

— Armand ! gronda la mère quand, par mégarde, le garçon échappa la poupée qui fonça droit vers la vitre.

Edwina eut tout juste le temps de l'attraper pour empêcher que la tête de porcelaine n'aille se fracasser contre la paroi de verre.

La fille d'Adélard Soucy prit le temps de regarder le jouet, d'en observer les détails : les joues rosies par un léger trait de peinture, les yeux aux iris bleus, les lèvres en forme de bouton de rose sur une peau à la couleur de nacre. « Toutes les petites filles du monde devraient en posséder une », se dit-elle.

—Monsieur…, l'interpella la voix flûtée de la fillette qui posait sur elle des yeux brillants.

Se ressaisissant, Edwina remit la précieuse figurine à sa jeune propriétaire qui lui offrit son plus beau sourire.

—Qu'est-ce qu'on dit à ce gentil garçon qui a sauvé ta poupée? intervint sa mère.

—Merci, monsieur!

Edwina fit un signe bref de la tête, avant de reporter son attention vers le paysage.

—Vous allez à Montréal? osa la mère de famille.

—Oui. Je m'en vais vivre chez ma tante, rue Rachel, répéta Edwina qui savait cette histoire plausible.

—Tiens donc! Quelle coïncidence! Ma belle-sœur demeure près de là aussi.

—Et est-ce qu'elle loue des chambres?

—Non, pourquoi?

—Heu… j'ai… Je sais que ma tante vit dans une chambre et…, bégaya Edwina qui se sentit piégée.

—Tu connais le numéro de porte?

—Heu… pas vraiment, sauf que je sais qu'elle travaille comme laveuse de linge.

—Une buanderie pas loin? Rue Fullum?

—Oui, oui. C'est ça!

—Alors, elle doit être employée chez les Sœurs de la Providence, rue Fullum. De nombreuses femmes travaillent là. D'ailleurs, depuis sa fondation, la maison de la Providence accueille beaucoup de gens, tant pour leur procurer un emploi qu'un refuge.

— Quelle est l'adresse de cette maison?

— Je crois que c'est le 1431.

— 1431, répéta Edwina pour bien graver cette adresse dans sa mémoire.

— Je t'avertis, continua la dame sur le ton de la confidence, si tu cherches du travail là-bas, les religieuses emploient juste des femmes et des jeunes filles. À moins que tu aies de la chance et qu'elles te trouvent quelque chose à faire à la maison générale.

— J'en prends note, laissa tomber la fugueuse, encouragée par cette nouvelle information.

Dans quelques heures, elle serait à Montréal. Et maintenant, elle avait confiance de trouver refuge chez ces religieuses. Elle aurait enfin un toit et de la nourriture!

Chapitre 22

L'aventure

Le son strident du sifflet du train l'arracha de son sommeil de plomb. Damase avait dormi dans un dès coins du wagon sous un abri formé de caissons de bois vides. Après deux changements de ligne, le convoi allait repartir. Damase se hasarda hors de son abri en rampant et s'approcha de la porte ouverte.

Le paysage qui défilait devant lui se composait maintenant de montagnes et de forêts. Les plaines, avec leurs champs prêts pour les labours, étaient loin. Il crut alors avoir traversé la frontière sans même s'en être rendu compte.

Rassuré, Damase respira un bon coup. Le poids de la crainte qui l'avait accompagné tout au long du trajet n'avait pas complètement disparu, mais quelque chose dans ce panorama tranquille l'apaisait. L'automne parait déjà de rouge et d'ocre les arbres. Le soleil avait disparu derrière les nuages et il faisait plus frais.

Malgré la mélancolie et les émotions contradictoires qui se livraient bataille en lui, le déserteur se surprit à penser qu'il préférait cent fois le confort incertain d'un camp de bûcherons, où il comptait bien se faire engager, au manque de commodité et à la solitude qui auraient été son lot dans la cabane à sucre envahie par le froid dès la fin du mois de novembre. «Le froid avec la neige et les rafales, je les subirai plutôt en homme libre!»

Fermant les yeux, Damase se laissa bercer par le mouvement du train. Au bout de cette voie ferrée, il y avait assurément un avenir meilleur. Pour lui, pour sa famille aussi…

— Ma famille…, dit-il tout bas.

La tristesse le saisit à la gorge. D'un geste, il agita la main pour la repousser, comme on chasse un moustique récalcitrant.

— Pas de remords ni de regrets, se reprit-il.

Damase se rappela, non sans amertume, qu'il trimerait probablement un bon bout de temps avant de dénicher un emploi stable. Il ne pouvait guère rêver d'une vie rangée et tranquille avant que cette maudite guerre ne finisse. C'est seulement une fois la paix revenue qu'il pourrait enfin vivre au grand jour. «La forêt américaine sera ma meilleure cachette», se répéta-t-il pour la énième fois.

Damase renifla un bon coup avant de cracher sur le sol du wagon. Le travail de bûcheron ne lui faisait pas peur. Il se savait fort et endurant, capable d'accomplir la tâche de deux hommes si on le lui demandait.

Il leva le front vers les rayons d'un soleil timide qui illuminait maintenant les cimes des arbres de la forêt. L'herbe haute aux abords de celle-ci scintillait sous la rosée. Au-dessus de lui, un arc-en-ciel étirait ses rayures multicolores en transperçant un nuage d'un blanc duveteux. Le jeune homme voulut y lire un bon présage et pria Dieu de le supporter dans cette nouvelle aventure.

— Maintenant, tout est possible ! s'encouragea-t-il.

Le train avait franchi la frontière sans qu'un seul agent de la RCMP, la Royal Canadian Mounted Police, ne fouille les wagons. Il roulait maintenant à travers les forêts parsemées ici et là de petits bourgs regroupés autour d'installations de l'industrie forestière. Toujours pas de plaines ni de champs à perte de vue comme à Sainte-Hélène.

Après plus de dix heures, le train s'arrêta enfin à une gare coquette. Sur le quai, des familles entières se regroupaient pour accueillir joyeusement des amis ou des parents.

— Enfin arrivé ! se réjouit Damase.

Il pensa de nouveau aux privations qu'il devrait accepter. Aux longues heures de travail harassant dans la neige et le froid qu'il devrait endurer afin de ramasser l'argent nécessaire pour conserver cette liberté qui lui était si chère. De l'argent, il en voulait beaucoup et était prêt à sacrifier un temps de sa vie pour en amasser. Le travail ne lui faisait pas peur. L'exil non plus. Ne restait plus qu'à faire confiance au destin qui l'avait mené jusqu'ici. Sans plus attendre, il sauta en bas du wagon et se mêla à la foule.

Damase remarqua une file d'hommes qui entraient dans un bâtiment de bois rouge, sans aucune hésitation, comme s'ils y étaient attendus. Il leur emboîta le pas et se retrouva à l'intérieur de ce qui lui sembla être un magasin général. Sur une multitude d'étagères et d'étals étaient posées des chemises de laine à carreaux rouges et noirs, des salopettes de denim, des tuques, des mitaines. Tout près, une pile de toiles cirées voisinait des bottes de toutes les grandeurs. Damase en saisit une et l'examina quand le propriétaire de l'établissement l'apostropha.

— *Are you looking for something special?*

Damase se retourna brusquement, accrochant au passage la pile de toiles qui se répandit sur le sol poussiéreux dans un bruit sourd.

— Oh! Pardon! s'excusa Damase, rouge de gêne.

— Un autre *French Canadian, eh?* baragouina le commerçant.

— Oui…

— Déserteur? ajouta son hôte.

Ce mot lui fit l'effet d'une douche froide. Damase se raidit, baissa la tête et fit un pas vers la sortie quand un homme qui se tenait tout près, témoin de son malaise, s'approcha.

— *Come on, Harvey ! Let this young man !*

Sans un regard pour le commis, l'inconnu s'adressa à Damase dans un français teinté d'un fort accent anglais.

— Moi, Andy. Toi chercher travail comme *lumberjack* ? Heu… bûcheron ?

— Oui.

— Toi avoir expérience ?

— Oui. J'ai déjà coupé pis abattu ben des arbres avec mon oncle.

À l'évocation de tout ce qu'il avait perdu, une boule se forma dans sa gorge.

Sensible à l'émotion de ce garçon qui avait le même âge que son fils, Andy enchaîna :

— Je t'engage.

— Tout de suite, comme ça ? fit Damase, interloqué.

— *Of course !* s'exclama l'homme qui devait être dans la cinquantaine.

Il se tourna vers le propriétaire du magasin, posa une main paternelle sur l'épaule de son nouveau protégé et lui dit dans sa langue maternelle :

— Harvey, ce garçon a besoin de ton aide !

Revenant vers Damase, il lui demanda :

— Ton nom ?

Damase se demanda s'il devait faire confiance aveuglément à cet homme et lui dévoiler sa véritable identité. Se pouvait-il que sa gentillesse cache les malicieux desseins d'un espion à la solde de l'armée ? Comment être certain que cet accueil aussi inattendu que providentiel ne dissimule pas un piège? Les seuls nom et prénom qui lui vinrent en tête furent ceux de son parrain défunt.

—Joseph… Joseph Bédard.

C'est ainsi que dès qu'il eut posé les pieds en terre américaine, Damase Huot devint quelqu'un d'autre…

Une fois ses emplettes terminées, il suivit le contingent des recrues vers des charrettes tirées par des percherons, ces chevaux recherchés pour leur force spectaculaire et leur endurance. Il y monta avec ses nouveaux compagnons de travail, de tous les âges, qui s'exprimaient majoritairement en anglais.

Le cortège s'ébranla en direction de la forêt.

Damase se retrouvait ainsi, pour la deuxième fois, forcé de vivre dans le bois. Seulement là, il ne serait pas seul. Il y vivrait en homme libre, avec d'autres travailleurs.

Le mois d'octobre avait entamé sa première semaine depuis trois jours déjà, et pourtant le temps demeurait clément. L'automne étirait ses couleurs dans les feuillus qui formaient une voûte au-dessus des voyageurs. «Au moins, au camp, il fera chaud et je mangerai à ma faim», s'encouragea Damase.

Le convoi louvoyait depuis une demi-heure entre les arbres centenaires. Le chemin devint de plus en plus cahoteux et les six bûcherons qui avaient pris place à bord de la charrette avaient peine à tenir assis sur les planches qui leur servaient de banc. Un choc plus violent que les autres ébranla la voiture qui tangua un peu. Un homme d'une quarantaine d'années, assis près de Damase, fut propulsé vers l'arrière et manqua de tomber. Dans un réflexe, Damase l'attrapa par le col de sa veste, le retint avec peine, puis, grâce à un dernier effort, le ramena en équilibre.

— *Thank you!*

— C'est rien !

— *French Canadian?*

— *Yes.*

L'homme lui tendit la main.

— *I'm Gordon.*

— Joseph, se présenta Damase en s'emparant de la main tendue.

L'homme fouilla dans la poche de sa veste, en retira une cigarette qu'il offrit à son compagnon.

Damase hésita. Il n'avait jamais fumé de cigarette, s'amusant plutôt à fumer la pipe à quelques rares occasions.

— Non, merci ! dit-il en signifiant son refus d'un geste de la main.

Gordon insista.

— *OK...*

Damase prit la cigarette et la porta à sa bouche. Gordon en sortit une deuxième et la plaça entre ses lèvres pincées. Il prit ensuite une petite boîte d'allumettes de bois, qu'il ouvrit en un tournemain. Il en craqua une d'une pression de son ongle. Le feu jaillit instantanément. Damase se pencha, alluma la cigarette et aspira la fumée chaude, imité par son compagnon. Les deux hommes savourèrent le moment, comme on fait une trêve avec la vie.

Au hasard d'une clairière, Damase leva la tête vers le ciel bleu où nul nuage ne folâtrait. Il vit le soleil à son zénith, inspira profondément et pria le ciel pour que l'avenir soit rempli de cette sérénité à laquelle il goûtait soudain. Il était bien.

Cinq minutes plus tard, le convoi ralentit au milieu des cris des charretiers, puis s'arrêta à la fin du chemin carrossable. Les hommes débarquèrent un à un, puis, leur besace sur le dos, ils entreprirent la dernière étape vers le camp, situé à quelques milles en amont.

La marche fut longue, mais personne ne se plaignit, confiants qu'un bon repas chaud les attendait au camp. Quand ils y arrivèrent enfin, une bonne odeur de soupe aux pois les accueillit.

Aussitôt entré, Damase se vit attribuer un lit au fond du dortoir par le contremaître du camp. Il s'y dirigea en hâte et y laissa tomber sa besace avant de revenir sur ses pas. Il prit place à une des tables sur lesquelles une longue file d'écuelles de métal bosselé, de cuillers, de fourchettes et de couteaux avaient été disposés. Il s'empara de l'écuelle devant lui et se rendit à l'endroit où se tenait le cuisinier, qui brandissait une louche remplie de soupe au-dessus d'une marmite de fonte noire.

— *Welcome!* lança celui-ci tout en lui tendant une grosse tranche de pain tartinée de graisse de lard saupoudrée de sel.

—*Thank you !*

Damase quitta le cuistot et retourna vers la table où il prit place. Il avala la soupe d'un trait tellement il avait faim. Il prit plus son temps pour savourer la tartine, dont le sel relevait le goût.

Après ce repas frugal, le contremaître entraîna sa cohorte vers un hangar où il distribua haches, scies et godendards. Il désigna aussi les bûcherons qui feraient équipe. Gordon se rapprocha de Damase et dit au chef du camp qu'il aimerait être avec le jeune Canadien français. Le contremaître acquiesça d'un mouvement bref de la tête avant d'inscrire sur sa liste les numéros correspondant aux deux recrues.

—Où sont les toilettes ? demanda Damase en s'avança vers son supérieur.

—*What ?*

—Toilettes…

—Juste là ! Derrière le bâtiment ! répondit en anglais l'homme, dont la voix puissante alerta les autres bûcherons qui levèrent la tête vers lui.

—*Thank you !* laissa tomber Damase, gêné d'avoir attiré l'attention de tout le monde.

Il quitta le lieu de ralliement, hache à la main, contourna le hangar de bois que le temps avait noirci et pressa le pas vers une rangée de six bécosses de petite dimension. Il pénétra dans l'une d'elles et referma la porte aussitôt. Quelques instants plus tard, il en ressortit, soulagé. Damase prit bien son temps avant de retourner vers le dortoir principal où les employés de langue anglaise convergeaient.

« Comment vais-je faire pour comprendre ce que je dois faire si je parle pas anglais ? », se demanda-t-il pour la première fois. Il lui fallait reconnaître que la barrière de la langue représentait un problème.

— Quand je serai au travail à abattre un arbre, j'aurai pas besoin de parler, s'encouragea-t-il.

Et si tu ne comprends pas bien les ordres ? susurra une petite voix au fond de lui. Le jeune homme serra les poings et se retint pour ne pas perdre confiance. « Prenons les problèmes un par un et tout ira bien ! se convainquit-il. Il y a d'autres façons de se comprendre. Et puis, Gordon m'aidera, j'en suis sûr. »

Damase allongea le pas et se retrouva à la porte du bâtiment qu'il ouvrit toute grande. Il hésita sur le seuil, le temps d'un battement de cil. Il était vide. Mais non loin de là, à l'extérieur, les hommes étaient déjà rassemblés, haches sur l'épaule, prêts à suivre le contremaître jusqu'au chantier où se trouvaient les arbres à abattre. Damase les rejoignit.

Les bûcherons besognèrent ainsi jusqu'au coucher du soleil, puis revinrent au camp, fourbus. Après un souper vite avalé, chacun prit place sur son lit respectif pour un repos bien mérité.

Tôt le lendemain, après une nuit de sommeil plutôt agitée dans le dortoir rempli des ronflements de ses nouveaux compagnons de travail, il fut accueilli à la table du déjeuner sans moqueries ni jugements. Il semblait être le seul Canadien français. Puis, il quitta le campement et suivit la cohorte dans l'immense forêt à défricher à la hache et au godendard. Ici, tout était à faire. On voulait dompter cette montagne giboyeuse qui laisserait la place à des petits bourgs tout en conservant les ressources forestières qui donneraient du travail et feraient vivre la plupart des habitants des environs.

Voilà pourquoi les bras de ceux qui, pour une maigre pitance, s'arrêtaient prêter main-forte, étaient les bienvenus. On acceptait les hommes tels qu'ils étaient : jeunes ou vieux, riches ou pauvres, francophones ou anglophones. Peu importait, pourvu que le travail se fasse dans les meilleurs délais. Et puis, les compagnies forestières ne se mêlaient pas de la vie privée de leurs employés. Elles n'avaient d'ailleurs pas avantage à dénoncer les insoumis qui leur procuraient une main-d'œuvre fiable et surtout peu dispendieuse. Ce qui se passait de l'autre côté de l'Atlantique accroissait la prospérité de beaucoup de manufactures et de commerces. La guerre profitait à ceux qui savaient se taire et encaisser...

Damase avait donc troqué son nom, ses bottes aux semelles trouées ainsi que ses dernières économies contre des bottillons lacés et une casquette de laine à carreaux dont il ne se séparait plus.

Chapitre 23

La Providence

Les rues de Montréal brillaient sous la pluie. Edwina marchait d'un pas vif en direction d'un immeuble de pierre grise, haut de six étages. Ses vêtements trempés n'offraient qu'une bien mince protection contre le vent qui se levait. À l'approche de l'édifice, un doute l'assaillit. « Et si on me refuse asile ? », se demanda-t-elle. Un frisson la parcourut à l'idée de ne pas trouver de gîte pour la nuit ou, pire encore, de ne pas trouver quelque chose à manger.

L'angélus de midi sonna au clocher d'une église non loin. Edwina fit le signe de la croix et demanda en silence la protection de la Vierge Marie.

— Sainte Marie, Mère de Dieu, priez pour nous, pauvres pécheurs..., marmotta-t-elle, quand un sanglot l'étouffa.

Elle s'arrêta sur le trottoir, baissa la tête et laissa s'échapper les pleurs qu'elle avait retenus tout au long de son périple. Un passant la regarda brièvement avant de continuer son chemin sans plus d'attention.

Après quelques minutes, Edwina se ressaisit, sécha ses larmes et se remit en marche vers le portail qui n'était plus qu'à quelques enjambées. Elle frappa à la porte. Se rappelant soudain les paroles de la passagère du train, elle enleva sa casquette, ébouriffa ses cheveux pour leur donner un peu de volume et pinça ses joues avant d'essuyer la pluie qui ruisselait sur son nez.

Après quelques minutes, une religieuse rondelette ouvrit la porte de l'enceinte.

— Je demande asile, fit aussitôt Edwina.

— Vous êtes au bon endroit, mon enfant, répondit la religieuse que les vêtements masculins de l'inconnue n'avaient pas leurrée.

La sœur de la Providence l'invita à entrer.

— Suivez-moi ! ordonna-t-elle en refermant la porte.

Obéissante et silencieuse, Edwina régla ses pas sur ceux de son hôtesse, qui avançait à travers un long couloir sombre. Sur les murs étaient accrochés des cadres.

— Voici le portrait de notre fondatrice, mère Émilie Gamelin, l'instruisit la religieuse en tendant le bras vers l'un d'eux.

Edwina jeta un coup d'œil à la figure à la peau blanche, encadrée d'un tissu blanc arachnéen qui couvrait le front et les joues de cette femme d'un âge vénérable. Le voile noir recouvrait complètement ses cheveux.

La sœur bifurqua à gauche, longea un autre corridor où s'alignaient des portes closes, emprunta deux escaliers, déboucha sur un troisième corridor et s'arrêta enfin devant une porte qu'elle ouvrit d'un geste.

— Voici votre chambrette pour la nuit.

— Pour cette nuit seulement ? s'inquiéta Edwina.

— Vous devez rencontrer la mère supérieure. C'est elle qui décidera du soutien à vous apporter.

La religieuse fit une pause et vit l'angoisse dans les yeux de la nouvelle venue.

— N'ayez crainte, la rassura-t-elle. Elle saura trouver une solution.

— Merci, ma mère…

— Sœur Hortense, rectifia-t-elle.

— Sœur Hortense, répéta Edwina.

— Et vous, jeune fille, quel est votre nom ?

— Edwina Soucy.

La religieuse sourit.

— Bienvenue à la maison mère des Sœurs de la Providence, mon enfant !

— Merci…

— Prenez le temps de vous rafraîchir et de changer de vêtements, lui suggéra sœur Hortense en lui désignant la chemise de toile blanche et la tunique grise posées sur le lit. La coupe droite peut s'adapter à différentes tailles. Ensuite, un repas vous attend au réfectoire, deux étages plus bas.

Edwina apprécia la discrétion de la religieuse, qui ne lui avait posé aucune question sur son habillement.

La religieuse quitta la chambrette en saluant Edwina d'un discret mouvement de la tête.

Une fois seule, Edwina s'empressa de retirer de la poche de la salopette la statuette que Damase avait sculptée. Elle troqua la chemise trop grande contre celle, bien repassée, que portaient les novices, et compléta le costume en enfilant la tunique de serge grise. Elle se lava le visage à même l'eau de la cruche posée sur la table de chevet, puis s'empara de la serviette de lin accrochée près du meuble, roula ses hardes de vagabonde et les plaça sous le lit, près des montants de fer. Son regard accrocha le chapelet, bien placé sur l'oreiller. Dans un élan de piété, de reconnaissance surtout, elle remercia la Vierge de l'avoir exaucée. Sur cette pensée, elle quitta les lieux.

Dans l'escalier menant au réfectoire, une bonne odeur lui chatouilla les narines et c'est presque en courant qu'elle fit irruption dans la grande salle où quelques personnes prenaient place en silence.

Une religieuse, un tablier blanc couvrant son costume et un pichet d'eau à la main, lui désigna une place où l'attendait un bol de soupe aux légumes fumante et une tranche de pain de ménage. Edwina s'assit et mangea avec appétit. Une fois rassasiée, elle observa les femmes assises aux autres tables.

Elles étaient quatre. L'une d'elles, la plus âgée, avait le visage marqué par ce qui semblait être des ecchymoses. Son regard absent, son teint pâle et ses lèvres gercées donnaient à penser que la misère avait été ou était encore son lot quotidien.

— Vous avez terminé ? demanda une petite voix derrière elle.

— Oui, répondit Edwina en se retournant vers sœur Hortense qu'elle n'avait pas entendu venir.

— Bien ! La mère supérieure est prête à vous recevoir dans son bureau.

Pour la seconde fois, Edwina suivit la religieuse à travers un dédale de corridors avant d'aboutir devant une porte plus large que les autres. Sœur Hortense y frappa trois coups secs.

— Entrez ! l'invita une voix haute et claire.

La religieuse ouvrit la porte et pénétra dans la pièce la première.

— Bonjour, ma mère, voici la nouvelle arrivée.

La mère supérieure, le visage encadré de la coiffe des nonnes, des lunettes cerclées d'or devant son regard aux yeux couleur d'azur, la reçut d'un air affable.

— Bonjour, mon enfant !

— Bonjour, ma mère.

— Ainsi, vous êtes venue jusqu'à nous pour demander asile ?

— Pour quelques jours du moins, spécifia immédiatement Edwina. Le temps de trouver un travail et un logis.

— Vous êtes orpheline ?

— Oui.

Edwina préféra taire l'existence de sa tante Alice, ce qui aurait pu compromettre ses chances d'être acceptée ici.

— De la campagne, je suppose ?

— Oui.

La dame au profil d'ascète la fixa longtemps en silence.

— Attendez-vous un enfant ?

La question surprit Edwina qui se raidit.

— Je suis pas ce genre de fille…

— Tut, tut, tut ! Je ne vous juge pas, interrompit la mère supérieure en joignant ses mains sur son ventre. Nous recueillons aussi les filles-mères, vous savez. Alors, je devais m'en assurer.

Edwina baissa les yeux.

— Vous dites vouloir travailler ?

— Oui, le plus tôt possible !

— Nous avons justement une de nos buandières qui est tombée malade. Sauriez-vous la remplacer ?

— Oui. Je suis une bonne travaillante et je…, s'élança Edwina, emballée.

Elle en cherchait ses mots.

— Sœur Hortense, conduisez donc notre nouvelle protégée à la buanderie, et voyez à ce qu'elle puisse commencer dès cet après-midi.

Elle lorgna la jeune fille qui se tenait debout devant elle. Sa taille fine, ses mains rugueuses aux ongles courts démontraient qu'elle avait déjà besogné.

— En attendant que vous trouviez un endroit où vous installer, nous vous offrons le logement et la nourriture en échange de votre travail. Nous vous donnerons aussi quelques gages, bien entendu. Cela vous convient-il?

— Oh oui! Oui! se réjouit Edwina, débordante de gratitude.

— Vous devrez vous soumettre à certaines règles de vie de notre communauté, comme assister aux offices religieux et respecter les heures de repas et le couvre-feu. Aucune visite dans votre chambre n'est autorisée.

— Oui, ma mère.

— Alors, bienvenue en nos murs, ma fille.

— Merci, ma mère!

D'un signe de la main, la supérieure signifia son congé à Edwina. Celle-ci emboîta le pas à sœur Hortense qui avait déjà passé le seuil. Le trajet entre le bureau de la mère supérieure et la buanderie fut de courte durée. Celle-ci se trouvait au sous-sol, dans une aile contiguë à la salle des fournaises.

C'était une immense salle bourdonnante du son des machines à laver qu'actionnaient des femmes toutes de blanc vêtues. Certaines s'affairaient au-dessus de larges bacs d'où s'échappait une vapeur blanche, trempant et frottant sur une planche à laver des draps et des taies d'oreillers. D'autres activaient manuellement les rouleaux d'un tordeur entre lesquels s'écrasaient des tissus informes et dégoulinants. Plus loin, sur la droite, des filles plus jeunes, courbées au-dessus de planches à repasser, fer en main, lissaient les plis que le séchage avait laissés sur les chemises et les tuniques.

Sœur Hortense la mena à une planche abandonnée.

— Tu sais repasser des chemises ?

— Oui.

— Bien ! Alors, ton fer de fonte est là, sur ce petit réchaud. Tu allumeras le feu en dessous.

— D'accord.

— Bon travail, mon enfant.

Sans plus d'explication, la religieuse prit congé.

Edwina se mit aussitôt à l'ouvrage, le sourire aux lèvres et le cœur léger.

Chapitre 24

Le 14 novembre

Basé au camp de bûcherons dans la forêt, tout à l'est de la petite municipalité de West Baldwin, dans le Maine, Damase, désormais Jos pour les copains de chantier, s'affairait à grands coups de hache sur le tronc d'un orme.

Bien que ce fût déjà la mi-novembre, le temps restait chaud pour la saison et les rayons du soleil déclinant accompagnaient les ahanements des hommes qui s'échinaient sur les arbres récalcitrants.

Soudain, un cri s'éleva :

— *THE WAR IS OVER!*

Les mots se répercutèrent en écho dans la forêt.

— Qu'est-ce qui se passe ? demanda Damase en abaissant sa hache.

— *THE WAR IS OVER!* répétait-on encore.

— La guerre est finie ! lui expliqua Gordon. Toi comprends pas ? *OVER!*

Un sourire de victoire étira les lèvres de Damase encadrées d'une barbe drue et dense.

— *OVER!* cria encore Gordon qui planta sa hache dans le tronc de l'arbre.

Il applaudit d'abord cette nouvelle avant de joindre ses cris et ses sifflements tapageurs à ceux des autres gars disséminés dans la forêt.

Damase rit de plus belle en entendant quelques jurons prononcés par ses compagnons canadiens français ou anglais qui, comme Gordon, étaient venus grossir les rangs des bûcherons.

— On n'a plus rien à faire ici ! Tu viens ? l'enjoignit son ami en se dirigeant vers le camp principal où tous les hommes se rassemblaient déjà.

Il hésita un peu et passa une main dans ses cheveux longs. Cette nouvelle le remplissait de joie. À la pensée de revoir sa mère, son oncle et sa tante, l'ivresse le gagnait. Il ne leur avait pas écrit depuis son départ. Pourtant, il aurait aimé les rassurer. Leur dire qu'il était en vie, qu'il mangeait bien, travaillait et recevait des gages qui lui faisaient miroiter un retour à la maison, non pas comme un mendiant qui avait tout perdu, mais comme un homme fier et libre, les poches remplies de billets neufs. Il avait toutefois préféré ne pas leur écrire afin de leur éviter du tracas avec les agents de la police militaire qui patrouillaient les forêts du Canada.

Damase tâta son ventre et sentit le craquement des billets qu'il avait reçus comme salaire. Il avait pris soin de les cacher dans ses sous-vêtements qu'il portait en permanence. Un copain lui avait donné ce truc, affirmant qu'ainsi, personne ne pourrait le délester de son butin.

— *You come ?* cria un bûcheron en le croisant.

— *Yes ! In a moment !*

Damase avait remarqué que cinq Canadiens anglais avaient franchi la frontière américaine pour venir travailler au camp. Il soupçonnait au moins trois d'entre eux d'avoir déserté, mais il n'avait pas osé les questionner. De toute façon, ce n'était pas de ses affaires et visiblement personne n'osait aborder ce sujet.

Il passait de la joie au doute. Pouvait-il vraiment espérer un retour sans tracas et sans honte ? La police du dominion pourchasserait les insoumis jusqu'à un an après la guerre, racontait-on. De plus, devrait-il baisser les yeux pour éviter de croiser le regard des gens curieux de reconnaître dans ses traits celui qui avait failli à son devoir envers la patrie ? Il avait même entendu dire que les fugitifs étaient souvent traqués par les hommes qui avaient perdu des fils à la guerre ; ceux-ci promettant de donner du fil à retordre aux insoumis qui oseraient s'aventurer dans les villes et les villages, et montrer au grand jour leur visage de lâche.

Damase espérait que sa mère, Léontine et Cléomène n'avaient pas subi la vindicte de la justice ou de leurs compatriotes. Sans parler de l'épidémie de grippe espagnole qui sévissait toujours un peu partout au Québec et qui endeuillait des familles entières. Certains soirs, on en parlait au coin du feu avec les recrues qui apportaient des nouvelles fraîches.

Récemment encore, il avait entendu des histoires d'horreur à propos d'un camp de bûcherons dans le Nord québécois qui avait vu une dizaine d'hommes tomber comme des mouches, les uns après les autres, tous victimes de cette maladie virulente. Par contre, dans ce camp-ci, on parlait à peine de la guerre. Comme s'il avait été honteux de révéler ce qui avait mené beaucoup de Canadiens à l'exil.

Pour la énième fois depuis son arrivée dans ce pays, l'image d'Edwina vint de nouveau le frapper de plein fouet et un poids se logea au fond de sa poitrine. Pourrait-il reprendre le cours d'une existence normale sur la ferme sans penser chaque seconde à cette fille qui hantait ses nuits depuis son départ de Sainte-Hélène ? Était-elle rentrée auprès de son père ? Pourrait-il seulement la revoir sans ressentir la culpabilité qui l'habitait encore ? Ne l'avait-il pas abandonnée à son destin cruel ?

—Je suis un lâche…, se reprocha-t-il encore.

Maintes fois, il avait ardemment prié pour elle, tout comme il l'avait fait pour que la paix revienne et que son destin le ramène chez lui le plus vite possible.

Le soir, dans le silence de la forêt, quand il se retrouvait seul à contempler les étoiles et que le désir le tenaillait, il s'imaginait tenir Edwina dans ses bras, embrasser ses lèvres et ses paupières closes. Il s'enhardissait, en pensées, allant même jusqu'à rêver de couvrir son corps de baisers. Il évoquait cette scène chaque fois que son sexe au garde-à-vous demandait délivrance. Cette extase solitaire mettait bien sûr un baume sur sa peine, mais il espérait surtout vivre un jour une tendresse partagée avec une femme aimante et aimée. Pour l'instant, un seul visage l'obsédait.

— Edwina...

De toute évidence, il ne pouvait oublier celle qui lui avait tenu compagnie dans la cabane au fond du bois. L'absence de femmes dans ce camp et cette forêt où il vivait renforçait ses souvenirs. Il se rappelait ses grands yeux brillants quand elle posait son regard sur lui, sa main aux doigts fins sur son bras, le contact de sa chair chaude comme son souffle dans son cou lorsqu'il l'avait immobilisée sur le lit. « Où peut-elle être, maintenant ? »

Dans ses rêves les plus fous, il s'imaginait la demander en mariage et lui assurer ainsi une vie calme et paisible. *Chimères... Chimères...*, le narguait une petite voix. Damase savait trop bien que sa situation personnelle était si incertaine qu'il ne pouvait jurer du lendemain. Ici, dans le Maine, il se sentait bien, parce qu'il était un étranger...

— Tu viens ? répéta son acolyte en lui jetant un coup d'œil par-dessus son épaule.

— J'achève cet arbre avant.

— Comme tu veux !

Gordon disparut au détour du sentier, laissant Damase plus confus que joyeux à l'idée de devoir refaire le chemin jusqu'à Sainte-Hélène.

Damase leva bien haut sa hache, qui fendit l'air avant de s'abattre sur le tronc. Il bûcha sans relâche jusqu'à ce que l'arbre cède. Satisfait, il enleva sa casquette, s'essuya le front du revers de la main et replaça son couvre-chef. Après avoir poussé un soupir, la hache sur son épaule droite, il se dirigea vers le camp où il demanderait au contremaître de lui payer ses gages.

Oui, il était temps de partir.

Damase savait qu'il ne pouvait pas retourner à la ferme familiale. Pas tout de suite en tout cas. Il ne voulait pas non plus s'éterniser ici. L'hiver approchait. Le travail était dur, les conditions de vie s'avéraient éprouvantes et le salaire était moindre que ce qu'il pourrait toucher sur les chantiers de construction à Portland. Un des gars du camp était d'ailleurs parti pour aller s'engager à quelques milles au sud. Il avait aussi parlé de la mer… « Je crois que ça vaut la peine d'aller voir. Après je déciderai. »

Chapitre 25

L'avenir

Le train avançait à vive allure. Damase, qui cette fois-ci avait payé son billet comme n'importe quel autre voyageur, laissait traîner son regard sur les paysages qui déroulaient derrière la vitre du train.

— Dix mille soldats ! Dix mille !

Son compagnon de voyage, un Canadien français comme lui, scandait ce chiffre en prenant un réel plaisir à dramatiser les dernières nouvelles.

— L'Allemagne est vaincue et c'est tant mieux comme ça ! Ça leur apprendra à vouloir devenir tout-puissants, ces maudits Allemands-là !

— Ils avaient qu'à se tenir tranquilles ! renchérit une femme d'une cinquantaine d'années qui allait rendre visite à sa sœur, mariée à un Américain. Et puis, ça leur aura donné quoi de faire la guerre à tout un chacun, hein ? Ils se retrouvent plus pauvres qu'avant !

— Dire que c'est à cause de nos Canadiens si les armées allemandes ont été repoussées ! Cent jours que ça leur a pris à nos hommes pour les défaire, ces

Allemands du diable ! CENT JOURS ! insista encore son interlocuteur avec fierté.

— Se faire tuer par milliers sur les champs de bataille ! On devrait pas être fiers de ça ! s'offusqua la dame en gigotant sur son siège.

— Des milliers ? Il y en a eu cent fois plus, j'en suis certain. Attendez un peu qu'ils sortent les vrais chiffres, ces beaux messieurs les colonels et les généraux des armées ! rétorqua le voisin de Damase qui s'était penché pour bien se faire entendre, prenant ainsi plus de place qu'il n'aurait dû.

— Seul l'avenir nous le dira, termina la dame, visiblement désireuse de mettre un terme à cet échange.

— On verra bien si j'ai raison ! On connaîtra alors les noms de tous ces pauvres bougres enterrés par-ci par-là dans des lots militaires en France, en Belgique ou je ne sais où. On a pas fini d'entendre des histoires d'horreur sur cette maudite guerre !

L'homme n'insista plus et se cala dans son siège, laissant son regard vagabonder à l'extérieur. Un silence pesant, rompu seulement par le frottement continu des roues sur l'acier de la voie ferrée, s'imposa alors. Damase soupira, content que le commérage de ses voisins prenne fin.

À son dernier voyage, il avait été contraint de se cacher dans des wagons déserts. Aujourd'hui, il avait droit à une place assise, portait des vêtements propres et bien taillés, ainsi qu'un chapeau à rebord qui lui donnait une allure bourgeoise. Il voyageait en deuxième classe grâce à un billet payé avec une partie des gages gagnés au camp de bûcherons.

Depuis sa désertion, la forêt avait été à la fois sa forteresse et sa prison. Il n'avait pas ressenti le besoin de s'y faire beaucoup d'amis, préférant garder ses distances afin de protéger ses secrets des fouineurs. Seul Gordon l'avait accompagné au début de son exil. «Je me demande si nous nous reverrons un jour.»

Malgré la victoire des Alliés, la Grande Guerre laissait des stigmates au cœur de tous ceux et celles qu'elle avait touchés de près ou de loin, même en sol américain.

Le 1er mars 1917, après la publication dans les quotidiens américains du télégramme adressé par le ministre allemand des Affaires étrangères, Zimmermann, à son ambassadeur à Mexico, lui demandant de négocier une alliance contre les États-Unis afin de reconquérir les territoires perdus du Texas, du Nouveau-Mexique et de l'Arizona, plusieurs volontaires avaient grossi les rangs alliés. Ici aussi, ils laissaient au pays quantité de femmes esseulées, d'enfants privés de leur père, de parents endeuillés, d'amoureuses et de fiancées attendant un hypothétique retour. Ces filles avaient vu s'envoler les meilleures années de leur jeunesse entre l'inquiétude et l'espoir. La déception venait frapper aussi fort qu'un boulet de canon quand l'être aimé, rescapé de l'enfer, revenait démoli dans son corps et son âme, ou ne revenait tout simplement pas.

—*My brother is back! God bless him!* s'exclama soudain une jeune femme assise deux fauteuils plus loin en brandissant une lettre sous le nez de sa compagne de voyage.

Toute à sa joie, elle triturait un mouchoir de dentelle qu'elle portait machinalement sous son nez retroussé où perlaient des gouttes de sueur.

—Mais dans quel état…, chuchota le voyageur près de Damase.

À ces propos, la cinquantenaire se raidit et joignit ses mains.

—Il est en vie et c'est tout ce qui compte, répliqua-t-elle.

—Vous avez peut-être raison, souffla l'homme en regardant de nouveau le paysage. C'est tout ce qui compte…

À travers le Canada aussi, les familles des combattants devaient encore appréhender l'arrivée de ces télégrammes officiels qui confirmaient le décès d'un être cher. « Dire que chez moi, ils savent pas encore où je suis ni ce que je deviens… », songea Damase qui n'avait pas osé envoyer un télégramme à Cléomène. Bien que la guerre fût terminée, on lui avait confirmé que la police militaire continuait à traquer les déserteurs.

—Avec l'annonce de l'armistice, beaucoup de jeunes garçons sortiront de leurs cachettes et s'exposeront à la vindicte des autorités et des familles des conscrits morts au combat, ajouta le passager, comme s'il lisait dans ses pensées.

— C'est certain…, termina sa voisine.

Pour préserver sa famille, Damase avait conclu qu'il devait se cacher encore un peu et attendre que tout revienne à la normale. Il préférait vivre dans la solitude plutôt que se terrer comme un animal ou baisser les yeux de honte sous les regards des passants. Oui, mieux valait ne pas rentrer tout de suite là-bas et continuer son existence clandestine aux États-Unis. Pour une période, du moins. Sa vie en allait ainsi. Il ne savait pas ce que demain lui réservait. Par contre, il trouverait bien le moyen de gagner du temps… et de l'argent. «Je ne repartirai pas d'ici les poches vides.»

Un garçonnet remonta l'allée et s'arrêta près de lui, tenant à la main une de ces figurines de soldats canadiens surnommées «Sons of the Empire».

— *Play with me!* dit l'enfant.

— *No*, répondit platement Damase avant de détourner le regard.

Le bambin fit une moue boudeuse et rebroussa chemin. Damase ne pouvait cautionner ces jeux de guerre qu'encourageait indirectement le gouvernement impérialiste.

Le train ralentit, signe qu'il entrait en gare. Damase étira le cou et jeta un œil circonspect par la fenêtre sur laquelle collait une fine poussière ocre. Il vit les abords de la gare de Portland, cette ville sise sur la côte de l'océan Atlantique et qui se développait à grande vitesse.

Le train immobilisé, les voyageurs en descendirent. Certains, attendus, étaient accueillis avec joie; d'autres, comme Damase, marchaient en direction d'une auberge afin d'y louer une chambre pour la nuit. Dans cette ville nouvelle qui redorait son image, Damase aperçut les contours des chantiers où se dressaient des squelettes d'édifices.

Il se souvint des récits du bûcheron qui racontait qu'à une trentaine de milles de là, vers le sud, des centres de villégiature, très prisés des riches commerçants du Massachusetts et de Boston, voyaient leur population doubler en été. Ceux-ci venaient, de plus en plus nombreux, passer leurs vacances au bord de la mer dans la baie de Saco. D'ailleurs, un de ses camarades de chantier lui avait assuré qu'il trouverait un bon job à Old Orchard Beach.

En cette troisième semaine de novembre, les températures demeuraient au-dessus des normales et les vents du nord n'avaient pas encore balayé la côte. Le jeune homme longea une rue où, alignées comme autant de soldats, des habitations de briques rouges avoisinaient des petites maisons coquettes en déclin de bois ou en bardeaux de cèdre et des commerces aux enseignes invitantes. Il y avait un vendeur de cuir et de chaussures, une chapelière avec sa vitrine affichant de magnifiques couvre-chefs. Il remarqua aussi un bijoutier-horloger, un boucher et un boulanger. Il bifurqua à droite et emprunta une artère plus fréquentée où des fils entrecroisés surplombaient des rails d'acier sur lesquels un wagon au fini écarlate, arborant fièrement le nom de la compagnie en lettres dorées, faisait sonner une cloche. On lui avait certes parlé des tramways, cette sorte de train sur roues qui fonctionnait à l'électricité, mais c'était la première fois qu'il en voyait un.

Aujourd'hui, dans cette effervescence des beaux jours, Damase était heureux. Dès qu'il était monté dans le train, il avait senti qu'il faisait le bon choix en continuant sa route vers le sud-est des États-Unis. Ici l'attendait un bel avenir, il en avait la ferme conviction.

Apercevant l'enseigne colorée d'une auberge, il s'y dirigea pour louer une chambre.

— Demain, j'écrirai une lettre à oncle Cléo pour lui dire que je vais bien, et qu'il ne m'attende pas à Sainte-Hélène, se promit-il soudain.

Puis il hésita.

— Comment leur écrire sans me mettre en danger ? Sans les mettre en danger surtout !

À la pensée des représailles auxquelles pourraient être exposés sa mère, son oncle et sa tante, il se résolut à attendre encore un peu.

Chapitre 26

La mer

Il était sept heures trente quand Damase paya sa note à l'aubergiste. Dès l'aube, il avait décidé de se rendre au bord de la mer, à Old Orchard.

— *Thank you, Sir!*

Il empoigna la valise qu'il avait pris soin d'acheter la veille. Il ne voulait pas avoir l'air d'un mendiant avec son vieux sac de toile aux bords élimés. Il désirait aussi se débarrasser de ce témoin du temps passé.

— Comment puis-je me rendre à Old Orchard Beach ? demanda-t-il dans un anglais plus affirmé qu'à son arrivée en terre américaine.

Sa connaissance de cette langue s'était fortement améliorée grâce à une pratique continue avec ses camarades de chantier. Surtout avec Gordon, avec qui il s'entendait à merveille.

— Je pense que vous pourriez voyager avec un commerçant que je connais. Il doit se rendre là-bas en automobile. Laissez-moi voir, lui dit-il dans la même langue.

L'homme se détourna et attrapa d'une main leste un objet noir de forme allongée et sur le côté duquel pendait un petit cône. Il pressa deux fois sur le crochet doré, approcha l'appareil de sa bouche surmontée d'une moustache épaisse et striée de fils argentés, et posa le cylindre contre son oreille droite.

— Hello ! cria-t-il dans le cornet noir. Will ? Vas-tu à Old Orchard, aujourd'hui ? Hum… J'ai ici un jeune homme qui aimerait s'y rendre. Mmm… D'accord ! Merci !

Après avoir replacé l'appareil, il se tourna vers Damase qui attendait toujours, l'air étonné de voir un téléphone pour la première fois.

— Notre homme sera ici dans cinq minutes. Soyez prêt !

— Merci beaucoup, monsieur.

L'aubergiste prit congé de Damase avec un petit signe de tête et disparut derrière un rideau de velours brun. Damase quitta le hall sans plus attendre.

Dehors, le ciel se chargeait de nuages blancs que le vent du large poussait gaiement. Damase respira un bon coup, heureux de se rendre rapidement à destination. Bien sûr, il aurait pu prendre le train, sauf que l'idée de voyager à bord de cette récente invention qu'était l'automobile le séduisait.

Près de lui, à sa gauche, les rires discrets d'un couple d'amoureux marchant main dans la main attirèrent son attention. Dans leurs regards brillants, Damase crut percevoir du désir. Il les vit s'éloigner de quelques pas avant de se rapprocher de nouveau, comme s'ils dansaient une valse sur une musique entendue d'eux seuls.

Un malaise saisit Damase qui baissa la tête. Encore une fois, le souvenir d'Edwina lui revenait en mémoire et une chaleur montant de ses reins lui parcourut l'échine. Il passa une main moite sur son cou.

Un klaxon retentit à sa gauche, éclipsant son trouble. Damase releva la tête et vit arriver une Ford Model T noire. Cette voiture conçue et construite dans les usines d'Henry Ford était destinée à la classe moyenne émergente des États-Unis qui pouvait se la procurer pour environ trois cents dollars. C'est du moins ce qu'il avait appris en feuilletant un journal qu'un bûcheron avait fait circuler dans le camp.

— *Come on !* le héla le conducteur, bien campé sur le siège avant en cuir capitonné.

Damase obtempéra, à la fois curieux et nerveux de se déplacer pour la première fois à bord d'un tel engin. Le ronron du moteur obligeait le conducteur à parler d'une voix forte.

— *I'm Will !* se présenta ce dernier en lui tendant une main amicale.

— Joseph, laissa tomber Damase en s'emparant de la main aux ongles noircis de graisse.

Il posa le pied sur le marchepied de fer et la main sur la poignée de la portière. D'un mouvement de la tête, Will l'invita à déposer son bagage sur la banquette arrière.

Damase obéit et en deux temps trois mouvements, il se retrouva assis aux côtés de son nouveau compagnon de voyage.

—*It is two dollars!* annonça Will en tendant une paume ouverte vers Damase.

Comprenant que l'homme voulait se faire payer sur l'heure, Damase fouilla dans sa poche et en retira un billet d'un dollar qu'il lui tendit aussitôt.

—Je vous donne un dollar tout de suite, marchanda-t-il, en déposant le billet au creux de la main ouverte. Vous aurez l'autre quand je serai rendu à Old Orchard.

Will le dévisagea, surpris, puis se laissa aller à un rire franc, reconnaissant du même souffle que Damase était déjà un bon homme d'affaires.

Sans un mot de plus, Will activa le bras de transmission à deux vitesses et la voiture se mit en route.

Depuis bientôt quarante minutes, la ville de Portland avec son animation et ses rues asphaltées avait fait place à une campagne traversée par des chemins de terre battue. De derrière la voiture surgissaient des nuages de poussière ocre.

Peu bavard, Will concentrait son attention sur la route aux multiples ornières pendant que Damase se délectait des paysages encore plus vastes que ce qu'il aurait pu imaginer. L'automobile avait emprunté la Route 1 qui menait directement à Scarborough. Elle longeait maintenant les marais salés qui se gonflaient d'eau à marée haute. Une odeur de varech flottait dans l'air.

Arrivée à la limite de la route, la voiture bifurqua à droite et s'engagea sur une rue longeant la mer. Damase se dressa sur son siège et étira le cou pour apercevoir, entre les pins dressés, les vagues argentées venant mourir sur le rivage.

Devant lui, la rue poussiéreuse avait cédé la place à une avenue asphaltée, bande noire jalonnée de maisons. Il eut soudain l'envie de se mêler aux passants et, surtout, de se rendre le plus tôt possible au bord de la mer.

— *Stop here!* ordonna-t-il au chauffeur étonné.

Sans lui laisser la peine de répondre, Damase sortit le second billet d'un dollar qu'il déposa entre les doigts que le conducteur gardait bien serrés sur le volant. Il se retourna, attrapa sa valise et attendit que la voiture se gare sur le côté de la route.

— *Thank you!* lança-t-il en quittant la voiture au pas de course.

L'homme agita la main en guise d'au revoir avant de reprendre le chemin vers Biddeford, à environ quatorze milles plus à l'ouest, comme l'indiquait le panneau routier.

Damase marcha à pas rapides dans une petite artère ombragée par des chênes, dont les allées de gravillons menaient à des maisons cachées au milieu de jardins tranquilles. Il devinait la mer au bout d'un sentier sablonneux sur lequel il s'engagea sans attendre. Il entendait le rugissement des vagues, sentait son parfum iodé, son appel... Arrivé sur la butte bordée d'herbes hautes, le spectacle qui s'offrit à lui le transporta.

Il la voyait enfin, gorgée de la marée montante, avec ses vagues à l'écume blanche se dispersant en rouleaux rageurs dans un bruit continu. Il entendit les cris des goélands, sourit à la vue des minuscules bécasseaux picorant en bandes compactes le sable blond et mouillé à la recherche de nourriture. Un grand bonheur le submergea tout entier. Devant l'immensité de l'océan Atlantique, Damase lâcha sa valise et tomba à genoux.

Il demeura ainsi, faisant fi des rares promeneurs qui posaient sur lui des regards curieux. Enfin, il sentait s'envoler la peine et l'angoisse qui l'étreignaient depuis son départ de Sainte-Hélène.

Lorsque son émoi se fut dissipé, il s'étendit sur le sable, posant une main sur sa valise tout près de lui et mettant son chapeau sur son visage pour se parer des rayons du soleil. Dans une totale béatitude, Damase ferma les yeux. Bercé par le roulement des vagues, il s'endormit.

Chapitre 27

Flore

Le soleil déclinait rapidement et laissait désormais place au crépuscule. L'air s'était rafraîchi et les promeneurs avaient déserté la plage. La marée avait baissé et, avec elle, le bruit régulier des vagues. Toujours endormi, Damase n'entendit pas l'inconnue s'arrêter devant lui.

— *Sir? Are you all right?*

Le jeune homme souleva son chapeau, ouvrit un œil, puis le second, se soustrayant à la douce torpeur dans laquelle ce sommeil réparateur l'avait plongé. Il se frotta les yeux et les rouvrit pour apercevoir une demoiselle qui le fixait d'un air curieux.

Elle portait une veste de laine beige, boutonnée sur une robe de coton fleurie. Un petit chapeau de la même couleur que son cardigan et orné d'un ruban brun complétait son habillement. Un mouchoir était noué autour de son cou où voltigeaient des mèches de cheveux roux encadrant une jolie frimousse aux taches de rousseur prononcées. Elle ne devait pas avoir plus de dix-huit ou dix-neuf ans.

— *Are you ok ?* répéta-t-elle, inquiète.

— *Yes, yes…* *I'm fine !* articula enfin Damase en s'assoyant.

Une raideur dans le genou le fit s'exclamer dans sa langue maternelle :

— Aïe ! Ça fait mal…

— Vous êtes Canadien ? s'enquit-elle dans un français parfait.

La surprise et la joie lui avaient mis le rouge aux joues.

— Oui.

— Oh ! Quel bonheur !

Son rire s'égrena comme autant de notes cristallines. Entre ses lèvres entrouvertes, ses dents étaient parfaitement droites et menues, comme toute sa personne d'ailleurs.

— Vous venez de quel endroit ?

Damase se redressa avant de répondre :

— De Sainte-Hélène… au Québec, mais je…

— C'est pas loin de Saint-Hyacinthe ? le coupa-t-elle de plus en plus surexcitée.

— Non. C'est tout à côté…

— *Oh, my God !* Quand papa va apprendre ça ! s'écria-t-elle en tapant dans ses mains.

Interloqué, Damase ne savait que penser.

— Oh ! Je vois bien que vous vous demandez ce qui me prend, continua la jeune femme en se mordant la lèvre inférieure. Je dois vous sembler un peu… folle.

— Non, non ! s'empressa de la rassurer Damase en se levant.

Sa silhouette filiforme se dressa devant l'inconnue qui ne put réprimer un haussement de sourcils.

— Je me nomme Flore Auger. Je connais bien Saint-Hyacinthe. Ma sœur y est religieuse au couvent des Sœurs de la Présentation de Marie. J'y suis moi-même allée l'année dernière.

L'ombre de la tristesse assombrit son regard et elle baissa les paupières pour cacher son émotion.

— Vous êtes allée au couvent ?

— Non, à Saint-Hyacinthe, chez une dame…, bredouilla-t-elle. En réalité, je n'ai pas étudié au couvent. J'ai plutôt séjourné chez… Oh ! pardonnez-moi, je vous ennuie sûrement avec mes histoires.

— Pas du tout !

Damase sourit à cette demoiselle qui semblait sortir d'une boîte à surprise tellement elle babillait et gesticulait.

— Je ne sais même pas votre nom, nota-t-elle.

— Damase…

Le jeune homme s'en voulut immédiatement d'avoir divulgué son prénom.

— Damase qui ? insista Flore.

— Bédard, mentit-il.

Venant de son estomac vide, des borborygmes ininterrompus se firent entendre.

Gêné, il posa une main sur son estomac. Le geste eut pour effet de stopper le bavardage de sa compagne. Confuse, elle s'excusa :

— Mille pardons ! Je suis là à vous parler sans arrêt, alors que…

— Vous excusez pas ! C'est tellement bon d'entendre parler français. C'est juste mon estomac qui crie famine. J'ai rien avalé depuis mon départ de Portland, ce matin, et je dois trouver à me loger pour la nuit.

— Oh ! Je vais vous laisser dans ce cas.

Flore fit mine de rebrousser chemin quand Damase l'interpella :

— Vous pourriez m'indiquer un endroit où souper ?

— Oui… Oui, bien sûr !

La demoiselle tourna la tête à gauche, vers un quai au loin qui s'étirait sur plusieurs centaines de pieds au-dessus de la mer.

— Je pense que le bar du Pier Casino, sur la jetée de bois là-bas, est encore ouvert. On peut y manger un *hot dog* et des frites pour dix cents.

Damase n'avait jamais goûté à un « *hot dog* », et le prix paraissait aussi alléchant que la proposition.

— Vous m'accompagnez ?

Flore sourit, promena son regard aux alentours et reporta son attention sur le visage de Damase.

— Il aurait fallu que j'avertisse mes parents que je ne rentre pas souper…, hésita-t-elle. Quoique… pourquoi pas !

Elle précéda Damase et se dirigea vers la jetée qui s'allongeait tel un bras sombre au-dessus des vagues. Puis elle stoppa net et se retourna.

— Seulement, il faut absolument que je sois à la maison à huit heures.

Sans plus attendre, le Canadien français attrapa la poignée de sa valise, secoua sa chemise et son pantalon couverts de sable et emboîta le pas à sa nouvelle amie.

Un vol de goélands criards accompagnait leurs rires pendant qu'à l'ouest, le ciel étendait ses volutes mauves et or au-dessus des maisons tranquilles.

Chapitre 28

Maurice Auger

Damase et Flore marchaient à pas rapides vers la résidence de la demoiselle, car l'obscurité avait déjà envahi la plage.

—J'espère que votre père sera pas fâché, s'inquiéta Damase.

—Ne vous en faites pas, le rassura Flore. Papa est le plus gentil des hommes.

—C'est bien ce que je souhaite.

Ils avançaient péniblement dans le sable sec. Tout le long du rivage se dressaient maintenant des maisons plus cossues éclairées à l'électricité, comme c'était le cas dans la plupart des villes de la Nouvelle-Angleterre. C'est du moins ce que lui avait vanté son copain bûcheron. Damase compara les conditions de vie, faciles, des voisins américains à celles qui prévalaient dans sa campagne. Il eut soudain pitié de tous ces gens qui, dans sa paroisse natale et ailleurs, s'éclairaient encore à l'huile.

— C'est ici ! lança Flore en bifurquant sur sa gauche, passant ainsi devant Damase qui s'arrêta.

Flore l'imita.

— Vous ne venez pas avec moi ? Je vais vous présenter…

— Il est tard…, l'interrompit-il, soucieux de l'accueil que lui feraient ces gens.

— Allons, ils ne vont pas vous manger ! le nargua Flore.

De nouveau, son rire lui fit du bien et, rassemblant son courage, il l'accompagna jusque sur le perron de la maison.

C'était une maison à deux étages en déclin de bois blanc que des volets verts agrémentaient. Une longue galerie, de la même couleur que les volets, longeait les trois murs principaux. Sur celle-ci, quatre chaises de rotin tressé avoisinaient des tables basses sur lesquelles des fleurs coupées se dressaient dans un vase de granit vert pâle. À droite, sur une balançoire peinte en blanc suspendue par des chaînes de métal, des coussins aux dessins d'oiseaux étaient placés bien en évidence, invitant à la flânerie.

Flore ouvrit la porte.

— Papa ? Maman ? Je suis là !

Elle se tourna vers Damase et lui fit signe d'entrer dans la maison.

— Je vous amène de la grande visite !

Gêné, Damase n'osait entrer, désireux soudain de quitter le plus vite possible cet endroit, surtout qu'il n'avait pas encore réservé de chambre pour la nuit.

— Heu… Enfin… Je… dois partir, bafouilla-t-il.

— De qui donc s'agit-il ?

Venant du fond du hall, la voix de l'homme, toni-truante, fit se raidir Damase qui recula d'un pas. Puis il l'aperçut dans la lumière de l'ampoule du plafond que Flore venait d'allumer grâce à un interrupteur sur le mur.

— Bonsoir, papa ! le salua-t-elle en appliquant deux baisers sur les joues barbues de celui qui se dressait maintenant devant eux. Excusez mon retard, mais Damase a insisté pour que j'aille souper avec lui au Pier. J'espère que vous ne vous êtes pas inquiété !

— Et pourquoi le ferais-je ? T'es une grande fille, après tout !

C'était un homme de petite stature, un peu replet. Des cheveux châtain roux, où se devinaient quelques fils argentés, encadraient un visage sympathique. Il portait de longs favoris bien taillés. Sa veste de fin lai-nage noir rayé de gris s'agençait parfaitement à son pantalon et à ses chaussures rehaussées de guêtres blanches. Une étroite cravate de soie grise sur une chemise blanche au col empesé complétait l'ensemble.

Rien qu'à la vue de ces habits, Damase sut qu'il avait devant lui un homme riche.

— Papa, s'empressa de le présenter Flore, voici Damase Bédard. Il vient de Sainte-Hélène, pas loin de

Saint-Hyacinthe. Tu imagines ? Je l'ai rencontré sur la plage ! Quelle magnifique surprise, pas vrai ?

L'enthousiasme de Flore fit l'effet d'un rayon de soleil sur son père. Celui-ci s'avança vers Damase, déjà souriant et affable.

— Un p'tit gars de chez nous ! s'exclama-t-il à son tour.

Tournant la tête, il appela :

— Ilda chérie ! Flore a une belle surprise !

Puis, s'adressant au nouveau venu :

— Restez pas là ! Venez ! Venez donc !

Il le précéda dans le salon où une femme était assise dans un fauteuil roulant, une couverture de laine rouge et noir sur les genoux. Elle était maigre comme un oiseau famélique. Avec sa peau couleur de cire, ses joues hâves et ses cernes sous les yeux, elle lui fit pitié.

— Ilda, commença monsieur Auger, Flore a rencontré ce petit gars sur la plage. C'est un Bédard de Sainte-Hélène !

Le regard de la femme, comme sorti d'un brouillard, parut vitreux à Damase lorsqu'elle le posa sur son visage. Elle le fixa un long moment. On aurait dit qu'elle lisait dans ses pensées.

— Bonjour, monsieur, articula-t-elle enfin d'une voix sans timbre. Je suis très heureuse de vous rencontrer.

Elle inclina bizarrement la tête et tendit une main desséchée vers Damase. Ce dernier déposa sa valise avant de marcher vers le fauteuil roulant et de serrer la main de son hôtesse.

—Tout le plaisir est pour moi, madame Auger.

Au contact de cette chair flétrie et malade, le souvenir de sa mère lui revint en mémoire. Il en eut les larmes aux yeux.

—Je vous en prie… Pas de pitié…

Ces paroles eurent l'effet d'une douche froide sur le garçon qui se ressaisit.

—Pardon, madame, mais vous me rappelez ma mère que j'ai quittée depuis trop longtemps déjà.

Un silence accompagné de courants d'air chaud se dispersant comme des âmes espiègles et vagabondes envahit la pièce.

—Vous prendrez bien un verre de scotch, offrit son hôte, dissipant ainsi le malaise qui s'était installé.

—Je sais pas si…

—Un tout petit verre, l'interrompit monsieur Auger.

De son bras tendu, il désigna à son invité un fauteuil recouvert de cuir marron et marcha vers une crédence de bois de rose sur laquelle étaient alignés des coupes et des verres de cristal. Il en prit deux, allongea la main vers un flacon de cristal taillé, en enleva le bouchon ouvragé et versa deux bonnes rasades dans les verres. Il replaça la bouteille et revint près de Damase qui s'assoyait.

Pendant ce temps, Flore s'était délestée de son sac à main, de ses gants et de son chapeau, et était venue s'asseoir près de sa mère qui jaugeait du regard le visiteur. Damase remarqua la main affectueuse que sa nouvelle amie posait sur le bras de sa mère.

— Quelles nouvelles avez-vous de chez nous ? l'interrogea monsieur Auger en prenant place à son tour dans le deuxième fauteuil de cuir.

— À vrai dire, monsieur Auger…

— Appelez-moi Maurice ! dit-il sur un ton ferme.

— Mais je…, bafouilla Damase, déconcerté devant tant de cordialité.

— Si j'ai un premier conseil à vous donner, jeune homme, commença son hôte sur le ton du maître s'adressant à son élève, vous laissez pas impressionner par le luxe de cette maison et de ces vêtements. Je suis un fils de cultivateur…

— Comme vous ! enchaîna Flore en souriant à son invité.

— Tout à fait, renchérit Maurice Auger. En 1900, la pauvreté et la misère m'ont fait quitter la campagne pour la ville, où j'ai vu des gens encore plus misérables que moi. J'ai pris le train, un soir d'automne, et je suis venu aux États-Unis dans l'espoir d'un avenir meilleur. J'ai eu la chance et le grand bonheur de rencontrer Ilda.

Il se tourna un instant vers sa femme avant de continuer :

— Ce soir-là, sur la plage, nous sommes tombés instantanément amoureux. Puis j'ai travaillé à la construction de cette ville ainsi qu'à Biddeford. À la mort des parents d'Ilda, grâce à la manufacture et au magasin de meubles qui nous furent donnés en héritage, nous avons prospéré.

Damase buvait les paroles de son hôte. Si cette vie avait été possible pour lui, il ne demandait pas mieux que de suivre les traces de son compatriote.

—Je continue à penser que c'est grâce au travail qu'on peut réussir dans la vie.

Il fit une pause pendant laquelle Ilda toussota.

—Parlant travail…, continua Maurice, vous faites quoi exactement?

La question prit son invité par surprise.

—En fait… Je viens d'arriver et je dois me chercher du travail.

—J'ai justement besoin d'un livreur. Si vous êtes intéressé, bien entendu!

—Dites oui! s'enthousiasma Flore qui n'avait d'yeux que pour le jeune homme.

Mal à l'aise, Damase se redressa sur son siège.

—Je sais pas trop quoi dire…

—Vous cherchez du travail et moi un livreur. C'est, ma foi, faire d'une pierre deux coups, non?

—Tout à fait.

L'homme porta le scotch à ses lèvres et le but d'un seul trait avant d'essuyer sa moustache. Damase l'imita.

—Alors, ces nouvelles de chez nous…

Chapitre 29

La décision

Il était tard quand Damase, encore remué par cet accueil aussi chaleureux de la part de purs étrangers, prit congé de Flore et de ses parents, qui lui avaient indiqué une auberge à quelque distance de là. Il les avait quittés non sans leur avoir fait la promesse de revenir le lendemain pour partager le repas du soir avec eux.

Damase s'inscrivit au registre de l'auberge sous le nom de Damase Bédard et monta à sa chambre.

Après s'être dévêtu, il s'allongea sur le petit lit et garda les yeux ouverts dans le noir. Des pensées tournaient dans sa tête et l'empêchaient de dormir. Comment résister à cet homme qui lui offrait du travail ? On lui proposait ainsi, sur un plateau d'argent, la liberté, un emploi stable, la mer à portée de vue et... Flore.

Vinrent à l'esprit de Damase son rire, ses lèvres boudeuses quand il avait hésité à revenir le lendemain soir, ses yeux couleur noisette et sa chevelure rousse que la lumière se plaisait à faire chatoyer. Une onde de chaleur le traversa alors qu'il s'imaginait poser ses lèvres sur les siennes et toucher sa peau aussi blanche que l'albâtre des vases qui ornaient l'entrée de l'auberge, où il avait loué une chambre pour la semaine. Son désir le tiraillait lorsqu'il ferma les yeux et entrevit la possibilité de la faire sienne un jour.

Incapable de rester allongé, Damase se leva et marcha vers la fenêtre qu'il ouvrit toute grande. Une bouffée d'air frais y pénétra aussitôt et, avec elle, tous les effluves salins. Au loin, le cri d'un oiseau perça le silence. Puis, Damase perçut une rumeur continue, pareille à celle du tonnerre avant l'orage. Ce bruit emplit ses oreilles, puis sa tête…

L'orage…

La vision d'Edwina, mouillée et hébétée de peur, apparut devant lui. N'oublierait-il donc jamais cette fille?

Damase referma la fenêtre et les rideaux d'un geste brusque, se soustrayant aux fantômes de la nuit. Il s'éloigna, le pas lent et triste dans le silence. Cette chambre serait un havre où il tenterait de mater le passé qui resurgissait sans crier gare. C'était décidé, il offrirait un visage heureux à tous ces étrangers qui croiseraient son chemin. Il serait d'une humeur impeccable. Jamais personne ne saurait ce qu'il avait traversé. Ils ignoreraient tout de sa honte d'avoir abandonné sa famille. «Surtout si je dois m'installer ici pour toujours…», se promit-il.

Il alluma la lampe sur le coin du bureau de bois d'érable, prit une feuille de papier fournie par l'établissement ainsi qu'une plume fichée près d'un encrier qu'il ouvrit. Il prit place sur la chaise, s'appuya confortablement et commença à rédiger la lettre. Il ne savait pas quand il posterait celle-ci, mais de coucher ces mots sur le papier lui ferait le plus grand bien.

Chère maman, cher oncle Cléo et chère tante Léontine,
Voilà presque trois mois que je vous ai pas donné de mes nouvelles. J'ai travaillé dur dans un camp de bûcherons et j'ai maintenant décidé de voyager un peu. Un de mes camarades de chantier m'a parlé de Portland et surtout de la mer. J'ai pas pu m'empêcher de venir voir si c'est aussi merveilleux que ce qu'on raconte. Pour tout dire, c'est encore plus beau que je l'imaginais!

Aujourd'hui, j'ai fait la connaissance d'une famille de Canadiens français qui vivent ici depuis près de vingt ans maintenant. Maurice Auger, originaire de Saint-Hugues, possède un commerce de meubles. Il m'a parlé d'un emploi comme livreur. Je vais devoir apprendre à conduire une automobile. Presque tout le monde en possède une ici. Il y a l'électricité dans toutes les maisons, l'eau courante aussi. Elles sont chauffées en plus…

Je vous écris surtout pour vous dire de pas vous inquiéter, car je me porte bien. Je vais demeurer aux États plus longtemps, y travailler, et je vais surtout faire de l'argent. Je vous laisse l'adresse de l'hôtel afin que vous puissiez m'écrire aussi.

9, East Grant Avenue, chambre 4.

Old Orchard Beach, Maine, USA.

Damase s'interrogea. Était-il bien sage de donner l'adresse de son nouveau refuge ? Se pouvait-il que les policiers viennent le chercher ici, aux États-Unis ? Il rejeta vite cette idée, persuadé que la RCMP avait dorénavant mieux à faire que de traquer les insoumis au-delà des frontières. Par contre, il craignait encore que sa mère et son oncle soient importunés. « Je la posterai pas tout de suite… », se dit-il en trempant de nouveau le bout de la plume dans l'encrier.

J'espère que maman a guéri sa grippe et que le travail te fatigue pas trop, oncle Cléo. J'espère aussi que tante Léontine est restée pour te donner un coup de main sur la ferme.

Je veux pas vous faire de peine en revenant pas à la maison, mais j'ai la conviction que ma place est ici. Et puis, j'ai su que les déserteurs étaient encore pourchassés. Alors je crois sincèrement que je suis mieux aux États-Unis, du moins, pour un certain temps.

Vous êtes pas obligés de me répondre.

Je pense à vous.

Votre fils affectueux,

Damase

Il terminait sa lettre quand il se décida à ajouter quelques mots, même s'il avait la certitude que ceux-ci déplairaient à son oncle.

J'aimerais savoir ce qui est arrivé à la fille du vieux Soucy. Si jamais vous savez quelque chose...

Délaissant la plume et sans prendre la peine de relire la lettre, il la plia et l'inséra dans une enveloppe qu'il cacheta sur-le-champ. Puis il inscrivit l'adresse de destination. Content d'avoir accompli cette tâche, il glissa l'enveloppe dans un des tiroirs du meuble, éteignit la lampe et alla se coucher. Il fit une courte prière, demandant à Dieu de lui donner la chance de vivre ici.

— Demain, c'est dimanche, nota-t-il, heureux à la perspective de pouvoir enfin assister à un office religieux.

Ce plaisir, il n'avait pas pu se le permettre depuis sa désertion. Car il aimait aller à la messe du dimanche et retrouver, sur le perron de l'église, les copains et les voisins. Surtout au printemps quand l'odeur du tabac des fumeurs rassemblés se mariait aux senteurs des lilas et des muguets des jardins tout proches. Ce souvenir lui fit comprendre qu'il commençait à ressentir le mal du pays. Il souhaita retrouver ces moments ici, sur cette terre d'accueil, et se jura de tout mettre en œuvre pour s'intégrer à sa nouvelle communauté.

Chapitre 30

La promesse

Le matin suivant, Damase rejoignit les rangs des catholiques de la petite ville balnéaire qui s'étaient regroupés dans l'église Good Shepherd Parish située au 6, Saco Street pour assister à l'office religieux. Ceux-ci avaient revêtu des manteaux plus chauds, car le froid, malgré le soleil radieux, s'immisçait peu à peu. Des vents du nord avaient fait chuter la température de plusieurs degrés.

En sortant de l'auberge, il s'était vite rendu compte qu'il ne pourrait pas occuper indéfiniment une chambre qui recevait davantage de vacanciers que de résidents. Aussi, il se promettait de demander au propriétaire l'adresse d'une pension où il pourrait séjourner au cours de l'hiver, puisqu'il comptait travailler dans les environs. Aujourd'hui, il prierait pour qu'une solution se présente à lui.

Dans cette église, au milieu des fidèles rassemblés, il espérait que ses prières soient entendues. Or, jamais il n'aurait osé croire que celles-ci seraient exaucées en quelques heures à peine.

Au cours du souper en compagnie de la famille Auger, où il avait été convié par Flore la veille, Maurice lui demanda en le tutoyant ouvertement :

— Que dirais-tu de commencer demain ?

La question, directe et franche, laissa Damase si déconcerté qu'il faillit s'étouffer avec la cuillérée de soupe aux légumes qu'il venait de se mettre dans la bouche.

Il toussota, saisit la serviette de table que lui tendait Flore, amusée, et s'essuya avant de répondre.

— Demain ? Lundi ?

— Pourquoi attendre ? J'ai besoin d'un homme pour livrer mes meubles. Autant que ce soit toi !

Monsieur Auger reporta son attention sur son bol de soupe avant de relever le front vers son invité qui lui sembla soudain indécis.

— À moins que tu veuilles pas travailler pour moi ?

— Non, non, au contraire ! le rassura Damase. C'est que je m'attendais pas à commencer si vite ! Je sais pas conduire une automobile.

— Quelle importance ! répliqua son vis-à-vis. Tu apprendras vite, je le sens !

Le silence se fit, entrecoupé seulement du bruit des ustensiles dans les assiettes.

— Les Canadiens français ont une bonne réputation ici. On les dit travaillants, fiables pis honnêtes. Plusieurs manufactures du Connecticut et du Massachusetts ont engagé des petits gars de chez nous et leurs affaires vont rondement. Je crois pas faire erreur en te proposant de devenir un de mes employés. D'ailleurs, t'es pas le premier que j'engage.

Ce disant, Maurice tourna la tête vers sa fille qui baissa les yeux.

— Alors? Que décides-tu?

— Si vous avez besoin d'un employé tout de suite, je veux bien!

— Parfait!

Les deux hommes trinquèrent. Quant à Flore, elle avait les joues rougies par l'émotion. Damase crut que cet émoi n'était pas étranger à l'idée qu'il resterait auprès d'elle plus longtemps.

Murée dans son silence, Ilda, qui n'était pas insensible à l'intérêt de sa fille pour cet étranger, remarqua tout de suite l'émotion que cette nouvelle provoquait chez elle. Et les marques d'attention que lui prodiguait le jeune homme lui rappelaient sa propre aventure, quelque vingt-cinq ans plus tôt...

Benjamine d'une famille d'immigrants irlandais de trois enfants qui avait pris racine dans la région de Boston, Ilda Keane avait vécu une enfance aisée grâce aux revenus de son père qui avait eu la brillante idée d'investir ses économies dans le commerce du charbon, avant de diversifier ses profits dans des entreprises en pleine expansion comme les chemins de fer et le textile. Leur fortune n'avait rien de comparable à celle des Rockefeller, des Ford et des Taylor, ou encore des Morgan, qui exerçaient presque à eux seuls un monopole sur les trusts et les entreprises américaines, mais elle se comptait parmi les importantes de ce début de XXᵉ siècle qui voyait fleurir le capitalisme grâce à la consommation.

Bien qu'Ilda ait grandi dans la ville même de Boston, elle résidait de mai à octobre au bord de la mer, ici à Old Orchard, dans la maison cossue du 17, rue Portland. Cette maison, son père la lui avait d'ailleurs léguée. Ses deux frères aînés ayant préféré conserver le domaine près de Boston, où s'élevait encore la luxueuse maison familiale, ils voyaient d'un bon œil que leur sœur se porte garante de cet héritage familial plus modeste qui, selon eux, lui convenait parfaitement.

Depuis qu'elle avait douze ans, Ilda savait qu'elle n'avait jamais été la préférée ni de son père, ni de sa mère. Enfant, elle en avait beaucoup souffert. Mais puisque les filles étaient destinées au mariage… Ilda, jeune fille timide et effacée de nature, avait donc vécu dans l'ombre de ses frères. À la mort de son père, cependant, elle fut très surprise de recevoir en héritage un petit commerce, comprenant un atelier de fabrication de meubles à l'arrière de la boutique, pas très loin de la maison d'Old Orchard, rue Saco, presque en face de l'église.

Elle avait donc accepté avec joie et sans aucune hésitation la chance qui lui était offerte de quitter la ville de Boston et de venir s'installer dans cette maison coquette, non loin de la mer. Elle y vivait seule et s'enorgueillissait d'être à la tête d'une entreprise, aussi modeste fût-elle, ce qui la plaçait dans une catégorie à part.

Puis, le 24 juin 1900, jour de la Saint-Jean-Baptiste, fête sacrée pour les immigrants canadiens-français, Ilda avait fait la connaissance de Maurice Auger, originaire de Saint-Hugues, petite municipalité située à quelques milles de Sainte-Hélène, qui était venu tenter sa chance aux États, comme beaucoup de ses compatriotes. Elle l'avait rencontré sur la plage alors qu'elle s'y promenait seule, comme à son habitude. Il avait fière allure avec son habit de laine grise et son chapeau assorti. Sa mine réjouie, son regard rieur et surtout son franc-parler avaient su la séduire. Habile conteur, il la faisait rire et l'amusait avec ses histoires rocambolesques. Elle ne le savait ni riche ni pauvre, et cela ne la préoccupait guère, parce qu'elle se sentait bien auprès de lui. Il lui faisait oublier son mal de vivre. « La vie est trop courte pour se morfondre et perdre son temps ! », répétait-il à qui voulait l'entendre.

Après avoir vu l'abus de l'alcool frelaté ravager la santé de son père et faire mourir sa mère de détresse et de chagrin, ce fils de cultivateur s'était juré que sa vie se distinguerait de celle qu'il avait connue avant son départ du Canada où il n'obtiendrait jamais qu'une maigre pitance pour tout son labeur. La Nouvelle-Angleterre avait été sa terre d'accueil et il venait de rencontrer la femme qui l'aiderait à construire sa fortune.

Aujourd'hui, la pauvre Ilda n'était plus en mesure de tirer des bienfaits de sa situation. Une vilaine infection, cinq ans plus tôt, lui avait miné la santé et l'avait clouée dans un fauteuil roulant pour le reste de ses jours.

— Encore un peu de soupe ? demanda Flore à Damase qui terminait sa dernière lampée, mettant ainsi un terme à la rêverie de sa mère.

— Non, merci. C'était délicieux !

— Donc, comme je te l'expliquais, reprit Maurice, que la perspective d'avoir ce jeune homme comme employé enchantait à force de discuter avec lui, je te ferai visiter dès demain l'atelier de confection des meubles et te présenterai à mon *foreman* qui, lui, te montrera les rudiments du métier de livreur.

— J'ai besoin de savoir conduire une voiture, rappela Damase.

— C'est pas compliqué, Flore pourra te montrer.

Surpris, Damase se tourna vers la demoiselle de la maison.

— Vous savez conduire ?

— Bien sûr ! confirma-t-elle fièrement.

— C'est pas chez nous que…

— Y a-t-il seulement des automobiles, chez vous ? le nargua-t-elle.

Damase baissa le front et prit un air taciturne.

— Oh ! pardon… Je n'ai pas voulu vous blesser ou me moquer de vous, se rétracta-t-elle. Je…

— Vous excusez pas. Vous dites seulement la vérité. Chez nous, dans les campagnes surtout, y a pas encore d'électricité, pas de voitures à essence ni d'eau courante. Le téléphone est réservé à quelques riches marchands ou encore aux curés dans les presbytères. Rien de comparable à tout ce qu'il y a ici. "Un peuple de colonisés", comme l'affirmait un de mes compagnons de voyage dans le train.

— Et il a raison ! renchérit Maurice. Prenez cette maudite conscription qui vous a été imposée il y a deux ans. C'est inadmissible d'envoyer des pauvres bougres pour servir de chair à canon. T'as bien fait de déserter !

Cette affirmation laissa Damase bouche bée. Ainsi, Maurice Auger avait tout deviné...

— Je... je suis pas..., bafouilla-t-il, mal à l'aise.

— Écoute-moi bien. Je traiterai jamais de lâche ou de poltron un homme qui a agi en son âme et conscience, et qui se laisse pas manipuler comme une vulgaire marionnette par une bande de fonctionnaires fédéraux. Je respecte davantage la détermination de celui qui a à cœur de réaliser ses ambitions. Ça prend du courage pour aller à la guerre, mais ça en prend tout autant pour se battre contre les politiques et, surtout, contre toute forme d'esclavage.

Ce discours l'avait mis en nage et Maurice dut essuyer la sueur qui mouillait son cou avec la serviette de table de coton blanc dont l'un des coins était orné d'une broderie d'un rose tendre représentant une pivoine.

— Papa... ne vous énervez pas ainsi, vous faites monter votre pression, le sermonna sa fille.

— Ma pression se porte très bien, merci !

Une servante arriva dans la pièce les bras chargés d'assiettes fumantes, mettant ainsi fin à la conversation. Dans ces dernières, baignant dans une sauce aux arômes alléchants, du bœuf rôti et des patates accompagnées de carottes en juliennes. La domestique desservit d'abord les bols vides, puis posa les assiettes devant chaque convive. Ensuite, elle repartit discrètement vers la cuisine jouxtant la salle à manger. En silence, chacun attaqua son repas, comme le voulait la bienséance.

Damase songea alors qu'il avait de la chance d'être compris par cet homme. D'avoir son soutien, surtout. Il pourrait dorénavant marcher la tête haute, sans cacher la véritable raison de sa présence ici. Sans honte et sans remords. Il se sentait rassuré dans sa décision de vivre en homme libre.

Il jeta un regard à la dérobée à Maurice Auger que le destin avait placé sur sa route et se jura de ne pas trahir la confiance qu'il lui accordait déjà. Plus encore, il se fit la promesse de ne jamais le décevoir. Il lorgna du côté d'Ilda qui gardait le nez dans son assiette, et crut déceler un sourire sur ses lèvres tandis qu'elle portait la nourriture à sa bouche. Il eut alors l'étrange impression que les jours de cette femme étaient comptés. La maladie qui la rongeait faisait son chemin. Puis ses yeux se posèrent sur la main de Flore près de la sienne. La finesse des doigts, la blancheur nacrée de sa peau lui donnèrent envie de la toucher, mais il se retint, sachant fort bien que son geste serait déplacé. Il reporta son attention sur le délicieux repas devant lui et pria le ciel que pareil festin se retrouve à sa table le plus souvent possible.

Chapitre 31

Se tailler une place

Le lendemain, aux premières lueurs du jour, alors que des nuages gris envahissaient le ciel et que le vent du nord gardait les rues désertes, Damase se rendit au magasin de monsieur Auger pour commencer son apprentissage.

Il avait pris la peine d'enfiler ses plus beaux vêtements, jugeant qu'un livreur devait se présenter bien habillé. Orgueilleux, Damase savait qu'une belle présentation pouvait lui donner la chance de se tailler une meilleure place dans le commerce. «Aussitôt que je le pourrai, j'irai m'acheter deux nouvelles chemises et une veste», se promit-il.

Après avoir avalé rapidement un petit déjeuner composé de pain grillé tartiné de confiture de fraises et d'un bon café, le jeune immigrant s'était dirigé en hâte vers le bâtiment de la rue Saco, où son avenir se jouerait. Damase appréhendait surtout sa rencontre avec les autres membres du personnel, l'entreprise comptant une bonne dizaine d'employés. Il espérait s'intégrer à ces gens de métier, lui qui ne connaissait rien, ou presque, à la fabrication des meubles.

La clochette suspendue au-dessus de la porte émit un son aigrelet. Aussitôt, un homme grand et presque chauve surgit de derrière le comptoir et l'apostropha dans un anglais aux sonorités chantantes.

— Bonjour, monsieur ! Que puis-je faire pour vous ?

— Je suis ici pour travailler.

— Oh ! Vous êtes le nouvel employé, je suppose.

— Oui !

L'homme quitta le comptoir et s'approcha de Damase en lui tendant une main cordiale.

— Je suis James Walker.

— Damase, dit-il en prenant la main tendue, content de ne plus répondre au prénom de Joseph, comme il le faisait au camp de bûcherons.

— Bienvenue dans l'équipe !

— Merci.

— Venez, je vous montre l'atelier.

Joignant le geste à la parole, James entraîna ce nouveau compagnon de travail dans l'arrière-boutique.

Les coups de marteau et le bruit des scies l'accueillirent, mais ce furent davantage les odeurs de vernis qui lui montèrent au nez.

James lui fit faire le tour du propriétaire, désignant d'abord le chef menuisier du nom de Will, qui le salua discrètement d'un signe de la tête avant de reporter son attention sur le plan d'un meuble étalé sur la table de travail devant lui. Puis ce fut au tour de Peter Kelly, l'ébéniste, qui lui tendit une main rugueuse :

— *Hello !*

— *Hello !* répéta Damase, de plus en plus réconforté par cette réception chaleureuse.

— Voici Bernard, lui présenta encore James en désignant cette fois un jeune maigrichon à la peau glabre, dont la pâleur laissait croire qu'il s'évanouirait au moindre souffle de vent.

— Bonjour, laissa tomber celui-ci dans la langue de Molière, cette fois, sans sourire ni tendre la main.

— Vous parlez français ? s'étonna Damase.

— Oui.

— Je te laisse t'occuper de notre nouvel employé, Bernard ? demanda le contremaître.

— OK, répondit l'interpellé sans afficher le moindre enthousiasme.

— Bien !

Se tournant vers Damase, James posa une main paternelle sur son épaule.

— Encore bienvenue dans l'équipe, jeune homme, dit-il avant de prendre congé.

Damase se tourna alors vers celui qui serait son mentor. Ce dernier se dirigeait déjà vers le fond de la pièce où s'étirait un long établi sur lequel étaient étalés différents outils dans un ordre parfait. Damase remarqua leur propreté et surtout les gestes mesurés, presque amoureux, des ouvriers quand ils posaient la main sur eux. Sans attendre, Bernard lui montra chacun d'eux en les nommant, définissant aussi leur fonction et leurs caractéristiques, de la scie au rabot en passant par les couteaux à sculpter et les ciseaux à bois, sans oublier les onglets, niveaux, tournevis et autres accessoires.

— T'es Canadien français ? lui demanda Damase.

— Comme tu vois.

— T'as fui l'armée ?

— Comme toi, j'imagine.

— Ouais…, avoua Damase, hésitant.

— T'en fais pas, ici on a l'habitude d'accueillir des insoumis. T'es pas le premier ni le dernier…

— Tu viens de quel village ?

— Montmagny, et toi ?

— Sainte-Hélène. Quand es-tu…

— J'ai pas le temps de bavarder. J'ai du travail, l'interrompit Bernard, sèchement.

— D'accord…

Damase reporta son attention vers le jeune homme qui s'était mis à sculpter un colibri dans un morceau de bois.

— C'est très beau ce que tu fais. Où as-tu appris tout ça ? l'interrogea encore Damase. Tu parais bien jeune…

— Je suis pas aussi jeune que j'en ai l'air, le coupa Bernard sur la défensive.

— Mais tu…

— Toi, quel âge as-tu ?

— Je vais avoir vingt et un ans.

— J'en ai vingt-trois.

— T'en parais…

— À peine seize ! Je sais !

Damase ne comprit pas pourquoi ce sujet semblait si épineux et préféra ne pas l'importuner davantage. Il axa donc la conversation sur ce qui l'occupait, espérant qu'il consentirait à se confier un peu plus.

— Ça fait longtemps que tu sculptes des meubles ?

— Hmm... Enfant, je me servais des chutes de bois dans l'atelier de mon père, et je fabriquais des petites sculptures.

— Moi, j'aime sculpter des figurines d'animaux dans des branches d'arbre.

— ...

— Ton père était menuisier ?

— Ébéniste, rectifia le jeune homme.

— Quelle est la différence ?

— C'était un artiste, pas un simple fabricant de meubles. Sous ses outils prenaient forme les plus beaux éléments de décoration, les traits les plus fins, les plus élégants agencements d'essences...

L'éloge du garçon pour son père lui avait mis du rouge aux joues.

Damase examina un peu plus celui qui lui demandait de prendre place près de lui sur un tabouret. Bernard se pencha sur la pièce de bois qu'il avait commencé à graver. Damase observa son profil au nez aquilin sur lequel il avait posé des lunettes rondes. L'engravure laissait déjà entrevoir les lignes somptueuses d'une rose. Les mains aux longs doigts serraient, à droite, le manche du couteau encavé et, à gauche, le petit maillet de caoutchouc. Il plaça la lame avec mille précautions sur le trait de plomb qui marquait le dessin, puis vérifia la position avant de frapper un coup sur le bout du manche.

Damase sentit, plus qu'il ne le comprit, l'exaltation de l'artiste en train de créer. Il attendit ainsi plusieurs minutes en silence, les yeux fixés sur les mouvements des mains de son compatriote, puis signifia sa présence d'un raclement de gorge.

Comme sorti d'un rêve, Bernard arrêta son geste et se tourna vers Damase qui attendait.

—Heu… je…, commença Damase, que le regard outré de son compagnon mettait mal à l'aise. Pardon de te déranger, seulement j'aimerais savoir ce que je dois faire.

—Tu pourrais sabler les pièces qui sont là-bas, dit-il en les désignant de son maillet de caoutchouc.

Damase suivit le geste et aperçut, dans le coin opposé, une pile de planches et de morceaux de bois qui attendaient d'être sablés avant d'être passés à ceux qui avaient la charge de les vernir ou de les teindre.

—C'est pas ce que m'a proposé monsieur Auger…, hasarda Damase.

Damase hésitait à se confier à cet étranger qui ne l'écoutait déjà plus.

«Se pourrait-il que Maurice m'ait menti?», se demanda-t-il en se dirigeant, sans enthousiasme, vers les planches. Tout à ses pensées moroses, Damase déboutonna son manteau qu'il accrocha à une patère sur laquelle pendouillaient ceux de ses compagnons. Il retroussa ses manches de chemise, puis se dirigea vers l'endroit où il avait vu les feuilles de papier d'émeri qui servaient à rendre le bois lisse et doux au toucher. Après avoir choisi un carré de bois sur lequel un losange avait été sculpté, il appuya le morceau sur la table de travail et commença le sablage.

Absorbé, Damase n'entendit pas le carillon de la porte du magasin ni le «*Good morning!*» joyeux. Il sentit cependant les effluves de jasmin et de lilas du parfum de celle qui s'arrêta à ses côtés.

— *Hello*, Damase!

Le jeune homme se tourna vers elle.

— *Hello*, Flore!

— Qu'est-ce que vous faites ici?

— Comme vous le voyez, je sable des…

— Non, non, non! Vous n'êtes pas censé travailler dans l'atelier!

— C'est James qui m'a mené ici et Bernard m'a donné cette tâche, expliqua Damase.

L'arrivée inopinée de la demoiselle le comblait de joie.

— Venez avec moi! ordonna-t-elle.

Il s'empressa de ramasser ses affaires et suivit Flore qui paraissait aussi à l'aise parmi ces travailleurs que chez elle, et ensemble ils quittèrent la pièce sous le regard désapprobateur de Bernard.

Flore s'arrêta devant James et l'informa que l'apprentissage de ce nouvel employé commençait ce matin par un premier cours de conduite. Celui-ci acquiesça du chef et la laissa entraîner Damase vers l'arrière-cour où était garé un camion électrique de marque Peerless. Elle ouvrit la portière et s'installa sur le siège du conducteur, puis invita Damase à venir prendre place auprès d'elle.

— Je vais d'abord vous montrer comment ça fonctionne et je vous laisserai conduire après, lui dit-elle en mettant le contact.

Le ronronnement du moteur électrique n'avait rien de comparable avec celui d'une voiture à essence.

— Je croyais que toutes les voitures étaient à essence.

— Bien sûr que non! rectifia-t-elle en embrayant d'un geste assuré. Ces voitures sont vendues et fabriquées ici depuis presque vingt ans. C'est la compagnie General Electric qui les a créées à cause du brevet qu'un certain Winton a déposé sur la voiture à moteur à pétrole, qu'il prétendait avoir inventée. Tous les constructeurs devaient payer des droits à ce Winton, ce qui a découragé nombre de fabricants qui ont préféré se tourner vers l'électrique.

— Et Henry Ford, alors?

— Ford a attaqué Winton et a démontré qu'il n'avait rien inventé, et que c'était bien lui le père de la voiture à essence.

Le camion avait quitté l'arrière-cour et s'engageait maintenant dans les rues d'Old Orchard en direction de Biddeford. Flore lui confia que cette petite ville était des plus prospères depuis que les usines de textile y avaient poussé comme des champignons.

L'air froid entrait par les ouvertures des portes, dont les vitres étaient abaissées. Bien emmitouflée dans son manteau de fourrure, Flore ne souffrait pas de la bise qui fouettait Damase, que son simple veston de laine ne protégeait guère. Le jeune homme croisa les bras sur sa poitrine, cachant ses mains sous ses aisselles. Le geste n'échappa pas à la conductrice qui s'empressa de garer le camion sur le bord de la route.

— Vous grelottez!

Sans attendre, Flore ouvrit la portière et descendit du véhicule qu'elle contourna pour monter à l'arrière. Elle s'empara d'une lourde couverture brune qu'elle roula entre ses bras. Ne tardant pas à réapparaître à l'avant, elle la tendit à Damase qui l'accepta avec joie et se couvrit des pieds jusqu'au cou.

— Ne serait-il pas plus simple de monter les vitres? demanda-t-il à sa compagne qui avait repris sa place derrière le volant.

Son rire s'éleva dans l'habitacle, on aurait dit un oiseau libéré de sa cage.

— Il n'y en a pas!

— Pas de vitres?

— Disons PLUS de vitres.

— Elles sont brisées?

— Oui. Gabriel… une personne les a brisées avant de quitter son travail.

— Un ouvrier mécontent? avança encore Damase.

— L'ancien livreur.

— Gabriel, c'est un prénom français, non?

— Oui. Il était originaire de Beauport, je crois.

À l'évocation de cet homme, la mine de Flore s'assombrit. Le tapotement de ses doigts gantés sur le volant exprimait son malaise.

— Prêt pour la première leçon?

— Prêt!

Ils étaient parvenus à l'entrée de la ville de Biddeford. Grâce aux conseils avisés de Flore, il ne suffit que de trois heures à Damase pour comprendre les rudiments du fonctionnement de la machine, mais surtout les codes de la route ainsi que la géographie des lieux.

— La majorité de nos clients vivent ici, lui apprit-elle. Voilà pourquoi j'ai cru judicieux de vous faire connaître davantage cette ville.

— Et les autres clients?

— Ils vivent à Portland, Old Orchard, Saco, énuméra-t-elle sur un ton évasif.

Le temps d'un battement de cil, Damase sentit plus qu'il ne la vit la main de sa compagne frôler son bras.

— Ne vous en faites pas, le rassura-t-elle encore, j'irai avec vous les premières fois. Histoire de compléter votre apprentissage.

Le sourire de Flore Auger lui assura qu'elle serait en quelque sorte son ange gardien et qu'avec elle, il n'avait rien à redouter. Surtout pas d'être congédié avant même d'avoir commencé.

Chapitre 32

La veille de Noël

Devant la glace, Damase ajustait le nœud de la cravate de soie rayée qu'il avait achetée à grand prix pour le réveillon de Noël organisé par la famille Auger.

Depuis sa rencontre avec Flore, trente-deux jours s'étaient écoulés. Trente-deux jours où il avait passé des heures à livrer des meubles, tous plus beaux les uns que les autres, à de riches entrepreneurs et commerçants, tant de la ville de Biddeford que de Portland, allant même parfois jusqu'à Boston où résidaient encore les oncles de Flore.

Damase passa une main nerveuse dans ses cheveux, qu'il gardait plus courts depuis qu'il avait quitté les chantiers. Il observa son visage glabre dans le miroir, puis se plaça de profil pour avoir une vue d'ensemble sur le complet de laine marine qu'il avait aussi acheté pour ce réveillon. L'image que lui renvoyait la glace lui plut. Il se dirigea vers la porte d'entrée où se dressait une patère de bois pâle sur laquelle étaient accrochés son chapeau de feutre gris ainsi que son paletot d'hiver de même couleur. Il s'habilla à la hâte et vérifia l'heure sur sa montre à gousset, un cadeau de Flore qui lui avait conseillé de s'en servir afin de ne jamais être en retard dans ses livraisons.

Il était huit heures trente.

Damase avait encore une bonne demi-heure devant lui. On ne l'attendait que vers neuf heures, mais il aimait bien être ponctuel. C'était, à son avis, l'une de ses plus grandes qualités. Il était fébrile et ne pouvait se résoudre à se morfondre dans sa chambre jusqu'à la dernière minute. Ce soir, il se dirigerait vers la maison des Auger où il était attendu. Il y passerait la soirée avant d'accompagner Flore à la messe de minuit.

Damase marcha vers la commode, y prit un petit paquet enveloppé de papier rouge et blanc sur lequel était fichée une boucle de satin blanc et le mit dans la poche de son paletot. Il s'empara de ses gants de cuir d'agneau souple, qui reposaient sur le dossier de la chaise près de la porte d'entrée, tourna le commutateur et sortit de l'appartement qui retomba dans une obscurité silencieuse. Il descendit presque en courant les dix marches qui le séparaient du hall d'entrée de la maison de chambres où il habitait maintenant depuis un mois et sortit.

Située au 8, avenue Camden, sa nouvelle résidence présentait l'avantage de n'être qu'à quelques minutes de marche du magasin. Damase pouvait ainsi se délier les jambes, surtout après de longues heures assis dans le camion. Il adorait son nouveau travail et aimait demeurer près de Flore, dont le sourire enfantin avait effacé le souvenir d'Edwina.

Dans le firmament d'un bleu profond, les étoiles scintillaient en abondance, comme pour marquer d'autant de pierres blanches cette nuit qui, Damase le sentait, jouerait un rôle important dans sa vie. Son cœur se gonfla de joie à l'idée de revoir Flore qui aurait certainement mis sa plus belle robe.

—Jamais je pourrai oublier tout ce qu'elle a fait pour moi, murmura-t-il en descendant les marches de la galerie enneigée. Je lui dois tout!

Damase sourit au souvenir de sa première leçon de conduite: le pauvre camion avait souffert de soubresauts quand il avait tenté de changer de vitesse. Il se rappelait les fous rires incontrôlables de Flore à la vue de sa mine effrayée, quand il avait effectué un virage à quatre-vingt-dix degrés sans réduire sa vitesse, et de son regard attendri, lorsqu'il avait enfin garé le véhicule dans la cour arrière du magasin. Il sentait encore la caresse de sa main sur son avant-bras, alors qu'elle lui promettait que la journée suivante, il se sentirait plus en confiance.

—Elle est si douce, la jolie Flore! souffla-t-il encore dans le froid qui faisait valser des nuages de vapeur diaphane devant sa bouche.

Il marchait d'un bon pas, les mains enfouies dans ses poches, la tête baissée et un peu rentrée dans les épaules pour contrer le vent du nord qui n'en finissait plus de répandre ses rafales, soulevant la neige en petits tourbillons argentés. Il passa devant les maisons, les unes endormies, les autres éclairées par les lampes électriques qui diffusaient une lumière tantôt crue, tantôt tamisée. Il voyait parfois des sapins de Noël illuminés à travers les carreaux des fenêtres où le givre fixait ses arabesques comme autant de fleurs de cristal.

Ses pensées voguèrent vers une maison de campagne, dont les habitants devaient, eux aussi, se préparer à la fête de la naissance de Jésus. « Maman, Cléo… Pourquoi m'écrivez-vous pas ? », s'attrista-t-il.

Depuis qu'il avait remis sa lettre à l'aubergiste avant de s'installer dans sa nouvelle pension, il attendait une réponse qui n'était jamais venue. Damase avait écrit une autre lettre qu'il conservait, espérant recevoir une missive de Sainte-Hélène. Il était au courant de la lenteur des postes et s'imaginait aisément que le trajet entre le Canada et les États-Unis ne devait pas se faire rapidement.

— J'espère au moins qu'ils ont bien reçu ma lettre et qu'ils sont rassurés sur mon sort, soupira-t-il. J'espère surtout que tout le monde va bien là-bas.

L'idée que la santé de sa mère se soit détériorée ou, pire encore, qu'elle soit morte, le mit dans un tel état qu'une boule se forma dans sa gorge.

Malgré le bonheur qu'il entrevoyait à vivre ici, auprès de Flore, et l'avenir reluisant que Maurice Auger lui faisait miroiter en parlant ouvertement de l'héritage que sa fille recevrait, Damase gardait au cœur une blessure qui ne saurait jamais se cicatriser tout à fait.

— Je me sens toujours comme un lâche…

Il était presque à la hauteur de l'église quand quelqu'un derrière lui l'interpella, l'arrachant à ses idées moroses.

— Hé ! Damase !

Damase reconnut la voix de Bernard et se retourna.

— Salut ! dit-il en s'arrêtant à sa hauteur.

— Tu vas chez le patron ?

— Oui, pourquoi tu me demandes ça ? Il m'a dit que tous les employés vont à la messe avec la famille Auger. Il a réservé des bancs…

— Je te parle pas de la messe, le coupa son camarade, mais du réveillon.

— Ben… je… Oui…, bafouilla Damase. Pas toi ?

— Peuh ! Tu rigoles ! Je suis pas de cette classe-là, moi ! Et puis, la jolie Flore, elle a mis le grappin sur quelqu'un d'autre. Tu vois qui je veux dire ? le taquina-t-il en agitant son index devant son nez.

Damase ressentit un malaise coupable. Il comprenait soudain que l'affection que Flore lui portait depuis le début n'avait pas échappé aux regards de ses compagnons de travail. Ces derniers devaient probablement penser que le jeune Canadien français cherchait à profiter des largesses de ces gens aisés.

— Non, je vois pas du tout ce que tu veux dire, répliqua Damase que cette intrusion dans sa vie privée dérangeait.

— Fais pas l'innocent ! insista son vis-à-vis en chancelant légèrement. Tout le monde sait que la fille du patron a le béguin pour toi.

— T'as bu, toi ?

— Pas du tout !

Il faillit perdre l'équilibre avant de rectifier :

— Bof ! Juste un petit verre ou deux… ou trois…

— Ou quatre, termina Damase en riant de la mine outrée de Bernard qui, cette fois, titubait.

— Je crois que… j'ai…

— Tu vas pas être malade au moins, s'inquiéta Damase, ne voulant pas être souillé par les vomissures de Bernard qui s'accrochait maintenant à lui pour ne pas tomber.

— J'ai envie de pisser…

La scène était tellement loufoque que Damase ne put réprimer un fou rire. Sans se questionner davantage, il attrapa le bras de Bernard et le mit autour de son cou. Son compagnon perdit son chapeau et, en tentant de le ramasser, se retrouva par terre. Damase pouffa de plus belle, imité par Bernard qui se relevait avec difficulté.

— Attends, fit Damase après avoir balayé du regard les alentours à la recherche d'un coin discret où son compagnon pourrait décharger sa vessie.

Avisant un bosquet de cèdres sur le terrain voisin, il entraîna Bernard dans cette direction.

— Allez, dépêche-toi ! Je voudrais pas que la vieille te voie en train de…

Il ne put terminer sa phrase, riant de nouveau à la vue de Bernard qui s'installait le plus en équilibre possible, cherchant tant bien que mal à dégager les pans de son paletot trop grand. Damase se tint non loin, à l'affût, jusqu'à ce que Bernard réapparaisse à ses côtés.

— On va prendre un verre ? suggéra ce dernier.

— Non, je vais retrouver Flore. Je l'accompagne à la messe de minuit ce soir.

Bernard écarquilla les yeux et adressa à Damase un sourire malicieux tout en secouant son index devant son nez.

— Toi... Toi, t'es amoureux d'elle...

— Veux-tu bien arrêter avec tes suppositions ! lui reprocha Damase, incapable de cacher son malaise.

— Je le savais ! Je l'aurais parié... Tu lui as dit ?

— Non. Pas encore.

— Oooh... C'est un secret...

— Si tu dis un mot, le menaça Damase, très sérieux, je raconte à Maurice Auger que je t'ai vu ivre en train de pisser derrière la haie de cèdres de madame Pluznick !

Bernard cligna des yeux, voulut dire quelque chose, mais demeura la bouche ouverte.

— D'accord ? réitéra Damase.

— OK.

— Parfait ! Moi non plus je dirai rien sur ta conduite. Maintenant, je t'emmène à la sacristie. Au moins, tu y seras au chaud et je pense que tu pourras dessaouler un peu avant la messe.

—Monsieur le curé...

—Y sera pas content, ça c'est certain, confirma Damase. Mais il est tenu au secret si on lui demande.

—Oui... On lui demandera...

Bras dessus, bras dessous, les deux lascars firent demi-tour et empruntèrent le sentier de neige qui les conduisit directement à l'arrière de l'église. Avant d'y entrer, Bernard se détacha de Damase et se planta devant lui.

—Merci, mon ami, réussit-il à articuler, la bouche engourdie tant par l'air froid que par l'alcool qui faisait toujours son œuvre.

—Ça va, c'est rien.

—Personne a jamais pris soin de moi comme tu viens de le faire. Pas même mon père ou mon frère, continua Bernard dans une confession que Damase n'attendait pas.

—Je te dis que c'est rien...

—C'est beaucoup pour moi! Moi... un orphelin de mère qui a encaissé plus souvent qu'à son tour les taloches.

Damase recula d'un pas et fixa le visage rougi de ce garçon qui lui racontait sa vie entre deux hoquets.

—C'est pour ça que t'as quitté le pays?

—Oui, et aussi à cause d'une fille...

—T'étais amoureux d'une fille? Toi?

—Tu pe... penses que c'est im... impossible?

—Non, juste... drôle!

—Drôle! répéta Bernard en caracolant de plus belle. Tu sauras que je l'aimais. Comme un fou! Et que c'était pas drôle du tout.

—Pourquoi l'as-tu quittée, alors?

Bernard prit une profonde inspiration avant de lâcher:

—Elle a préféré quelqu'un d'autre.

—Qui donc?

—Mon frère...

Il y eut un long silence.

—Je les déteste tous les deux, dit Bernard en serrant les poings et les dents. Parfois ça me fait mal, ici, termina-t-il en frappant sa poitrine plusieurs fois.

—C'était peut-être mieux ainsi, tenta de le consoler Damase. Et puis, il faut savoir pardonner... Surtout une nuit de Noël. Allez! Fais la paix avec ton passé. T'en seras plus heureux.

Il lui donna une tape sur l'épaule, ce qui fit encore chanceler son compagnon. Damase sourit.

—Tu te moques de moi..., remarqua Bernard.

—Non, t'es amusant quand t'as un verre dans le nez.

—Amusant ou bête?

—Je t'ai jamais trouvé bête. Grognon, coincé, têtu, mais pas bête. Et puis, t'es le seul que je connaisse qui fait d'aussi belles choses avec des ciseaux à sculpter. T'es un vrai artiste!

Bernard ne répondit pas, mais au regard posé sur lui, Damase comprit qu'il venait de lui faire le plus beau des cadeaux.

— Merci…, répéta Bernard.

— Entrons, vite ! le pressa Damase.

Les deux amis pénétrèrent dans la sacristie où flottait l'odeur à la fois aigre et douce des cierges et de l'encens.

Quand Damase en ressortit, il consulta sa montre pour constater qu'il était neuf heures dix.

— Je suis en retard !

Il courut vers la demeure des Auger où Flore, impatiente, l'attendait debout à la fenêtre.

Les cloches de la chapelle sonnèrent dix coups dans la nuit.

Assise à la petite table qui voisinait le lit aux montants de fer, Edwina terminait d'envelopper le cadeau qu'elle destinait à sœur Hortense : un mouchoir qu'elle avait brodé de fleurs de lilas. Elle avait disposé deux grappes dans un coin, suffisamment détachées pour que l'agencement forme un cœur. « J'espère qu'elle l'aimera ! »

Depuis bientôt trois mois, elle habitait cette chambre située au premier étage. Entre ces murs blancs, elle avait trouvé la chaleur, le réconfort, et surtout la paix de l'âme et du corps. Sa tunique de novice avait été remplacée par des vêtements laïques donnés par des dames de la Saint-Vincent de Paul qui, grâce à la générosité de gens charitables, garnissaient les garde-robes des résidentes.

Edwina avait bien cherché à retrouver sa tante, en vain. Il était vrai qu'en dehors de son travail à la buanderie, ses rares heures de loisir étaient surtout employées à se reposer et à suivre des cours avec sœur Hortense. Peu après son arrivée, celle-ci lui avait proposé d'assister à des ateliers de couture et de tricot qu'elle dispensait les fins de semaine aux résidentes et aux employées. Edwina lui était reconnaissante aussi de lui avoir fourni des livres qui l'aidaient à meubler ses soirées et à enrichir ses connaissances.

Une fois sa tâche terminée, Edwina se leva et marcha jusqu'à l'unique fenêtre par laquelle elle pouvait voir la rue et les passants qui y déambulaient le jour comme la nuit.

À l'approche des Fêtes, le refuge de la rue Fullum accueillait un flot incessant de démunis, des femmes surtout, le temps d'un repas chaud ou d'une rencontre avec les sœurs infirmières qui dispensaient des soins du lever au coucher du soleil.

Edwina était heureuse. Elle avait économisé assez pour s'offrir la liberté d'aller vivre ailleurs, comme le faisaient la plupart des employées de la buanderie. Ces femmes ainsi que les novices avec qui elle partageait maintenant quelques éclats de rire et des confidences étaient devenues en quelque sorte sa famille. Elle était peu payée, mais aimait le travail et l'atmosphère de bonne camaraderie qui régnait en ces lieux. Le soir, après le repas, elle se retirait pour se reposer dans son lit aux draps bien repassés.

Le dimanche précédent, cependant, après la messe du matin, alors que la neige avait blanchi les pavés, Edwina était partie à la recherche d'un nouvel endroit où loger, sur la recommandation de sœur Hortense. Elle avait arpenté les rues, respirant à fond l'air de la ville. Un bout de papier froissé au fond de sa poche, sur lequel sœur Hortense avait griffonné une adresse, Edwina avait remonté la rue Fullum, traversé la rue De Montigny et continué jusqu'à la rue Robert où elle avait finalement déniché une chambre et pension pour trois dollars par mois.

— Vous allez être bien ici, lui avait assuré sa nouvelle logeuse, une dame qui répondait au nom de madame Forand.

— Je l'espère !

— Par exemple, je le répète, on mange pas dans les chambres. Les repas sont servis à heures fixes. Et surtout, pas de visiteurs masculins après huit heures du soir !

— J'ai compris. De toute façon, j'ai pas de petit ami.

— Vous connaissez personne ?

— À part les bonnes sœurs et quelques filles de la buanderie, non.

La logeuse avait fait claquer sa langue avant de conclure :

— Si c'est pas pitié ! Pauvre enfant !

—Je fais pas pitié. Je suis bien mieux ainsi !

— Si vous le dites…

Edwina déserta la fenêtre et marcha vers la porte de la pièce aux meubles d'ascète. Puis, se ravisant, elle revint chercher le paquet qu'elle dédiait à sa bonne Samaritaine et quitta les lieux.

Demain était jour de congé à la buanderie.

Chapitre 33

Le réveillon

Pendant la messe de minuit, Maurice, Flore et Damase s'entassaient sur un banc, Ilda étant demeurée à la maison. Damase en profita pour se rapprocher de la belle, que ce contact ne semblait pas importuner. Sur les bancs adjacents, les autres employés de la compagnie étaient présents avec leur famille. Seul Bernard était absent.

Après la cérémonie et les « *Merry Christmas!* » échangés sur le parvis de l'église ainsi qu'au hasard des rencontres sur le chemin du retour, le jeune homme se joignit comme prévu à la famille Auger pour le réveillon.

Depuis qu'il connaissait Flore, Damase était l'invité hebdomadaire de la famille. Tous les dimanches, Flore et lui passaient l'après-midi ensemble, discutant de la vie au cours de longues promenades qui les menaient souvent sur la plage où ils s'étaient rencontrés.

Damase, courtois et discret, faisait la cour à Flore qui paraissait apprécier les attentions de celui qui n'avait toujours pas révélé son vrai nom de famille. «Je le ferai bientôt…», se disait-il chaque fois que, dans le grand salon de la maison, ils avaient l'occasion de profiter de l'absence des parents pour se faire des confidences.

Damase repensa au projet de fiançailles qu'il voulait dévoiler à Flore, ce soir-là, juste après le repas. S'il avait la chance de s'entretenir avec elle…

Dans le hall, Damase laissa son paletot et son chapeau aux bons soins de la domestique et suivit ses hôtes jusqu'à la salle à manger où, bien installée dans son fauteuil roulant et parée de bijoux magnifiques, Ilda arborait une coiffure sophistiquée à la mode et digne d'une riche bourgeoise. Elle avait mis du fard sur ses joues, un peu de bleu sur ses paupières, et un léger rouge à lèvres rehaussait la ligne de sa bouche. D'ailleurs, était-ce le vin ou la gaieté de ce temps des Fêtes qui changeait son sempiternel air maussade? Elle était réellement en beauté ce soir-là et son mari ne tarissait pas d'éloges sur elle.

Damase voyait qu'il en était très fier.

—Vous êtes resplendissante, madame Ilda, déclara Damase quand il lui fit le baisemain.

—Je vous remercie, Damase!

C'est avec grand appétit que les convives prirent place pour déguster de savoureux morceaux de dinde bien rôtie, accompagnés d'une pointe de tourtière baignant dans un ragoût de pattes de cochon des plus traditionnels. Il y avait aussi de la gelée d'atocas, des betteraves ainsi que du ketchup aux tomates et des cornichons marinés. Ce repas lui rappela son ancienne vie, qu'il savait désormais derrière lui.

Maurice leva son verre à la santé de la cuisinière qui, rouge de gêne, reçut les compliments de son patron avant de retourner à ses fourneaux.

— Je suis très content de notre cuisinière. Un vrai cordon-bleu ! affirma le maître des lieux. Elle est à notre service depuis plusieurs années maintenant. Vous savez qu'elle est originaire de la Beauce ?

— J'étais sûr que ça pouvait être qu'une Canadienne française, pour cuisiner d'aussi bons ragoûts et tourtières ! apprécia Damase que trois verres de vin avaient rendu plus loquace.

Lui qui, à l'accoutumée, prenait soin d'être le plus silencieux possible, avait plaisir ce soir-là à discuter avec Maurice qui, lui aussi, manifestait un entrain particulier. Ce dernier leva son verre bien haut avant de le vider d'un trait, imité par Damase.

— Ta mère doit sûrement être une bonne cuisinière aussi ? demanda Flore qui découpait minutieusement un morceau de blanc de dinde.

À cette question, Damase perdit le sourire et l'appétit.

— Flore, c'est pas le temps, la sermonna sa mère en voyant l'expression de Damase. Le pauvre garçon, il est tout blême.

L'attention de tous les convives se porta sur Damase. Mal à l'aise, celui-ci avait déposé ses ustensiles sur la table avant de s'emparer de sa serviette de table et de s'essuyer les lèvres. Il se racla la gorge, saisit son verre à moitié plein, but une gorgée, puis reprit son couteau et sa fourchette pour s'attaquer à une pomme de terre couverte de sauce.

—Oui, ma mère est une excellente cuisinière, répondit-il sans lever le nez de son assiette. Mais les plats que je déguste ici sont tout aussi bons. Et en plus...

Il leva le front et posa un regard brillant sur Maurice.

— ... votre accueil et surtout l'honneur que vous me faites de me recevoir chez vous me vont droit au cœur, enchaîna-t-il.

Il se tourna ensuite vers Flore.

— Grâce à vous, j'ai l'impression d'avoir une nouvelle famille, et j'en viens parfois à oublier ceux que le destin m'a obligé à quitter.

— T'en as pourtant jamais parlé. Si jamais tu sentais le besoin de te confier, de raconter ta vie d'avant, nous sommes là pour t'écouter, rappela monsieur Auger. Pas pour te juger...

Émue jusqu'aux larmes, Flore posa sa main sur celle de ce jeune homme qui, depuis le premier regard, avait mis du soleil dans son existence.

Au fil des jours, elle avait appris à le connaître davantage. Elle le savait honnête et franc, travaillant et curieux, dévoué et généreux. Il était l'homme qu'elle désirait comme époux et père de ses enfants. Et comme amant...

Bien que cet homme n'ait pas encore osé lui avouer son affection, elle le ressentait. Il la faisait rire et tous deux pouvaient passer des heures à discuter de tout et de rien sans jamais se lasser. Elle sentait bien qu'il éprouvait à son égard une réelle tendresse.

Depuis presque deux mois maintenant, ils se voyaient souvent. Le week-end venu, ils allaient parfois se promener sur la plage. Ils se réfugiaient dans les herbes hautes, à l'abri du vent, et en profitaient pour apprendre à se connaître, loin du regard des autres, sans chaperon, comme deux êtres libres. Ils avaient même osé s'embrasser à quelques reprises.

Arrivant de la cuisine un plateau dans les mains, Marthe desservit, ce qui mit fin à la rêverie éveillée de Flore.

— Que nous as-tu fait comme dessert? questionna la maîtresse des lieux.

— Une bûche de Noël aux noisettes, une tarte aux pommes, une tarte au sucre et j'ai pensé que vous aimeriez aussi une tarte à la farlouche.

— Grand Dieu, Marthe, tu nous gâtes! Une vraie table de roi! la complimenta de nouveau Maurice.

Le vin lui avait mis le rouge aux joues. Son rire sonore remit de l'entrain autour de la table où chacun mangea avec appétit les délicieux plats sucrés. Damase eut une pensée pour Bernard, Damien et tous ses compagnons de travail qui n'avaient peut-être pas la chance, comme lui, de profiter d'une telle opulence en ce soir de Noël. Il songea aussi à Edwina qui, là-bas dans son pays, vivait peut-être toujours dans la misère.

En ces temps où le salaire moyen, aux États-Unis, était de vingt-deux cents l'heure ou environ trois cents dollars par année, il pouvait être difficile pour certains de boucler leur budget; surtout s'ils avaient beaucoup d'enfants, comme c'était le cas pour la plupart des ouvriers. Le sucre se vendait quatre cents la livre; la douzaine d'œufs, quatorze cents; la livre de café, quinze cents. Les médicaments comme la marijuana, l'héroïne et la morphine étaient vendus en pharmacie, à prix d'or, bien entendu. L'essence était chère aussi et s'offrir une voiture n'était pas encore à la portée de toutes les bourses. Par contre, les dentistes, les comptables, les vétérinaires et les ingénieurs mécaniques, eux, pouvaient toucher entre deux et cinq mille dollars annuellement.

Damase avait lu ces statistiques dans un journal. Il avait aussi appris que huit personnes sur dix ne savaient ni lire ni écrire. En contrepartie, on y illustrait la vie aisée de quelques privilégiés qui avaient une domestique, une baignoire et un téléphone.

Une fois encore, les pensées de Damase voguèrent vers une étendue de neige, là-bas, très loin, au cœur d'une plaine couverte de champs que l'hiver avait endormie. Il remercia sa mère et son oncle de lui avoir donné la chance d'aller à l'école du rang. Un sacrifice qui leur avait imposé du travail supplémentaire sur la ferme, mais qui lui ouvrait maintenant de meilleures perspectives d'avenir. «Après le congé des Fêtes, je vais poster ma seconde lettre», se décida-t-il pour se donner bonne conscience, et surtout pour mettre un baume sur sa peine.

Le repas se termina dans la joie et les rires.

Aussitôt qu'il le put, Damase se rapprocha de Flore et insista pour lui parler en privé. Un sourire ravi illumina sa frimousse heureuse. Elle empoigna le bras de son invité et l'entraîna dans le salon où, sans hésiter, elle mit ses bras autour de son cou. Le cœur chaviré, elle l'embrassa avec amour.

— J'ai quelque chose pour toi, dit Damase en se détachant doucement d'elle.

Il sortit un étui de velours vert de la poche de son veston et l'ouvrit devant la belle.

— Quel magnifique cadeau pour Noël!

— Un cadeau de fiançailles, rectifia Damase.

Il prit la bague, la passa au doigt de Flore, ivre de bonheur.

— Veux-tu être ma fiancée, Flore?

— Oui... Oh, oui...

Un nouveau baiser scella ce serment pendant que dans la pièce voisine, monsieur Auger appelait ses invités pour la distribution des cadeaux.

Chapitre 34

Le secret de Flore

En cette fin de février 1919, un froid glacial sévissait sur presque toute la côte est américaine et incitait, plus souvent qu'à leur tour, les gens à rester bien au chaud dans leurs maisons.

L'hiver avait obligé Damase à troquer, plusieurs jours par semaine, son travail de livreur pour celui de menuisier, au grand plaisir de son nouvel ami Bernard. La majorité des livraisons avaient été effectuées avant les fêtes de Noël. Pourtant, le carnet de commandes de la petite entreprise ne désemplissait pas. Pour confectionner des meubles de si belle qualité, il ne fallait pas compter les heures. Une crédence en bois de rose, agrémentée de fines tiges et de fleurs sculptées à même une pièce de bois, nécessitait un long travail minutieux. Voilà pourquoi Damase passait son temps à suivre les ordres de Bernard, qui le préférait à d'autres compagnons de travail, fignolant et sablant les pièces que ce dernier, en dépit des pressions du contremaître, prenait le temps de peaufiner avec art.

—Y sera pas dit que je vais *botcher* les pièces juste pour qu'ils en vendent plus ! avait-il confié à Damase.

Son compagnon avait approuvé en silence.

Les journées passaient ainsi, du lever du jour jusqu'au crépuscule, dans cet atelier qui sentait bon la sciure de bois et le vernis.

Les liens d'amitié qui unissaient les deux hommes depuis la veille de Noël s'étaient solidifiés et ils ne manquaient pas de jouer aux cartes, quand de rares pauses le leur permettaient. Il leur arrivait même, certains vendredis soir, d'aller prendre un verre dans un petit bar clandestin, non loin de la jetée déserte. Ce soir encore, les deux compères, attablés devant une bière, discutaient de tout et de rien.

—Pouah ! s'écria Bernard en grimaçant de dégoût. Cette bière est infecte ! Je m'y ferai jamais !

—Dis plutôt qu'elle a aucun goût, ajouta Damase en essuyant ses lèvres nouvellement auréolées d'une fine moustache à la Charlie Chaplin, qui faisait fureur au cinéma muet.

—Depuis le 29 janvier, jour de la ratification du 18ᵉ amendement de la très sacrée Constitution des États-Unis, la prohibition s'étend à l'échelle nationale, commenta Bernard en prenant une gorgée à son tour. C'est écrit dans le journal.

—Faut s'y faire, mon vieux ! Nous vivons dans le Maine. Dans un *dry state* ! Pas à New York. Encore heureux qu'on puisse trouver à boire. Il faut que le tenancier de ce bar ait du culot pour offrir encore de l'alcool à ses clients, car lui aussi peut écoper d'une amende.

Les deux lascars se turent et promenèrent leur regard dans la pièce. À leur droite, des cartes à la main, quatre hommes jouaient en silence. Un peu plus loin, deux hommes sirotaient un liquide ambré qui ressemblait à du cognac. Dans le fond, bien adossés au mur, trois garçons riaient sous cape en ingurgitant, gorgée après gorgée, une bière noire connue sous le nom de *porter*, et qui était fabriquée avec de la mélasse.

— Je te le dis, reprit Bernard. Nous allons droit vers une période d'intolérance! Et qui dit intolérance...

— ... dit trafic illicite, compléta Damase. Je sais.

Ces mots le ramenèrent au fin fond des bois, dans la cabane où il avait découvert pour la première fois les fruits de la prohibition. «Si oncle Cléo faisait de l'alcool, beaucoup d'autres doivent s'adonner aussi à ce passe-temps lucratif», réfléchissait-il, tout en se rappelant que treize États américains considéraient désormais ce commerce comme un crime.

— As-tu des nouvelles de ta famille? questionna Bernard, comme s'il avait suivi le cours de ses pensées.

— Pas encore.

— T'espères toujours?

— Oui. Pourquoi?

— Moi... à ta place... je me poserais des questions.

— Quelles sortes de questions?

— Ben... Ils veulent peut-être plus te revoir.

— Tu dis des bêtises ! rétorqua vivement Damase qui porta le goulot de la bouteille à ses lèvres pour se donner une contenance.

— Qui te dit qu'il est pas arrivé quelque chose ? renchérit son camarade.

— Que voudrais-tu qu'il soit arrivé ?

— Tu m'as pas raconté que ta mère avait été malade avant ton départ ?

— Oui, mais Cléo ou Léontine m'auraient contacté.

— Et s'ils avaient pas pu ? Ou si la lettre s'était pas rendue ?

— Depuis, j'ai posté ma deuxième lettre...

— Des nouvelles ?

— Rien !

Les deux hommes se turent le temps de prendre une autre gorgée.

— Et s'ils avaient écrit ton vrai nom sur l'enveloppe ? supposa Bernard en gardant les yeux baissés sur ses mains qui entouraient la bouteille.

Damase se raidit, inquiet. Bernard avait raison. Cléomène avait dû inscrire Huot sur sa lettre ; si jamais il en avait écrit une.

— Alors t'es pas Damase Bédard..., continua Bernard, en le taquinant ouvertement.

— Que veux-tu insinuer ?

— Rien.

— Allez, dis le fond de ta pensée ! gronda Damase.

— Pas si fort ! Tout le monde nous regarde.

— Dans ce cas...

Damase fouilla dans sa poche et déposa de l'argent sur la table avant de se lever.

— Où vas-tu?

— Je rentre chez moi.

— Pourquoi?

Sans un mot, Damase quitta l'établissement au pas de course. Interloqué, Bernard paya sa consommation, enfila son manteau et quitta le bar à son tour. Lorsqu'il se rendit compte qu'il était suivi, Damase se retourna brusquement pour faire face à son ami, qui recula d'un pas.

— Que sais-tu de moi, exactement?

— Eh! J'ai fait que demander si t'as dit ton vrai nom. C'est tout!

— Ben sûr!

— Tu serais pas le premier déserteur qui fait ça! J'en connais des tas! Et puis, c'est pas grave maintenant que la guerre est finie. T'as plus à craindre la RCMP. Pas ici en tout cas! Moi, tu vois, je suis aussi un déserteur, si tu veux le savoir. Et je m'en cache pas! J'ai gardé mon nom, parce qu'ici, on connaît pas mon passé. Alors, te mets pas dans cet état!

Damase ne répondit pas.

— Et puis, maintenant que la guerre est terminée, tu pourrais redevenir le vrai Damase. À moins que ton prénom soit faux aussi?

— Non. Je m'appelle Damase…

— Damase qui?

— …

— Allez! Tu peux me le dire. Je suis ton ami, oui ou non? Et puis, t'es aux États-Unis, mon gars! Ici, personne te dénoncera.

— Et monsieur Auger?

— Crois-tu que t'es le premier déserteur que le patron engage?

— Que veux-tu dire?

— Avant toi… Gabriel, le livreur… il avait lui aussi déserté l'armée. Il s'était fait engager par monsieur Auger après avoir fait la cour à la jolie Flore.

— Et tu crois que, moi aussi, je fais la cour à cette fille pour avoir un emploi?

— Oui, lâcha Bernard.

La réponse eut l'effet d'une bombe.

Sans pouvoir retenir son geste, Damase asséna un coup de poing au menton de Bernard, qui tomba sur le sol glacé. Damase bouillait de rage.

— T'es fou?

Damase serra les poings si fort que ses jointures en pâlirent.

— Oui, fou d'avoir cru que t'étais mon ami! rugit-il en se retournant.

— Attends!

Faisant fi des paroles de Bernard, qui se relevait en vitesse et courait derrière lui, Damase monta à grands pas la rue Old Orchard, où la plupart des commerces avaient fermé leurs portes pour la saison froide. La neige crissait sous ses bottes et il faillit perdre pied à deux reprises.

—Damase, attends! suppliait maintenant Bernard qui n'était plus qu'à quelques pas derrière lui. Je m'excuse! J'ai pas voulu te blesser. Seulement, il faut que tu saches quelque chose au sujet de Flore Auger.

—Je veux rien savoir!

—Si t'aimes cette fille, comme je le pense, tu dois m'écouter.

Damase ralentit son allure, laissant ainsi la chance à son collègue d'arriver à sa hauteur.

—Ça s'est passé l'année dernière, commença Bernard en massant son menton douloureux. Au mois d'avril… C'était avant que monsieur Auger l'engage comme livreur.

Damase se surprit à éprouver un sentiment de jalousie pour cet inconnu qu'il imaginait grand, bien bâti, avec ce je-ne-sais-quoi qui plaisait aux jeunes bourgeoises comme Flore. Il aurait voulu poser les questions qui se bousculaient dans sa tête, mais il préféra se taire et écouter l'histoire que lui racontait Bernard.

—Il venait d'arriver à Old Orchard. Il avait ramassé le mouchoir de dentelle que Flore avait échappé sur le sol…

—Tu y étais? Tu l'as vu faire?

Après une brève hésitation, son camarade acquiesça du chef en silence.

Damase s'arrêta de nouveau.

—Décris-moi le gars!

C'était plus un ordre qu'une demande.

— Grand, les cheveux longs, très noirs, bouclés aussi. Il avait des yeux de couleur ambre. En amande. Un nez légèrement busqué. Un style espagnol, si tu vois ce que je veux dire…

Damase hocha la tête.

— Flore et lui se sont tout de suite liés d'amitié. Il lui a raconté qu'il venait d'arriver aux États et qu'il cherchait du travail.

— Et elle l'a amené à son père pour l'aider, compléta Damase, comprenant que Flore Auger avait une réelle propension à ramasser les pauvres hères.

Bernard claquait des dents.

— Ils sont sortis ensemble ? questionna encore Damase.

— Si on allait terminer ça à la taverne au lieu de geler ici sur place ?

— Vas-y, toi, si le cœur t'en dit. Moi, j'ai plus le goût à la fête, lui avoua Damase, voulant mettre un terme à cette discussion.

— Attends, je dois te dire aussi…, l'arrêta Bernard.

— Flore a droit d'avoir un passé, comme nous tous. Elle a pas de comptes à me rendre ! Et tu ferais mieux d'oublier cette histoire, toi aussi, se fâcha-t-il en pointant un index vers son camarade de travail.

Bernard recula d'un pas.

— D'accord, d'accord. J'ai compris !

Il posa sur son ami un regard désolé.

— Tu l'aimes vraiment…

— Assez pour vouloir l'épouser.

— Dans ce cas…

— Mon vrai nom est Damase Huot, lança-t-il par-dessus son épaule en quittant la place.

Il continua sa route, laissant Bernard pantois d'avoir reçu cette confidence qui lui prouvait sa confiance et son amitié. Il se sentait malheureux de ne pas avoir pu lui dire ce qui avait fait partir précipitamment le beau Gabriel. Surtout, il refoula bien loin dans sa mémoire la conversation qu'il avait entendue entre la fille du patron et celui qui lui avait juré de l'épouser, dès qu'elle aurait mis un terme à sa grossesse…

Bernard se souvenait du matin où il avait vu déguerpir Gabriel après avoir empoché ses gages, sous le regard furieux de monsieur Auger. Il se rappelait aussi la mine atterrée de Flore, le même jour, lors-qu'elle avait quitté la maison paternelle pour aller prendre le train à Portland en direction de Saint-Hyacinthe, où elle avait vécu près de deux mois.

— Damase a pas besoin de savoir tout ça, mar-monna Bernard pour lui-même. Il a raison. C'est du passé…

Le menuisier retourna à la taverne où il s'engouffra sans plus tarder.

Chapitre 35

Les lettres

Le mois de mars avec son renouveau, ses jours plus chauds et les perce-neige qui tapissaient le sol devant la maison des Auger donna à tout un chacun l'espoir que les temps difficiles disparaîtraient avec l'hiver 1919.

La Grande Guerre, qui avait mobilisé tant d'hommes et appauvri tant de femmes, n'était plus au centre des préoccupations. Le monde voulait fermer le livre des angoisses et des peurs, de la misère et de la peine aussi. Ceux revenus des tranchées gardaient pourtant au plus profond de leur mémoire les images d'horreur qu'ils revoyaient chaque fois que leurs paupières se fermaient.

L'Europe pansait ses blessures tandis que l'économie de l'Amérique roulait bon train. Les États-Unis connaissaient un véritable Klondike. Le commerce du charbon et les industries textiles garantissaient de plus en plus d'emplois aux Américains qui voyaient leur pouvoir d'achat augmenter à un rythme effréné.

À la manufacture de meubles, la vie avait repris son cours normal et Damase était retourné à ses livraisons quotidiennes. Au cours des heures passées sur la route, il pensait à Flore. Il comptait fixer la date de leur mariage lors du repas pascal à la maison des Auger. «Fin août prochain, ce serait parfait…», pensa-t-il.

— J'espère qu'elle a pas changé d'idée, dit-il tout haut, espérant surtout que monsieur Auger voyait toujours cette union d'un bon œil et lui accorderait la main de sa fille le jour de la demande officielle.

Dès le lendemain de sa prise de bec avec Bernard, Damase avait décidé d'avouer sa véritable identité à Maurice Auger. Ce dernier l'avait reçu dans son bureau.

— Bédard ou Huot, qu'est-ce que ça peut faire! l'avait rassuré le père de Flore. C'est pas un nom qui fait un homme. T'es honnête, loyal, travaillant et t'as toute ma confiance. Et puis, j'ai toujours été contre la conscription obligatoire. Tout le monde le sait! C'est souvent la peur qui fait dire des mensonges. Dans ton cas, c'était une question de survie. Je sais que l'exil, c'est pas drôle tous les jours. J'ai connu ça! C'est pourquoi je juge pas un homme sur son nom de famille, mais sur son regard franc, sur son travail et sa loyauté. Je sais que t'es un bon gars, Damase. Et je veux te garder le plus longtemps possible dans mon entreprise.

Damase en était sorti soulagé, se promettant de ne plus mentir à cet homme qui l'avait accueilli sans le juger. «Il sera un merveilleux beau-père», se dit-il.

Il projetait d'informer sa mère de ses projets le plus tôt possible. Il imaginait sa surprise quand elle apprendrait la nouvelle. À la pensée de la figure que ferait Clara et de l'air étonné de Cléomène, il sourit.

— Si au moins je savais ce qui leur arrive…

Il en était à ces réflexions quand il tourna le coin d'une rue et passa devant l'auberge où il avait séjourné en arrivant dans cette ville. Une impulsion, presque un pressentiment, lui fit arrêter le camion sur le bord de la rue. Il coupa le contact, ouvrit la portière et en descendit prestement. Il courut vers les marches de l'auberge qu'il monta deux par deux et s'arrêta devant la porte contre laquelle il frappa trois coups secs. Après quelques secondes, celle-ci s'ouvrit et une petite femme apparut sur le seuil.

— Bonjour, me reconnaissez-vous ? commença Damase en anglais.

Celle-ci plissa les yeux, puis son visage s'éclaira :

— Oui, oui ! Bien sûr !

— Comment allez-vous ?

— Bien, merci !

Ne voulant pas trop s'éterniser et ainsi se mettre en retard pour sa prochaine livraison, Damase alla droit au but.

— Je me demandais si le facteur avait pas laissé des lettres, ici, au nom de… monsieur Huot ?

— Des lettres ? répéta la vieille dame en posant un index sur sa joue et en fouillant dans sa mémoire, qui lui faisait défaut plus souvent qu'elle n'osait se l'avouer.

Elle fit une pause et ajouta :

— Oui, oui ! J'ai reçu deux lettres adressées à un certain D. Huot.

— Les avez-vous retournées à la poste ?

— Oh !… À vrai dire je ne savais pas trop quoi en faire. Alors je les ai gardées…

— Vous les avez toujours ? demanda-t-il, anxieux.

— Oui. Vous connaissez ce monsieur Huot ?

— C'est moi, affirma Damase qui n'avait plus à cacher sa véritable identité.

La vieille dame le regarda d'un drôle d'air, puis se ressaisit.

— Dans ce cas, je vais vous les chercher.

Elle pivota d'un quart de tour et se dirigea à petits pas vers une des pièces adjacentes au hall. Elle en ressortit avec deux enveloppes au papier jauni entre ses doigts déformés par l'arthrite.

— Les voici ! fit-elle en tendant les lettres à Damase, qui s'en empara comme s'il craignait de les voir s'envoler.

Il remercia la propriétaire qui le salua d'une petite inclinaison de la tête. Puis il fit demi-tour et quitta le perron avec hâte. Damase remonta dans le camion, déposa les lettres retenues par un brin de laine orangé sur le siège à ses côtés, mit le moteur en marche et partit sans plus attendre.

Contrairement à son habitude, Damase délaissa l'artère principale de la ville et descendit plutôt vers le bord de la mer que les vagues rageuses, en cette marée montante, envahissaient. Il stationna son véhicule sur une rue désertée par les vacanciers. Pressé de lire les missives, il franchit à pied les quelques pas qui le séparaient de la plage. Sur celle-ci, l'écume laissée par les vagues s'étirait en un long filament laineux, se mariant à la neige tombée la veille et colorée ici et là d'algues verdâtres et rouges.

Damase s'assit sur un tronc d'arbre sec, couché sur la berge, non loin des herbes hautes qui protégeaient le rivage de l'érosion constante. Il prit la première lettre entre ses doigts que la nervosité faisait trembler, non sans avoir préalablement vérifié la date d'oblitération sur les enveloppes afin de les lire dans l'ordre chronologique. Il plaça la seconde sous sa cuisse, entre le bois poli par le vent salin et le tissu de son pantalon. Il décacheta l'enveloppe, en sortit deux feuilles de papier pliées en quatre et se mit à lire.

Sainte-Hélène-de-Bagot, le 8 janvier 1919
Cher Damase,
Nous sommes contents de te savoir en sécurité et tu as raison de demeurer plus longtemps aux États. Plusieurs jeunes sont sortis du bois et ils se sont fait pincer. Les pauvres! Y en a qui ont eu moins de chance que toi. Ils ont écopé de plusieurs mois de prison.

Ton oncle Cléomène a repris un peu de mieux et ta maman aussi. Les deux sont bien fragiles de santé et j'avoue que je me trouve pas mal seule pour abattre la besogne. J'en ai parlé à monsieur le curé, qui a eu la bonne idée de nous référer un petit gars de la paroisse voisine. Il est pas vite, vite, mais il est capable de soigner les animaux et il est pas dérangeant. On lui offre la nourriture et le gîte. Le curé Arcouette m'a confirmé que ça faisait l'affaire de sa vieille mère, qui a vendu sa ferme et a été placée chez les Sœurs de la Charité à l'Hôtel-Dieu. Le malheureux Ti-Pierre avait plus de place où aller…

J'ai aussi demandé des nouvelles de la petite Soucy à monsieur le curé. Il m'a dit qu'elle était toujours introuvable. Tout le monde s'est remis à la chercher depuis que son père est mort deux jours après Noël. Le vieil homme a été trouvé baignant dans ses vomissures et ses excréments, dans sa maison, les boyaux probablement tordus par l'alcool contrefait. Si c'est pas pitié de mourir comme ça…

Damase arrêta sa lecture et leva les yeux au loin, soulagé de savoir qu'Edwina n'aurait plus jamais à avoir peur de cet être abject. Le visage de la fugueuse dansa un moment sur les flots argentés. Damase sourit à cette vision avant de reporter son attention sur la missive.

Je te laisse sur ces nouvelles.
Écris-nous encore! On a tous très hâte que tu reviennes parmi nous!
Ta tante Léontine

Damase replia ce premier message et le remit dans son enveloppe avant d'attraper la seconde lettre. Il la décacheta, en retira l'unique feuille et la déplia.

Sainte-Hélène-de-Bagot, le 27 février 1919
Damase,
Je suis dans la peine de t'annoncer la mort de ta mère, le 12 février dernier...

Les mots valsaient devant les yeux de Damase.
—Non... pas maman! souffla-t-il. Elle est pas morte!
Des larmes brouillèrent sa vue et il dut essuyer ses yeux du revers de la main pour pouvoir continuer sa lecture.

On a voulu mettre son corps dans le charnier de la paroisse en attendant que tu viennes assister aux funé-railles, mais le curé Arcouette a jugé que ça prendrait trop de temps. On l'a enterrée après les trois jours d'ex-position rituelle.
Monsieur le curé a plaidé ta cause auprès du minis-tère pour que tu puisses revenir sans crainte. Tu seras pas arrêté. Y faudra voir avec lui quand tu seras de retour...
Depuis, Cléomène va pas bien du tout. Il a fait une attaque cardiaque. Il garde le lit et te réclame. Je crois que son cœur tiendra plus très longtemps...

Je suis vraiment désolée de t'annoncer tout ça, mais il est en mon devoir de le faire. Tu dois aussi savoir que la terre et tous les bâtiments te reviennent en héritage de par ta mère. T'es le seul héritier de la famille.

Ta tante Léontine qui attend ton retour avec la plus grande impatience et qui sait plus à quel saint se vouer.

Cette fois, Damase comprit qu'il n'avait plus le choix. Il devait retourner là-bas. Immédiatement. Il avait déjà beaucoup de retard.

Il leva un front soucieux vers le large. Au loin, la marche des nuages poussés par le vent furieux, précurseur de tempête, semblait lui montrer la route à suivre vers le nord.

Damase demeura un long moment ainsi, immobile.

— Maman..., murmura-t-il.

Entre ses doigts crispés, le papier se transformait en une boule difforme. Il la mit dans sa poche et se releva difficilement.

Effondré, Damase quitta les lieux et marcha vers le camion comme un automate. Il s'y engouffra sans tarder, démarra et se dirigea vers le commerce de Maurice Auger, décidé à lui annoncer la nouvelle de son départ imminent.

— Il comprendra que c'est mon devoir de retourner là-bas, se persuada-t-il en montant la côte de la rue principale.

Damase imagina alors la réaction de Flore.

— Elle aussi comprendra.

Il s'engagea dans l'allée à l'arrière du commerce.

Damase eut alors la certitude que plus rien ne serait jamais pareil.

FIN DU TOME PREMIER

Table des matières